जलकुम्भी

जल कुम्भी

मधु कांकरिया

वाणी प्रकाशन

वाणी प्रकाशन

4695, 21-ए, दरियागंज, नयी दिल्ली 110 002

फ़ोन : +91 11 23273167 फ़ैक्स : +91 11 23275710

शाखाएँ

अशोक राजपथ, पटना 800 004, बिहार

कॉफ़ी हाउस कैम्पस, महात्मा गांधी मार्ग, इलाहाबाद 211 001, उत्तर प्रदेश

महात्मा गांधी अन्तरराष्ट्रीय हिन्दी विश्वविद्यालय, वर्धा 442 001, महाराष्ट्र

सुल्तानिया रोड, मोतिया पार्क, भोपाल 462 001, मध्य प्रदेश

www.vaniprakashan.com
marketing@vaniprakashan.in
sales@vaniprakashan.in

JALKUMBHI
by Madhu Kankariya

ISBN : 978-93-89012-23-1
Collection of Stories

प्रथम संस्करण 2020

मूल्य : ₹ 295

सिटी प्रेस, दिल्ली-110 095 में मुद्रित

वाणी प्रकाशन का लोगो मक़बूल फ़िदा हुसेन की कूची से

अनुक्रम

बैल

उम्मीद और नाउम्मीदी की बूँदाबाँदी के बीच खड़ी मैं। कभी नाउम्मीदी अपने डैने फैलाती तो कभी उम्मीद। तीन महीने बाद मुझे नौकरी से निकाला तो नहीं गया, पर चेतावनी के साथ फिर अगले तीन महीने की मोहलत दे दी गयी। मैं जी-जान से प्रोग्रामिंग कोड और लॉजिक सीखने में लगी थी। उन्हीं दिनों मैंने कहीं पढ़ा था कि मैडम क्यूरी ने अस्तबल की सुविधाहीन लैब में रेडियम का आविष्कार किया था, बस यही दृष्टान्त मेरी प्रेरणा बन गया। ऑफ़िस की असुविधाओं और अपमानों की कील-कसकों पर ध्यान अब कम जाता। कई बार रात को नींद उचट जाती तो मैं कैलकुलेटर लेकर बैठ जाती और अपनी प्रोग्रामिंग को चेक करती। ऐसी ही एक रात मैं प्रोग्राम लिखने में मशगूल थी कि भोर के सन्नाटे में छन्न-सी बजी घण्टी, मैं थोड़ी चौंकी, कौआ बोलने के पहले ही यह कौन बोल गया—घड़ी पर नज़र गयी चार बज रहे थे, इतनी सुबह कौन हो सकता है? दरवाज़ा खोला तो किसी भटकती हुई आत्मा की तरह सामने चौड़े चकले-सा चेहरा लिए गठीले बदन का ठिगना-सा लालबहादुर। सोया-सोया जगा-सा। ज़माने भर के अभिशाप से डसा दाग़दार चेहरा। आँख में बाहर तक निकली कीचड़ और खरपतवार की तरह बिखरे सर के खिचड़ी बाल।

'क्या है?'

अपने ख़ाकी रंग के हाफ़ पैंट को ऊपर खींचते, चाँदी ठुके काले-पीले दाँत निपोरते हुए अपनी पहाड़ी भिण्डी-सी ठिगनी मोटी-मोटी अँगुलियों वाली हथेली को आगे बढ़ाते हुए कहा उसने, 'माचिस!'

गैस लाइटर के युग में माचिस मिले भी तो कहाँ, एकाएक ध्यान आया, अम्मा के मन्दिर में मिल जायेगी। अम्मा दीपक माचिस से ही जलाती है। मैं माचिस खोजने के लिए अम्मा के मन्दिर की ओर बढ़ने लगी कि सामने से मिचमिचाती आँखें लिए अम्मा, 'कौन है, कौन है, इतनी रात?'

'लालबहादुर है, उसे माचिस चाहिए।'

अम्मा बड़बड़ाने लगी, 'नंगा बूचा सबसे ऊँचा! हरामजादे को कितनी बार मना किया है, सुबह-सुबह नहीं आया करे, लेकिन उसको किसकी क्या परवाह! जब भी सुबह-सुबह मुँह देख लेती हूँ उसका, सारा दिन मनहूस बीतता है।'

ध्यान से देखती हूँ उसके चेहरे की ओर—वो क्या है जो इसे बनाता है मनहूस। पलस्तर उखड़ी दीवार-सी एक भोली दयनीय आकृति! एक श्रमदेवता! सुबह चार बजे से देर रात तक अनवरत काम करता हुआ, जैसे उसका जन्म ही काम और सिर्फ़ काम करने के लिए हुआ हो। जिसकी मनहूसियत की कहानी चालीस साल पहले शुरू हुई थी। वह नेपाल के किसी बहुत ही छोटे पहाड़ी अंचल का था। क़रीब चालीस साल पहले जानलेवा भुखमरी और ग़रीबी से बचने के लिए उसके पिता ने अपने सबसे बड़े पुत्र, सोलह वर्षीय लालबहादुर को अपने गाँव के किसी परिचित रामश्रेष्ठ के साथ कोलकाता में नौकरी के लिए भेजा था। अँगूठाछाप लालबहादुर को रामश्रेष्ठ हमारे पड़ोसी यानी सेठ जमनालाल जी के यहाँ घर का काम करने के लिए निश्चित पगार पर रखवा गया था। उस समय लालबहादुर की मसें भी भीगी नहीं थीं और सेठ जमनालाल जी की पत्नी हर दूसरे साल एक पुत्ररत्न को जन्म दे रही थी। अब जब ख़ुद भगवान आगे बढ़कर पुत्ररत्न की बारिश करें तो उसे कैसे रोके कोई। देखते-देखते वे चार-चार पुत्रों के पिता बन गये और लालबहादुर उनकी माँ बन उनके जीवन का शकुन बन गया, उन्हें बच्चों की चिल्ल-पों से मुक्ति मिल गयी।

साल-डेढ़ साल तक रामश्रेष्ठ सेठ जमनालाल जी के पास हर महीने आता और उनसे उसकी पगार ले लालबहादुर के घर पर भेज देता था। फिर एकाएक उसका आना बन्द हो गया। कोई कहता रात सोते हुए पहाड़ से नीचे उतर आये भेड़िए ने हमला कर उसे मार डाला, तो कोई कहता कि सोते हुए उसके कान में जंगली कीड़ा घुस गया जो ही जानलेवा हो गया। बहरहाल महीने दो महीने...छह महीने...साल...दो साल...। शुरू-शुरू में तो जमनालाल जी ख़ुश हुए कि महँगाई के ज़माने में बुद्धू लालबहादुर को अब उनके यहाँ से कोई नहीं हटा सकेगा, लेकिन जब देखते-देखते अढ़ाई-तीन साल गुज़र गये और लालबहादुर को कई बार उदास, कई बार रोते और कई बार अनमना देखा तब जाकर उनकी ऊँघ उड़ी। इधर-उधर थोड़ा बहुत पता लगाया, तो रामश्रेष्ठ की मौत की कई कहानियाँ सामने आयीं। रामश्रेष्ठ का पता कहीं भी लिखा हुआ नहीं था। लालबहादुर को रामश्रेष्ठ अपने गाँव से लाया था, इसलिए सुविधापूर्वक मन को समझा लिया जमनालाल जी ने कि ज़िम्मेदारी उनकी नहीं, रामश्रेष्ठ की बनती थी। लालबहादुर से पूछा, 'क्या है तेरे गाँव का नाम?' तो सिवाय सर खुजलाने के वह भी कुछ नहीं कर पाया।

तब से उदास धुन की तरह ज़िन्दगी के बहुमूल्य वर्ष इसी परिवार की सेवा चाकरी में निकल गये लालबहादुर के। जमनालाल जी की पत्नी हर दूसरे-तीसरे साल नयी सन्तान को जन्म देती और पुरानी को लालबहादुर के हवाले कर देती। गू-मूत से लेकर कन्धे पर बैठाकर हर शाम उसे घुमाना और फिर नहला-धुलाकर राजा बाबू बनाना...सब-कुछ इतनी तल्लीनता से करता लालबहादुर कि बच्चे उसे छोड़ न जमनालाल जी के पास फटकते, न उनकी पत्नी के पास। जाने कितने पहाड़ी करतब थे उसके पास बच्चों को बहलाने के। कभी गिलहरी की तरह आँगन के बाहर बने नीम के पेड़ पर चढ़ जाता तो कभी कपड़े का चूहा बनाकर, कभी मुँह से विचित्र-विचित्र आवाज़ निकाल बच्चों का दिल बहलाता, तो कभी ज़िन्दा चूहा और तिलचट्टा पकड़कर उन्हें डरा देता।

बच्चे बड़े होते गये तो उसका काम भी बड़ा होता गया। पठार से आया लालबहादुर पूरा पठार था। ग़ज़ब का मेहनती। एक काम ख़त्म नहीं होता कि दूसरा सर पर सवार हो जाता। घर के बर्तन-भाँडे धोना, कपड़े फींचना, झाड़ू-पोंछा लगाना, आटे की चक्की पर 15-15 किलो गेहूँ पीपे में भरकर ले जाना और पिसवा कर लाना, सिलबट्टे पर चटनी बाटना...सारे भारी-भरकम काम उसके ज़िम्मे... मुफ़्त का चन्दन घिस मेरे नन्दन!

ज्यों-ज्यों जीवन की सन्ध्या नज़दीक आती जा रही है लालबहादुर के प्रति सहृदय होते जा रहे हैं जमनालाल जी। जब-जब लालबहादुर पर बेइन्तहा ज़ुल्म होते देखते हैं दो दुखी मन उलझकर एक हो जाते हैं। ईश्वरीय डर और गहन अपराध-बोध भी उन्हें चैन से जीने नहीं दे रहा है। कहते भी रहते हैं अक्सर—जाने किस जन्म का क़र्ज़ उतार रहा है बेचारा, अपना घर-बार छोड़ पड़ा है यहाँ, सिर्फ़ दो मुट्ठी अन्न के बदले सारे घर की चाकरी कर रहा है, फिर भी तुम लोग इससे दुर्व्यवहार करने से बाज नहीं आते, कम से कम खाना तो उसे आदमियों-सा दिया करो, अरे ऊपरवाले से तो डरो।

एक बार लालबहादुर को अपनी निकम्मी बहुओं के अन्तःवस्त्र धोते देखा तो गुस्से में चाय उठाकर पटक दी। एक बार अपने जवान बेटों को उससे तेल मालिश करवाते देखा तो बड़बड़ाने लगे—'किसकी होनी चाहिए मालिश और किसकी हो रही है।' बेटे सुनते और मुँह दबाकर हँस पड़ते, कानाफूसी करते, 'बाबू जी सठिया गये हैं।'

एक बार सुबह ही सुबह देखा, लालबहादुर को फूट-फूट कर रोते हुए, जंगली गैंडे-सा लालबहादुर कभी नहीं रोया था, फिर क्या हुआ? उनके पोते ने बताया, 'पापा की शर्ट पर दाग़ रह गये थे, इस कारण पापा ने उसे थप्पड़ लगा दिया

था।' ज़ार-ज़ार रोते लालबहादुर को देख उस दिन कलेजे में वो हूक उठी कि प्रतिवाद में पूरे दिन खाना भी नहीं खाया। बेटा मनाने आया तो सिर्फ़ इतना ही कहा, 'तुम्हारा सारा बचपन लालबहादुर के कन्धों पर बीता है, किसी ज़माने में बेचारा सारी-सारी शाम तुम्हें और तुम्हारे दोनों छोटे भाइयों को कन्धों पर बैठाकर दुर्गापूजा, कालीपूजा दिखाया करता था, आज उसके साथ यह सलूक? उसी को तुमने थप्पड़ लगा दिया? अरे उस बेचारे का तो अपना न दुख था, न सुख...वह तो परिवार के सुख-दुख के साथ ही बँधा हुआ था।

बाप समान उम्र के आदमी को जिसने तुम्हारी बेटे की तरह देखभाल की, उसे ही थप्पड़! तुम्हारा खाना पाप खाना है। उफ़ ग़लती मेरी ही थी। मैंने ही कभी दिल से नहीं चाहा कि यह हमारी चाकरी छोड़ अपने घर जाये। ओह! इस बेचारे को इसके परिवार और पत्नी (रामश्रेष्ठ ने ही बताया था कि उसकी पत्नी भी थी, जिससे उसकी शादी बचपन में ही हो गयी थी) से दूर रख जो अक्षम्य अपराध किया है मैंने, जाने कितने जन्मों तक चुकाना पड़ेगा मुझे इसका क़र्ज़! काश! यह अहसास समय रहते, ताक़त रहते हो जाता। उफ़ अंजुली के जल-सा यौवन बह गया, रह गया जानलेवा पछतावा। बोलते-बोलते वे तेज़ हवा में हिलते पत्ते से काँप उठते। जमनालाल जी के प्रतिवादस्वरूप कुछ दिन कोई कुछ नहीं कहता लालबहादुर को, पर थोड़े दिन बीतते न बीतते कि फिर वही घोड़ा, वही मैदान! सारे अपमान, उपेक्षा, अवहेलना, कटु वचन...सब फिर ज़िन्दा हो जाते। एक बार जमनालाल जी ने उसे भारी-भरकम चद्दर को फींचते हुए कुत्ते की तरह हाँफते देखा तो आत्मा कलप उठी उनकी। काँपती-थर्राती आवाज़ में बिफर पड़े वे—देखो कैसे हाँफ रहा है, कुछ तो शर्म करो, सारी ज़िन्दगी मुफ़्त में चाकरी की है इसने इस परिवार की। अब इसका शरीर लाल बत्ती दिखा रहा है, अब इसे दो गर्म रोटी बिना मेहनत-मजूरी के खाने दो...प्रतिवाद में उन्होंने भी खाना छोड़ दिया और तभी खाया जब मन्दिर में ले जाकर पत्नी और बच्चों को शपथ दिलायी कि वे लालबहादुर से कोई काम नही लेंगे। दो दिन तक घरवालों ने उसे कोई भी काम नहीं करने दिया। वह कुछ करता तो भी घरवाले उसके हाथ से काम छीन लेते। वह कपड़ा धोने जाता तो उसके हाथ से साबुन छीन लेते, वह पोंछा लगाने जाता तो बहू उसके हाथ से साफी छीन लेती, झाड़ू छिपा देती—तुम आराम करो। तीसरे दिन टहनी की तरह टूट गया वह और अवसाद के मानसिक रोगियों की तरह फूट-फूटकर रोने लगा, जाने कैसा तो असुरक्षा बोध भरा हुआ था उसके भीतर कि कर्म उसकी स्वेच्छा नहीं, वरन् उसके अस्तित्व का आधार ही बन गया था।

उसे उदासी में डूबा देख तीसरे दिन सिर्फ़ आजमाने के लिए जमनालाल जी ने ही उसे बर्तन धोने के लिए कहा तो रोना-धोना छोड़ वह फ़ुर्ती से स्वाभाविक लय-ताल में आ बर्तन धोने लगा। माथे पर हाथ दे मारा जमनालाल जी ने...जिसने एक मिनट के लिए भी नहीं जाना कि नौकर नहीं रहकर जीना कैसा होता है, वह चाकरी किये बग़ैर रोयेगा नहीं तो क्या करेगा? उफ़ काम करा-कराकर मैंने इसे आदमी रहने ही कहाँ दिया जो आदमी की तरह आराम करने की सोचे वह। मैंने ज़िन्दा तो रखा इसे पर ज़िन्दगी से बाहर कर डाला। बैल बना डाला इसे, अब यही हो गयी इसकी क़िस्मत! बैल जब तक घास खायेगा, हल में जोता जायेगा। फिर बजी घण्टी! माचिस! वह फिर गिड़गिड़ाया। थोड़ा हड़बड़ाया...देर...देर...देर

अपने भीतर से बाहर आयी मैं। उफ़! माचिस खोजते-खोजते कहाँ पहुँच गयी मैं भी। मैंने माचिस उसे पकड़ायी। उसके चेहरे का तनाव ढीला पड़ा। मिचमिची आँखें चमकीं। चाँदी ठुके काले-पीले दाँतों की बत्तीसी दिखाते हुए माचिस को झपट वह फिर यह जा, वह जा।

सबसे कठिन काम

डॉक्टर मधुसूदन की कहानी मैं ज़रूर कहना चाहूँगी, क्योंकि ऐसी कहानियाँ जल्दी पीछा नहीं छोड़ती हैं। वैसे इन दिनों डॉक्टर साहब पर एक अजीब ही भूत सवार है। अक्सर इन दिनों वे ज़िन्दगी के सवालों में उलझे रहते हैं। क्या है ज़िन्दगी? क्या है ख़ुशी? क्या है नियति? क्या सिर्फ़ संयोग है ज़िन्दगी?...जैसे सवाल हर पल उठते-बैठते पीछा करते रहते हैं डॉक्टर साहब का। भीतर का तापमान इतना बढ़ जाता है कि एयरकंडीशंड चैम्बर में भी माथे पर पसीने की बूँदें छलछला उठती हैं। कई बार सोचते हैं कि लिख डालें अपनी आत्मा का इतिहास। लिखने के लिए डायरी खोलते भी हैं। क़लम भी उठाते हैं। अपनी अन्तरात्मा में प्रवेश भी करते हैं कि तभी सब कुछ गड़बड़ा जाता है। 'बस पचपन, बस पचपन' लिखकर शून्य में ताकने लगते हैं। जब से इस 'पचपन' का हादसा हुआ है, जीवन की धारा ही पलट गयी है।

शान्त झील से खौलती हुगली नदी बन गये हैं डॉक्टर मधुसूदन! अकेले होते ही सोच नाम का कीड़ा कुलबुलाने लगता है—क्यों हुआ ऐसा? कहाँ चूके, कहाँ कूदे कि सुख-चैन के सारे परिन्दे ही उड़ गये उनकी मुँडेर से। बाघ की तरह झपट्टा मारने लगती हैं स्मृतियाँ। तहखाने में उतरते-उतरते एकदम नीचे उतर आते हैं डॉक्टर।

तब नये-नये डॉक्टर बने थे वे। बचपन से देखा एक स्वप्न पूरा हुआ था। गले में स्टेथोस्कोप झुलाने का। एक स्वप्न क्या पूरा हुआ, आने वाले दिनों में स्वप्नों की पूरी फसल ही लहराने लगी। स्वप्न था अपने मुहल्ले और कोलकाता को पूरी तरह निरोगी बना देने का। अपने स्वप्न का पूरा नक्शा दिमाग़ में था उनके। कहाँ हेल्थ क्लब खुलवाना है। कहाँ निःशुल्क दवाइयों की व्यवस्था करती है। कई मेडिकल रिप्रेजेंटिटिव से सम्पर्क किया, ग़रीब बस्तियों के लिए मुफ़्त दवाइयों और मुफ़्त ऑपरेशन की व्यवस्था की। गन्धाती, मच्छरों-मक्खियों से बजबजाती, गन्दगी और कचरे के ढेर पर आबाद बस्तियों में हेल्थ और हाइजीन से

सम्बन्धित कई डॉक्यूमेंटरी दिखायीं लोगों को और खुद को भी हर पल प्रेरित करने के लिए अपने चैम्बर की मुख्य दीवार के बीचोबीच बड़े-बड़े अक्षरों में लिखवाया, 'पहला सुख निरोगी काया'। खुद के लिए उन्होंने नियम बनाया, सप्ताह में दो दिन निःशुल्क देखेंगे। कुछ रोगियों से आधी फीस लेंगे। जो पूरी तरह समर्थ हैं, सिर्फ़ उनसे ही पूरी फीस लेंगे। कितने भी थके-हारे क्यों न हों, हर ज़रूरी नाइट कॉल को अटेंड करेंगे। बिना चिकित्सा किसी को मरने नहीं देंगे।

देखते ही देखते बारिश की तरह बरसने लगे वे। हरियाली की तरह फैलने लगे और देखते ही देखते बन गये वे हरदिल अज़ीज़!

भीतर सत्य का ज़ोर था। आँखों में झिलमिलाते स्वप्न थे। इस कारण तेज़ गति से स्वप्न और श्रम का सफ़र चलने लगा था, जिसमें पहला ब्रेक लगा—शादी की सुहागरात में। मधुयामिनी में मधुमती की भूमिका में आये ही थे कि कर्कश फ़ोन घनघना उठा। दुल्हन ने जैसे ही सुना 'आ रहा हूँ', उसके गालों की सुर्ख़ लालिमा कालिमा में बदल गयी। सतरंगी स्वप्नों की उड़ान शुरू हुई ही थी, मादक कामनाओं ने पूरी तरह अँगड़ाई ली भी नहीं थी। अधमुँदी आँखें पूरी तरह मुँदी भी न थीं कि यह जानलेवा जुदाई! आवेग से भरी अतृप्त आत्मा चीत्कार कर उठी—आज की रात मत जाओ। फूलों की सेज, दुल्हन की आँखों से छिटकती कामनाओं की चाँदनी, अपना बेकाबू मन, अधपिया मधु का प्याला...कुछ भी बाँध नहीं पाया डॉक्टर मधुसूदन को,। 'डॉक्टर बनना बहुत कठिन होता है प्रिये, किसी की जान की क़ीमत पर मैं सुहागरात कैसे मना सकता हूँ?' चित्तरंजन के रसगुल्ले की सारी मिठास को अपने कण्ठ में उड़ेलते हुए बोले डॉक्टर मधुसूदन। जब तक मरीज़ को आइ.सी.यू. में भर्ती करवा कर घर लौटे डॉक्टर साहब, तब तक मुर्गा बाँग दे चुका था और दुल्हन की मुँह दिखाई की रस्म शुरू हो गयी थी। रात फिर आयी, पर वो बात नहीं आ पायी। दुल्हन के मन का कोई कोमल तार तार-तार हो चुका था। डॉक्टर साहब तो फिर भी सुहागरात में शयन सुख का त्याग कर मुहल्ले के हीरो बन गये थे। लेकिन दुल्हन का बहुत जत्न से सँजोया हर रात देखा स्वप्न पहली ही रात टूट-टूटकर बिखर चुका था।

टहनी से झरते पत्तों की तरह बीतते रहे दिन। कभी चट्टान से भारी तो कभी परी के पंखों से भी हलके। शतरंजी घोड़े की तरह स्लो मोशन में अढ़ाई-अढ़ाई कोस चलती रही ज़िन्दगी। मोहल्ले के स्वास्थ्य के प्रति समर्पित डॉक्टर ने बनारस के मगही पान की तरह अपने हृदय की नकारात्मक प्रवृत्तियों को दिन-पर-दिन काटते-छाँटते पूरी तरह तराश लिया था। इस कारण हर वक़्त पगली हवा से बौराये रहते। कभी इस गली कभी उस गली। कभी इस घर कभी उस घर। कभी

गीले बाल, कभी बिखरे बाल। कभी मोज़े पहने, तो कभी बिना मोज़े। कभी चाय पिये, तो कभी बिना चाय पिये। कभी यह हेल्थ स्कीम तो कभी वह हेल्थ स्कीम। खुद की ज़िन्दगी में कोई विशेष परिवर्तन नहीं आया, सिवाय इसके कि बिना धूम-धमाके के एक पति से पिता भी बन गये। वे घर-बाहर दो अलग-अलग दुनिया में जीते रहे। मरीज़ों के बीच रहते-रहते वे इतना कम बचे थे कि घर ने उन्हें लगभग अनुपस्थित ही मान लिया था। इसलिए घर के कोने-कोने में जहाँ उन्हें अपने ख़िलाफ़ शिकायत और ठण्डी उदासीनता खड़ी मिलती तो वहीं बाहर हर चप्पे और चौराहे पर लोग 'खूब भालो डॉक्टर मोधुदा' के लिए प्रशंसा और सम्मान के गुलदस्ते लिए खड़े मिलते। मोहल्ले में शायद ही कोई ऐसा घर होगा जहाँ डॉक्टर मधुसूदन के क़दम न पहुँचे हो, मौत के सन्नाटे में ज़िन्दगी न लहरा उठी हो, चाहे गगनचुम्बी इमारत हो, या लेबर कॉलोनी हो या झुग्गी झोपड़ियाँ हों। चाहे सूखे, फटेहाल और पिचके पेट वाले हों या चिकने, तोंदियल, फूले पेट वाले हों। डायग्नोस्टिक सेंटर वाले डॉक्टर मधुसूदन को भगवान मानते थे। क्योंकि किसी भी टेस्ट के लिए न तो उन्होंने कभी कमीशन माँगा और न ही कभी उन्होंने रिपोर्ट को बदलने का दुराग्रह ही किया।

पर घर उन्हें अपनी औकात दिखा देता। कभी शादी की सालगिरह पर पत्नी के लिए उपहार लाने से चूक जाते या बेटे के जन्मदिन पर घर जल्द नहीं आ पाते, तो कभी बेटे की सेकेंड हुगली ब्रिज दिखाने की ज़िद पूरी नहीं कर पाते। जब ऐसे बढ़ते अपराधों के चलते घर में उमस बहुत बढ़ जाती, तो वे घरवालों के मनोरंजन के उद्देश्य से अपने रोगियों के अनुभव सुनाते हुए कहते, 'जानते हो, आज मैंने एक रोगी को कहा, दिन में एक गोली दो बार, सुबह-शाम लेना तो गधा पूछता है, एक गोली को आधी-आधी कर दो बार लूँ क्या? एक रोगी को नींद की गोली दी तो पूछता है कि नींद के पहले लूँ या बाद में लूँ...हाहाहा!' लेकिन जब वे देखते कि घरवालों को न उनमें दिलचस्पी रह गयी थी और न ही उनके रोगियों में, तो कभी वे गाँवों में फ्री मेडिकल कैम्प लगाने निकल पड़ते, तो कभी पत्नी और बेटे को वही जुमला पकड़ा देते—'बहुत कठिन है डॉक्टर बनना'। वे इतना डूबकर बोलते इसे कि उनका अंग-अंग लय-ताल में होता। पत्नी कुढ़ जाती और मुँह फुलाकर नहले पर दहला जड़ देती, 'उससे भी कठिन है अच्छा पति बनना'। मानिनी पत्नी कुछ दिन मान करती। काश! चाबी के गुच्छे की तरह पति को भी पल्लू से बाँध रख पाती! उन नशीले, रंगीन और मादक स्वप्नों को याद कर आँसू बहाती जो उसने 'फूल तुम्हें भेजा है खत में' गाते हुए कॉलेज की सखियों के साथ कभी देखे थे। लेकिन फिर वही घोड़ा वही मैदान। अपने सन्त

से पति को क्षमा कर देती। जैसा भी है, पति पूरा का पूरा उसका है—सोचती और ईश्वर से हॉटलाइन जोड़ लेती।

दिन बीत रहे थे। टूट-टूटकर भी जुड़ जाती लय-ताल ज़िन्दगी की...मध्यवर्गीय मानसिकता सब कुछ स्वीकार कर लेती। चाय के प्याले में शक्कर दिन पर दिन कम होती जा रही थी, पर वाणी में डॉक्टर के दिन पर दिन शक्कर घुलती जा रही थी। लेकिन एक मटमैली शाम सचमुच कुछ ऐसा हो गया कि आसमान में उड़ते गरुड़ का ध्यान भटक गया और सारी लय-ताल बिगड़ गयी।

यह वह समय था जब इतिहास करवट बदल रहा था। अन्ना आन्दोलन की पृष्ठभूमि से उपजी एक नयी-नवेली पार्टी ने देश के प्रतिबद्ध युवाओं का राजनीति में सक्रिय योगदान के लिए आह्वान किया था। फिजाँ में बदलाव की अकुलाहट थी। परपीड़ा की जाने कैसी अकुलाहट इस आन्दोलन ने पैदा कर दी थी कि डॉक्टर के वृत्त में सिमटी मीनारें टूटने लगीं। पहली बार इस सोच ने असर डाला कि देश के लिए यदि सचमुच कुछ करना है तो देश को इन भ्रष्ट नेताओं के साये से मुक्त करना होगा। मैं चाहे कितनी भी ख़ुशबू फैलाने का प्रयास क्यों न करूँ, बदबू के स्रोतों को जब तक बन्द न किया जायेगा, मेरे सारे किये-कराये पर माटी गिरती रहेगी।

भीतर मचलता कुछ करने का जोश-जज़्बा, होंठों पर मचलती कॉलेज के दिनों की महबूब पंक्तियाँ, 'हम लड़ेंगे साथी/उदास मौसम के ख़िलाफ़/हम लड़ेंगे जब तक दुनिया में/लड़ने की ज़रूरत बाकी है', और बाहर लगातार बढ़ता मित्रों और शुभचिन्तकों का दबाव, एक चमकती शाम उन्होंने एक अभूतपूर्व निर्णय लिया, 'हम लड़ेंगे भ्रष्टाचार के ख़िलाफ़, हम लड़ेंगे विधानसभा का चुनाव।' अपने इस निर्णय पर वे ख़ुद भी कम हैरान नहीं थे। उधर जाने कैसे टी.एम.सी. और सी.पी.एम. दोनों मुख्य दलों को ख़बर लग गयी डॉक्टर के चुनाव लड़ने की इच्छा की। दोनों ने ऑफ़र किया कि वे उनकी पार्टी का प्रतिनिधित्व करें। पर भ्रष्टाचार-मुक्त भारत का स्वप्न देखने वाले डॉक्टर ने ठानी कि वह निर्दलीय ही चुनाव लड़ेंगे।

वे सचमुच कूद पड़े चुनावी मैदान में, पूरे संकल्प और पवित्रता के साथ।

भीतर था सत्य और अपने तीस वर्षीय जीवन के सत्कर्मों की पूँजी का ज़ोर। इस कारण अपनी जीत के प्रति इतने आश्वस्त थे वे कि चुनाव के अत्यन्त सरगर्मी के दिनों में भी प्रचार से दूर भागते रहे। मरीज़ों की उपेक्षा कर चुनावी प्रचार में आस्था नहीं थी उनकी, लिहाज़ा थोड़ा-बहुत प्रचार जो भी किया मित्रों और शुभचिन्तकों ने ही किया। मित्र समझाते, आजकल बिना प्रचार, मीडिया की ठकुरसुहाती और विज्ञापन के कुछ नहीं होता, बिना माँगे तो माँ भी रोटी

नहीं देती, तो लोग क्यों देंगे तुम्हें वोट? आत्मविश्वास में दिपदिपाते चेहरे पर छलक आयी पसीने की बूँदों को पोंछते हुए वे कहते, 'तीस साल क्या कम हैं मेरे विज्ञापन के लिए, कौन-सा घर है जहाँ मेरी सेवा नहीं पहुँची, बोलते-बोलते गर्व से उनकी नाक फूल जाती।' चाय बैगुनी (बैगन का भाजा) खाते मित्र दबी ज़बान से कहते, जैसी अभी लहर चल रही है मोदी की और जिस प्रकार का आक्रामक प्रचार है उनका, हमें रिस्क नहीं लेना चाहिए? लेकिन डॉक्टर साहब अपनी कड़वी दवा पर अड़े रहते। कहते, सच्चाई को नगाड़ों की ज़रूरत नहीं होती और तैश में आ अधपियी प्याली छोड़ निकल पड़ते।

सारी खुदाई एक तरफ़, डॉक्टर मधुसूदन एक तरफ़। और तो और, ठीक चुनाव के दिन भी एक इमरजेंसी केस में फँसे रहे और किसी प्रकार दौड़ते-भागते दिया अपना वोट। दोस्त, रिश्तेदार, शुभचिन्तक आशंकित। लेकिन डॉक्टर साहब पूरी तरह आश्वस्त। उनके दोनों मुख्य प्रतिद्वन्द्वी कुख्यात गुण्डे, ऐसे में कौन रोकेगा उनके विजय रथ को? और तो और, मतगणना के दिन भी निरासक्त योगी की तरह निकल पड़े रोगियों को देखने। रोगियों को देखते-देखते ही हाज़मा बिगड़ गया, बी.पी. ख़तरे की सीमा छूने लगी। टीवी बोला, मोबाइल बोला, घर बोला कि वे सारे प्रतिद्वन्द्वियों से पीछे चल रहे थे। घर पहुँचे तब तक वह अपनी जमानत ज़ब्त करा चुके थे। उन्हें मिले थे सिर्फ़ पचपन वोट। सिर्फ़ पचपन!

भीतर कुछ इतने ज़ोर से टूटा कि उसकी आवाज़ को सारे परिवार ने सुना। झाँव-झाँव करते गली के कुत्ते ने सुना। खिन्न और सुन्न डॉक्टर ने इस घटना के बाद अपने को अपने घर में ही क़ैद कर लिया। वे न किसी से मिले, न कुछ बोले। न किसी से कुछ शिकवा-शिकायत ही की। पूरे पचपन घण्टे के बाद जब वे अपने घर से बाहर निकले तो सब कुछ वैसे ही था। बाहर गन्दगी पर ज़िन्दगी पसरी हुई थी। सड़क पर पगली वैसे ही मूत रही थी और पुलिसवाला उसे डण्डे से खदेड़ रहा था। हाथ रिक्शावाले वैसे ही सड़क पर बदहवास दौड़ रहे थे। हावड़ा पुल वैसे ही शान से खड़ा था। काली मन्दिर में वैसे ही बकरे की बलि चढ़ रही थी। लेकिन डॉक्टर की केमिस्ट्री बदल चुकी थी। वे अब दूसरे ही इन्सान थे। उनकी ज़िन्दगी पर गन्दगी पसर गयी थी। ज़िन्दगी में पहली दफ़ा वे फुर्सत के इतने बड़े साम्राज्य में रहे। इस कारण जब वे निकले तो सारे अन्तर्द्वन्द्व, ऊहापोह, भीतरी उठापटक ...सबसे मुक्त उनका एक नया अवतार ही सामने था।

ज़ीरो फीस और आधी फीस की सुविधा अब ख़त्म थी। सबको समान भाव से देखते हुए चैम्बर फीस अब उन्होंने दुगुनी कर दी थी। होम विज़िट चौगुनी थी। पत्नी और परिवार का ख़याल रखते हुए नाइट विज़िट उन्होंने ख़त्म कर दी

थी। शनिवार और रविवार की मुफ़्त सेवाएँ भी उन्होंने बन्द कर दी थीं। जितने भी हेल्थ क्लब उन्होंने चला रखे थे, सब से त्याग-पत्र दे दिया था उन्होंने। अपनी अपमानजनक हार का बदला वे अपने भीतर बसे इन्सान से चुन-चुनकर ले रहे थे। उसे पूरी तरह कुचलने में लगे थे। भीतर का शैतान अब उनके कन्धों पर चढ़ उनका गला दबोचने लगा था। अपनी मटर-सी आँखों को झपका-झपकाकर वे रह-रहकर गुर्रा रहे थे। अब तुम्हें वही मिलेगा मुहल्लेवालों जिसके लायक हो तुम। उफ़! तुम्हारी सेवा करते-करते मैंने खुद को, परिवार को खो दिया, कोई इतवार-इतवार सा नहीं आया। क्या मिला मुझे? पचपन वोट! क्यों किया ऐसा? दिन-रात एक युद्ध चलता रहता उनके भीतर, साँस फूली रहती, नसें तनी रहतीं। बी.पी. बढ़ता रहता। खाली होते ही तन्हाइयाँ सवाल करने लगतीं उनसे, काश नहीं लड़ा होता उन्होंने यह चुनाव! पर नहीं लड़ते, तो पता कैसे चलता लोगों का यह रंग? क्या ऐब था उनमें, जो मिला उन्हें यह फ़रेब! ओह! किस ग़लतफ़हमी में धँसे हुए थे वे कि लोग उन्हें फ़रिश्ता मानते हैं! सारे छिलके उतर गये! हारे तो भी किससे? एक गुण्डे से! और कैसी शर्मनाक हार!!

धीरे-धीरे वे एक चुप्पी में तब्दील होते जा रहे थे। कोई नमस्कार भी करता तो उसे घूरते और सोचते, जिन पचपन लोगों ने वोट दिया उन्हें, क्या उसमें होगा वह भी?

उन्हीं दौड़ते-भागते दिनों में मुझे ज़रूरत पड़ गयी थी डॉक्टर साहब की मदद की। हमारे पड़ोसी की चार साल की लड़की को एकाएक डायरिया हो गया था। कई बार पड़ोसी ने फ़ोन किया था। कुछ ख़ास परिवारों को डॉक्टर साहब ने अपनी लिस्ट से बाहर कर दिया था कि किसी भी हालात में वे उन्हें अपनी सेवाएँ नहीं देंगे। दुर्भाग्यवश यह परिवार भी उनमें से एक था। अभी तक डॉक्टर साहब के अलावा किसी दूसरे डॉक्टर का मुँह भी नहीं देखा था। अब इस घड़ी में बुलायें भी तो किसे? हिम्मत कर मैं आयी उनके चैम्बर में, घण्टे भर बाहर बैठी रही और जब सारे रोगी चले गये, तब जाकर उनसे बात हुई। थके-थके, उदास और हारे-हारे से डॉक्टर साहब के चैम्बर में जब मैं घुसी, तो एक बार तो उन्होंने मुझे भी रोगी ही समझा। मैंने अपने आने का मक़सद बताया और गुज़ारिश की, 'गुड़िया की हालत गम्भीर है, आपको चलना होगा।'

डॉक्टर साहब ने डायरी दिखायी। कुछ पल सोचते रहे, फिर हथोड़े-सी गहरी उनकी आवाज़ गूँजी, 'पारवो ना, आमी खूब व्यस्त (नहीं जा सकूँगा, मैं बहुत व्यस्त हूँ) देखो एक घण्टा भी खाली नहीं हूँ, कैसे जाऊँ?' मैंने दोबारा गुज़ारिश की तो वे चिढ़ गये। अजीब और बेबस निगाहों से घूरा मुझे, टेबल पर रखे गिलास से

कुछ घूँट गटके। रह-रहकर एक वहशी हरी कौंध से चमक रही थीं उनकी गहरी काली आँखें। कट-कटकर कुछ शब्द गिर रहे थे, उनके मुँह से 'अमार छाड़े तो अनेक डॉक्टर आछे उनाके डेके नाओ (मेरे अलावा भी तो ढेरों डॉक्टर हैं बुला लो उनको)'। मैंने हिम्मत कर फिर ज़िद की, 'मैं आपको लेकर ही जाऊँगी।' वे बोले कुछ नहीं, उनके चेहरे पर पल भर के लिए तकलीफ़ और दर्द उभरे। लेकिन दूसरे ही पल उनकी आँखों में काँटे उगने लगे, समझ गयी यह डॉक्टर नहीं उनका प्रतिशोध बोल रहा है। कहना चाहती थी, 'डॉक्टर साहब, किसकी ग़लती की सज़ा आप किसको दे रहे हैं।' तभी डॉक्टर साहब ने नाक तक खिसक आये चश्मे को ऊपर उठाते और कुढ़ते हुए कहा, 'उफ़, बहुत कठिन है डॉक्टर बनना!' और मैं सोच रही थी कि कितना कठिन है इन्सान बनना!

बुलन्द हस्तियों के बीच एक शाम

वाक़या उन दिनों का, जब महानगर मुम्बई को धीरे-धीरे सोखने, खोजने और समझने में लगा था मैं। वे दरअसल मेरे अण्डे से बाहर निकलने के दिन थे। इसलिए हर शाम मैं अपने दड़बे से बाहर निकलता और जब भी निकलता, आंटी को अंग्रेज़ी के एल आकार के बने सोसाइटी के प्रांगण में ढेरों नीम, पीपल, चम्पा, चमेली और गन्धराज के पेड़ों से घिरे लम्बे-से लॉन में टहलते हुए देखता था। अपने समय के अँधेरों से घिरे लोगों के बीच भी आंटी अपने में ही रमी रहती थीं, खोयी-सी, गुनगुनाती-सी। कभी प्रैम (बच्चों की गाड़ी) में बैठे गोल-गदराये ख़ूबसूरत बच्चों को निहारतीं, जिन्हें उनकी बदक़िस्मती और महँगाई की मारी आयाएँ घुमाती रहतीं तो **कभी** जोगन की-सी निस्संगता से जॉगिंग करती घुटने से ऊपर पैंट पहनी लड़कियों की मस्त चाल, नंगी टाँगें और खुली बाँहों को देखती रहतीं, तो कभी आँखों में खुला अचम्भा लिए, तितली की तरह उड़ती आधुनिकाओं को अपने पालतू कुत्तों को सैर कराते देखतीं। कई वार बगीचे के कोनों-अन्तरों में आंटी की ही हमउम्र महिलाओं का ग्रुप भजन-कीर्तन करते हुए भी दिख जाता, पर उनमें शामिल होने की बजाय परम निरपेक्ष भाव से आंटी पास से हवा के शान्त झोंके की तरह गुज़र जातीं। मन्द-मन्द मुस्कान और जीवन राग बिखेरती आंटी चलती भी यूँ जैसे इस दुनिया और धरती से उन्हें कोई शिकायत नहीं हो।

लगभग पचपन वर्षीय आंटी मेरी पड़ोसी थीं। यह बात अलग है कि यह भी मैं तभी जान पाया जब मुझे उनकी ज़रूरत महसूस होने लगी। मैं पाँचवें माले के एक तरफ़ था और आंटी लिफ़्ट के एकदम दूसरी तरफ़। आंटी के परिदृश्य में आते ही चट्टान की तरह कठोर और वजनी हमारे दिन एकाएक तितली के पंखों की तरह रंगीन और हलके हो गये थे। आंटी आज मेरा कूरिअर आयेगा, प्लीज़ रख लेना। आंटी यह लो चाबी मेरी मेड आये तो काम करवा लेना। आंटी, धोबी को ये कपड़े दे देना, आंटी प्लीज़ दूधवाला आये तो दूध ले लेना,

नहीं गरम मैं आकर कर लूँगा, क्या कहा, दूध फट जायेगा, ठीक है, गरम भी कर लेना आंटी जी!'

दरअसल मैं मुम्बई में एम.बी.ए. कर रहा था। हम चार लड़के आंटी के पास वाले फ़्लैट में ही एक साथ रहते थे। हम सुबह-सुबह ही निकल जाते, दिन भर हमारी क्लास चलती। इस कारण कभी डाक तो कभी धोबी, कभी दूधवाला तो कभी कामवाली बाई सभी को अब जैसे आंटी का खुला घर मिल गया था। दिन भर आंटी हमारी प्रतिनिधि बनी हमारा सामान देती-लेती रहतीं। और हम निश्चिन्त हो कॉलेज में भी देर तक मस्ती मारते रहते। हमारी पौ बारह थी क्योंकि अब हमें चिन्ता नहीं थी कि हम नहीं पहुँचे तो घर की व्यवस्था गड़बड़ा जायेगी, अब कामवाली आंटी से चाबी ले लेती, धोबी आंटी से कपड़े ले लेता, किरियाना वाला आंटी के पास हमारा सामान रख देता। दूधवाला आंटी को दूध दे देता।

आंटी की इस उदारता की ख़बर जाने कैसे उड़ते हुए हमारे दूसरे पड़ोसी मिस्टर गोयल तक भी पहुँच गयी। एक दिन मैंने देखा मिस्टर गोयल का तीन वर्षीय बेटा सोनू आंटी की गोद में बैठा-बैठा चना-बादाम टूँग रहा था। वह टीवी पर छोटा भीम देखने की ज़िद कर रहा था और आंटी उसे समझा रही थीं कि ज़्यादा टीवी देखने से बच्चों की कोमल आँखें ख़राब हो जाती हैं, और उसे कोई नीली परी की कहानी सुना कर बहला भी रही थीं। कई बार सोनू कुछ समझ नहीं पाता, वह पूछना चाहता तो पूछ भी नहीं पाता। आंटी चिन्तित हो कहने लगीं, "क्या होगा इन बच्चों का भी। न ये ठीक से अंग्रेज़ी बोल पाते हैं और न हिन्दी। इस कारण इनके अन्दर एक अलग तरह की घुटन रहती है। बच्चे भी क्या करें, इनकी मातृभाषा हिन्दी है, पर माँएँ हैं कि जन्म से ही अंग्रेज़ी बोल-बोलकर हिन्दी सीखने ही नहीं देती हैं। मैंने एक बार कहा भी मिसेज़ गोयल से, तो कहने लगी, 'यदि मैं अंग्रेज़ी नहीं बोलूँगी तो अंग्रेज़ी इसके लिए एलियन भाषा बन के रह जायेगी।' सोचो यदि मातृभाषा एलियन रह जाये तो ज़्यादा नुकसान है या विदेशी भाषा एलियन रह जाये तो ज़्यादा नुकसान है? मैं क्या बोलता, खुद मैं भी अपने नन्हे-मुन्ने भतीजों से अंग्रेज़ी में ही बोलता था, पर उस दिन जाने-अनजाने मेरे मन की कोई फाँक भी आंटी के विचार में शामिल हो गयी थी इस कारण आंटी की बात का जवाब देने की बजाय मैंने बात घुमाकर पूछ डाला, 'आंटी यह कहाँ से आ टपका?' आंटी ने अद्‌भुत जवाब दिया, 'यह मेरे एकान्त को रचने और मेरी ज़िन्दगी में आनन्द घोलने आ पहुँचा।' अपने आराम और दूसरे कामों को स्थगित कर आंटी पूरी गम्भीरता से मुंडी हिला-हिला, मुँह बना-बना और आँखें

मटका-मटकाकर उसे कहानी सुनाती रहीं जैसे भावी पीढ़ी का निर्माण कर रही हों और किसी गम्भीर श्रोता की तरह सोनू कहानी सुनता रहा।

मिस्टर और मिसेज़ गोयल दोनों ही अपनी-अपनी कम्पनी में सीनियर मैनेजर थे। मिसेज़ गोयल अपने तीन वर्षीय बेटे सोनू को अपने साथ ही ले जाती थीं। उसे वे किसी क्रेच में डाल फिर अपने ऑफ़िस जातीं। कई बार शाम को क्रेच की गाड़ी पहले आ जाती, मिसेज़ गोयल बाद में आतीं। जालीदार बन्द गाड़ी में बैठा सोनू अक्सर रोता रहता, कई बार हमसे ज़िद करता कि हम उसे अपने साथ ले चलें। एक बार सोनू से बात करते-करते ही बदबू का भभका-सा लगा। मुझे लगा आसपास कुछ गन्दगी पड़ी होगी। मैंने सोनू के ड्राइवर से कहा कि वह गाड़ी थोड़ी दूर पार्क कर दे, यहाँ बदबू आ रही है। वह हँसने लगा—यह बदबू सोनू बाबा के पैंट से आ रही है, उसने पॉटी कर दिया है। मैं तो जैसे आसमान से गिरा। हे भगवान, यह सब भी होता है! मैंने उतावला होकर कहा—'जब तुम जानते हो तो उसका पैंट क्यों नहीं बदल देते हो?' उसने अजीब-सा जवाब दिया, सिर्फ़ पैंट बदलने से क्या होगा? मुझे उसे साफ़ भी करना होगा, मेरा काम जब तक उसकी माँ नहीं आ जाये, उसकी चौकीदारी करना है, उसकी माँ बनना नहीं है। फिर मैंने मैडम को फ़ोन पर बता भी दिया है। अब वे जानें और उनका काम जाने।

एक बार भयंकर गर्मी थी, सोनू बन्द गाड़ी में बैठे-बैठे झुलस ही गया था, मुझे सोनू पर बड़ा तरस आया, मैंने गाड़ीवाले से कहा—'जब तक इसकी मम्मा नहीं आ जातीं, कम-से-कम इसे खुली हवा में बाहर तो रहने दो, कैसे क़ैदियों की तरह इसे अन्दर ठूँस रखा है।' उसने बड़ा मायूस जवाब दिया, 'मैं जैसे ही इसे छोड़ दूँगा, यह पिंजरे से छूटे पक्षी की तरह उड़ने लगेगा और मैं 'दिन भर का थका-हारा, मुझमें इतनी जान नहीं कि इसके पीछे-पीछे दौड़ूँ। जब इनकी माँ को ही इनकी चिन्ता नहीं तो मैं क्यों सोचूँ।'

बहरहाल दिन बीत रहे थे। हम सब ज़िन्दगी को झेलने और उसके बन्दोबस्त में लगे थे। ये वो दिन थे जब भविष्य में कुछ बन पाने के नसतोड़ तनाव में ही हमारा वर्तमान स्वाहा हो रहा था। इस तनाव को झेल न पाने की वजह से हमारे एक सहपाठी का मानसिक सन्तुलन ही बिगड़ गया था और उसे कॉलेज स्थगित कर काउंसलिंग लेनी पड़ रही थी। एक ने आत्महत्या की असफल चेष्टा की। मैं भी अपने को डिप्रेशन से बचाने के लिए खुद को कभी भाग्य के हवाले करता तो कभी 'डू द बेस्ट एण्ड लीव द रेस्ट' जैसे जीवन मन्त्र के हवाले छोड़ देता।

हम सभी ख़ुद को बेफ़िक्र रखने की भरसक कोशिश करते। इस कारण कॉलेज से घर और घर से कॉलेज के बीच जो कुछ भी समय हमें मिलता, उसमें युवराज के छक्के और राखी सावन्त के ठुमके हमें हमारी तनावों की दुनिया से कुछ देर के लिए ही सही दूर ले जाते, हमारा दिल बहलाते और हमारे पंखों को हवा देते।

उन्हीं दिनों एक बार आंटी का घबड़ाया हुआ फ़ोन आया मेरे पास, तुरन्त आओ, सोनू को बहुत उलटियाँ हो रही हैं, उसकी माँ फ़ोन नहीं उठा रही है। मैं भी घबड़ा गया। घर पहुँचा तो देखा कि सदैव खिला खिला-सा रहने वाला आंटी का मुखमण्डल तनाव, चिन्ता और थकान के बादलों से घिरा हुआ था। आंटी की साड़ी उलटी से लथपथ थी, पूरे घर में अजीब-सी उलटी की गन्ध भरी हुई थी, जंगली हिरण की तरह हर तरफ़ धमाचौकड़ी मचाने वाला सोनू गमछा ओढ़े सोफ़े पर ही अधमरा-सा लेटा हुआ था। आंटी आँगन को फ़िनाइल से साफ़ करते हुए ही फ़ोन पर मिसेज़ गोयल से बतिया रही थीं। मिसेज़ गोयल आंटी को फ़ोन पर समझा रही थीं, 'आप चिन्ता मत कीजिए, यह तो इसी प्रकार उलटी करता रहता है, इसने क्रेच में कुछ ज़्यादा खा लिया होगा। आप तो बस इसे थोड़ा नमक-चीनी घुला पानी पिला दीजिए। मैं नौ बजे तक पहुँच जाऊँगी, क्या बताऊँ आज बॉस के साथ एक बहुत ज़रूरी मीटिंग में फँस गयी हूँ।'

उस दिन पहली बार देखा मैंने आंटी को क्षुब्ध होते हुए, माथा पकड़ बोलीं वे, हे भगवान! क्या हो गया है इसकी माँ को, बेटा अधमरा हो रहा है, अभी तक छह उलटियाँ कर चुका है और इसकी माँ कह रही है चिन्ता की कोई बात नहीं, क्रेच में ज़्यादा खा लिया होगा, यह तो इसी प्रकार करता रहता है उलटी। हे भगवान, किस हादसे में मर गयी है इनकी ममता, किसने बना दिया इन्हें ऐसा! कैसा समय है! बॉस को फुल टाइम, पति को पार्ट टाइम और बच्चे घास-फूस की तरह बढ़ रहे हैं...?? चेहरा देखो इसका, कैसे छुहारे-सा सूख गया है। और बात करते-करते ही आंटी ने मुझे सोनू के लिए नमक-चीनी का पानी बनाने में लगा दिया और ख़ुद सोनू के कपड़े बदलने में लग गयीं। हमेशा सोनू को छोटा भीम देखने से रोकने वाली आंटी ने इस बीच ख़ुद ही टीवी पर छोटा भीम लगा दिया जिससे सोनू का मन लगा रहे।

अगले सप्ताह से ही मैं एम.बी.ए. के इंटर्नशिप में व्यस्त हो गया, आंटी के यहाँ आना-जाना थोड़ा कम हो गया लेकिन फिर भी हम दोनों घरों के बीच आंटी को लेकर अदृश्य खींचातानी चलती रहती थी। आंटी जैसी दुधारू गाय को हम सभी अपने-अपने खूँटे में बाँध लेना चाहते थे। हम दोनों को ही डर रहता कि कहीं कोई अकेला ही आंटी को हाईजैक न कर ले, इस कारण अपनी ज़िन्दगी में

व्यस्त होते हुए भी मैंने दुआ-सलाम जारी रखी और तभी मैंने आश्चर्य से देखा कि सबसे दूर-दूर रहने वाली बन्दगोभी मिसेज़ गोयल भी अनायास ही मेरे ही पदचिन्हों पर चलने लगी थीं, बल्कि मुझसे भी क़दम भर आगे ही थीं।

उन्हीं दिनों मुझे एकाएक गोयल परिवार की तरफ़ से सोनू के जन्मदिन के उपलक्ष्य में रखी पार्टी में शरीक़ होने का निमन्त्रण मिला। मुझे इस निमन्त्रण की उम्मीद नहीं थी। क्योंकि उनकी दुनिया और हमारी दुनिया एकदम अलग-अलग थी। वहाँ वे सभी बुलन्द हस्तियाँ आने वाली थीं जो अपने जीवन में कामयाबी के शिखर को छू चुकी थीं या छूने के क़रीब थीं। मेरा भी वहाँ जाना ज़रूरी था, क्योंकि मैं भी कामयाबी से हाथ मिलाने के इस दुर्लभ अवसर को खोना नहीं चाहता था। इसलिए समय कम होने के बावजूद मैं वहाँ गया।

उनका घर ज़रूरत से ज़्यादा चमक रहा था। सोनू किसी रूठे राजकुमार की तरह बैठा हुआ था। समृद्धि किसी परी की तरह अपने पंख पसारे खड़ी थी। किसी दीवार पर मोनालिसा मुस्करा रही थी तो किसी दीवार पर एम.एफ. हुसैन के घोड़े दौड़ लगा रहे थे। कुछ आत्मविश्वास के गुच्छे वहाँ चहक रहे थे तो कुछ नेशनल और मल्टी नेशनल जमूरे अलग से ही दमक रहे थे। मिस्टर महेश्वरी अपनी विदेश यात्रा का बखान कर रहे थे तो मि. चन्दानी जिनकी फॉरेन पोस्टिंग तय थी, मुम्बई को कोस रहे थे कि दो महीने से यहाँ सूरज तक नहीं दिखा, क्या होगा यहाँ रहकर। मिसेज़ बाफना का ख़याल था कि यदि देश की बागडोर किसी कॉरपोरेट को दे दी जाये तो देश शायद बच सकता है। मिस्टर भारद्वाज को सन्तोष था कि उन्होंने अपने प्रवासी पुत्र को स्काइप पर ही गणपति पूजा करवा दी। इसी बीच मिस्टर रवि ने सीमा पर गश्त लगाते दो भारतीय सैनिकों के सिर काट ले जाने वाली घटना का ज़िक्र शुरू किया ही था कि मिस्टर महेश्वरी ने उन्हें डपट दिया—यार ऐसी घुटन और डिप्रेसिंग बातों के लिए हमारा ऑफ़िस ही क्या कम है जो तुम यहाँ भी ऐसी बातें ले बैठे? हें!हें करते मिस्टर रवि ने दाँत निपोर दिये। इसी बीच केक काटने की रस्म शुरू हुई। इतनी भीड़-भाड़, शोरगुल, आक्रामक रोशनी, कैमरा और तेज़ म्यूज़िक को सुन सोनू शायद डर गया था और चीख़ मार-मारकर रोने लगा था। सोनू के चीख़ मारने के साथ ही हम लोगों की फ़ील गुड की लय-ताल गड़बड़ा गयी थी। सोनू ने रोते रोते कहा, 'मुझे केक नहीं काटना मुझे आंटी के पास जाना है।' और तभी जैसे 26/11 का अटैक हो गया हो। गोयल दम्पति को साँप सूँघ गया। चिड़िया-सी चहकती मिसेज़ गोयल की बिल्लौरी आँखें छिपकली की आँख की तरह बाहर निकल आयीं, 'शिट यार, आंटी को तो बुलाना ही भूल गये।' मिसेज़ गोयल इस चूक के लिए अपने पति

को बुरा-भला कहने लगीं, 'किसी को नहीं भूले एक आंटी को ही कैसे भूल गये? हर दिन डेढ़-दो घण्टे रख ही लेती हैं सोनू को। उन्हीं के चलते मैं पूरी शाम सोनू को लेकर निश्चिन्त रहती हूँ, लेकिन तुम्हें मेरा सुख कब सुहाया है? तुम तो चाहते ही हो कि मैं नौकरी-वौकरी छोड़ तुम्हारी चाकरी में ही लगी रहूँ।' नुकीले तार जैसी शख़्सियत वाले मि. गोयल कुछ देर सुनते रहे, झल्लाते रहे, पत्नी को शान्त करने की कोशिश भी की, पर पत्नी थी कि एकदम गरम इस्त्री, बेकाबू। जंगली बिल्ली की तरह नोचने-झपटने को तैयार। पार्टी की रंगत बिगड़ती देख उन्होंने भी अन्तिम दाँव लगाया और डफर कर दिया मिसेज़ गोयल को—क्या आंटी-आंटी रट लगा रखी है। अरे यह तो सोचो कि इस पीज़ा, बर्गर, डांस और ड्रिंक की पार्टी में आकर कर भी क्या लेतीं आंटी? वे हमें देखकर दुखी होतीं और हम उन्हें देखकर। खुश होओ कि दो दुख कम हुए मिस्टर गोयल के इस खुलासे के साथ ही एक ज़ोरदार ठहाका लगा। बादल छँटे, तापमान सामान्य हुआ, पार्टी की रंगत लौटी। मिसेज़ गोयल फिर आवभगत में लग गयीं। तेज़ म्यूज़िक पर कुछ जोड़े थिरकने लगे, 'कजरारे कजरारे तेरे नयन बड़े कजरारे...'। कुछ लुंगी डांस की फ़रमाइश करने लगे।

सोनू रोते-रोते ही सो गया। बुलन्द हस्तियों और कामयाब लोगों की पार्टी फिर धीरे-धीरे शबाब पर चढ़ने लगी।

उसे बुद्ध ने काटा

मुझे ठीक से याद नहीं आ रहा कि मेरी उससे क्या-क्या बातें हुई थीं। मैं तो उसके होने को ही देखती रहती थी जो धीरे-धीरे नहीं होता जा रहा था। वह ज़िन्दा था मगर उस तरह ज़िन्दा नज़र नहीं आ रहा था जैसे वह कभी ज़िन्दा नज़र आया करता था। पिछले कई महीनों से उसके जीवन से जीवन जा रहा था। बीते वक़्त की उदासियाँ उसे चूस चबा रही थीं। जीने में उसकी दिलचस्पी निरन्तर कम होती जा रही थी। वह सबसे कटता जा रहा था। ख़ुद से, अपने आसपास से, दीन-दुनिया से। और यदि अब भी कुछ न किया गया तो मामला ख़तरे के जोन में पहुँच सकता है। यह मैं समझ रही थी।

पर मामला तब तक सचमुच ख़तरे के जोन में पहुँच चुका था। मैंने सोचा था कि कश्मीर की हवाएँ उसके भीतर के साँय-साँय करते ख़ालीपन को भर उसे जीवन की ओर लौटाने में कामयाब हो जायेंगी। मैंने सोचा था कि प्रकृति उसे खण्ड-खण्ड खण्डित और ध्वस्त होने से बचा लेगी। पर मैं ग़लत थी! जब भीतर की क्यारी ही सूख गयी हो, पौधा ही मर गया हो तो बाहरी सुन्दरता क्या ख़ाक बचायेगी?

कहानी उसी मरते हुए पौधे की और उस समय की जब इस देश की पटकथा देश के नौजवान नहीं, मेहनतकश सपूत नहीं, किसान नहीं, मज़दूर नहीं, जवान नहीं, नेता नहीं वरन् कुछ कॉरपोरेट घराने लिख रहे थे।

बहरहाल मैं कभी उसे सोनमर्ग की घाटियों तो कभी गुलमर्ग की वादियों के बीच ले जाती। कभी पहलगाँव तो कभी नारायण नाग की वादियों में घुमाती कि महसूस करे वो मस्त बहारों को, जीवनदायी हवाओं को, आसमान छूते विराट पर्वतों को। सदियों से बहते, चाँदनी छिटकते दुग्ध-धवल झरनों को। यह रूहानी सौन्दर्य मेरी आत्मा को जगाने लगता कुछ इस क़दर की मेरी आँखें डबडबा जातीं। हाथ अनायास जुड़ जाते—तू सचमुच है! जब मैं खुद इस क़दर भाव-विह्वल थी। हरियाली देखते-देखते ख़ुद हरियाली बन गयी थी तो क्या क़ुदरत की इस करामात का असर उस पर नहीं होगा? जीवन की यह गुनगुनी धूप क्या उसकी

आत्मा पर लगी फफूँदी को दूर नहीं कर देगी? यही सोच मैं पूछती उससे, 'तुम कहते हो न कि क्या है मेरे होने का अर्थ? तो खोजो कुदरत के इस कमाल के बीच, तारों भरी इस रहस्यता के बीच, पर्वतों की इस विराटता के बीच अपने होने का अर्थ?' मैं कहती, 'ध्यान से सुनो इन चिड़ियों की चहचहाहट को, झरनों को, हवाओं और पत्तों की सरसराहट को।' पर उसकी आँखों की खिड़की में तो इतना धुआँ भरा हुआ था, उसके कानों में इतना शोर भरा हुआ था कि वह न कुछ देख पाता और न ही किसी महीन ध्वनि या तरंग को पकड़ ही पाता था। बस अपने खोल में ही बन्द पोटली-सी पड़ी रहती उसकी काया। मुझे लगता मैं अपने बेटे नहीं वरन् किसी अजनबी के साथ हूँ जो किसी भी हालत में तैयार नहीं ज़िन्दगी का साथ निभाने को। पर फिर भी मैंने हथियार नहीं डाले। मैं पूरी शक्ति के साथ लग गयी कि जागे उसमें जीवन, मैं सुनाती उसे सृष्टि के रहस्य और अमरता की कहानी। ठीक वैसे ही जैसे कभी सुनाई थी शिव ने पार्वती को अमरनाथ की गुफा में। मैं सुनाती उसे महाभारत की कहानी कि कैसे हताश और भ्रमित हुए अर्जुन में श्रीकृष्ण ने वह शक्ति भर दी कि फड़क उठा वह। पहाड़ पर सैलानियों को घुमाते घोड़ेवालों को दिखाते हुए मैं शब्दों का महल खड़ा कर देती, 'देखो इनकी अटूट जिजीविषा को, मुट्ठी-भर अनाज के बदले ये दुनिया को ठेंगे पर रखने की क़ूवत रखते हैं। मैं जी-जान से लगी थी कि क्या कुछ करूँ, क्या गाऊँ-रोऊँ कि उसकी आत्मा पर लगा सारा कीचड़ धुल जाये और वह फिर तरोताज़ा हो जाये सृष्टि की पहली सुबह-सा। गंगा की गंगोत्री-सा। आख़िर माँ हूँ मैं उसकी, मुझे पहुँचना ही होगा आत्मा के उन अँधेरे तहखानों तक जहाँ ज़िन्दगी ने डरा रखा है उसे।

पर ऐसा कुछ भी नहीं हो पाया। उसने तो जैसे सन्नाटे को ही ओढ़-बिछा लिया था इसीलिए मेरी किसी भी बात का, यहाँ तक कि दार्शनिकता में पगे सूत्रों का भी उस पर कुछ असर नहीं हो पाया जैसे कि अपने श्रवणेन्द्रियों के दरवाज़े के बाहर उसने बोर्ड लटका दिया हो 'नो एंट्री' और मेरा कहा उसके घायल व्यक्तित्व से टकराकर लौटकर मेरे पास ही वापस आने को अभिशप्त हो। कई बार मुझे महसूस होता कि प्रकृति भी अकेले को और अकेला और भरे हुए को और भर देती है। क्या इसीलिए इस देश के ऋषि-मुनियों ने सर्वोत्तम प्राकृतिक सौन्दर्य के बीच वैराग्य और मौत का वरण किया? स्वामी विवेकानन्द, स्वामी रामतीर्थ, महाप्रभु चैतन्य, जाने किन-किन के नाम ज़हन में कौंधते और डर की ठण्डी लहर मेरे भीतर उतर जाती। नहीं बनने देना है मुझे उसे विवेकानन्द और रामतीर्थ। बस मेरा बेटा ही बना रहे वह।

पर वह तो तुला था ख़ून-खच्चर करने पर।

उफ़! क्यों नहीं हो जाता है वह पहले की तरह? क्यों इतना अज्ञेय हो रहा है वह?

क्या इसी का नाम है इन्सान।

बन्दरों की तरह उछलकूद करते विचार और लहरों की तरह उठती-गिरती स्मृतियाँ!

ममा, यह क्या पहन रखा है तुमने? किसी जाँच अधिकारी की तरह सिर से पैर तक ताकते हुए पूछा था उसने। मैं भौंचक कहीं कुछ उलटा तो नहीं पहन लिया, कोई ठिकाना नहीं मेरा भी। पर नहीं सब ठीक-ठाक ही था।

'ठीक ही तो पहना है। साड़ी ऐसे ही तो पहनी जाती है। आज क्या पहली बार देख रहा है मुझे?'

'साड़ी हिन्दुस्तानी और ब्लाउज़ पाकिस्तानी, यह क्या मैचिंग है?' काली जींस पर लाल-काली टॉप जिस पर लिखा था 'बीइंग ह्यूमन' और जो थोड़ी ऊपर चढ़ गयी थी, उसे नीचे खींचते हुए बोला वह।

'बाप रे तू एम.बी.ए. है या मैचमेकर। अरे भाई साड़ी नयी है, ब्लाउज़ थोड़ा घिसा-पिटा है तो क्या हुआ, क्या फ़र्क़ पड़ता है। थोड़ा ज्ञान बघारते हुए मैंने इतना और जोड़ दिया कि महत्त्वपूर्ण यह नहीं है कि मैंने क्या पहना है, महत्त्वपूर्ण यह है कि मैं क्या सोचती हूँ। महान चित्रकार एम.एफ. हुसैन तो अमेरिका जैसे देश में भी नंगे पैर आर्ट गैलरी चले जाते थे। क्योंकि वे होने में विश्वास करते थे दिखने में नहीं।' लेकिन वह तो मेरा कायाकल्प करने पर तुला था, इसलिए मेरी किसी भी बात का जवाब न देते हुए अपनी ही पतंग उड़ाता रहा, 'फ़र्क़ पड़ता है माँ, तुम्हारा बेटा एम.बी.ए. है, कंज्यूमर प्रोडक्ट में दुनिया की सबसे बड़ी मल्टीनेशनल का ब्राण्ड मैनेजर। अपने हाथों को उसने बड़ी कम्पनी के अनुपात में ही फैलाया—सोचो तुम ही यदि इस प्रकार कॉमन मैन दिखोगी तो लोग मेरे बारे में क्या सोचेंगे।' उसके माथे पर सिलवटें साफ़ दिख रही थीं।

'अच्छा ही सोचेंगे। सादा जीवन उच्च विचार की अवधारणा क्या शून्य से टपकी हैं? फिर मैं किसी और के विचारों की मोहताज नहीं हूँ।' मन किया यह भी जोड़ दूँ कि तुम लोग जींस पहनते हो मानवीय विचारों की, पर उड़ते हो अमानवीय आसमान में। पर मैं उन क्षणों किसी भी प्रकार की कटुता इस संवाद में नहीं लाना चाहती थी क्योंकि उन क्षणों को मैं एक गौरवशाली माँ की हैसियत से भी जी रही थी, इसलिए चुप्पी मार गयी।

'तुम भी अम्मा,' वह बच्चों की तरह निरीह दिखने लगा था। 'देखो मैं तुम्हारे लिए क्या लाया हूँ।'

आँखें चौड़ी हो गयी थीं मेरी। चप्पल से लेकर माथे की बिन्दी तक सब ब्रांडेड। एकाएक नज़र घड़ी पर पड़ी। प्लास्टिक की थोड़ी बड़ी-सी काली-कलूटी चमकती घड़ी। मैं फिर झल्ला पड़ी—'यह घड़ी नहीं पसन्द मुझे'।

'तो कैसी पसन्द है?'

उसे सन्तुष्ट करने की गरज से कहा, 'मुझे सुनहले बेल्ट की घड़ी पसन्द है'।

वह खिलखिलाकर हँस पड़ा, शैम्पू किये ख़ुशबूदार वालों पर नज़ाकत से हाथ फेरते हुए कहने लगा वो, 'मेरी बुद्धू अम्मा, यह है रेडो की घड़ी। जानती हो कितने की है? कितने की?' उसकी आँखें बड़ी क़ीमत के अनुपात में ही खिंचती जा रही थीं।

'पर मुझे ज़रूरत नहीं ब्राण्ड की। घड़ी का काम है समय बताना जो मेरी घड़ी बख़ूबी मुझे बता ही देती है। जानते हो मेरी सहेली के पास दस घड़ियाँ हैं फिर भी वह समय पर नहीं पहुँचती। ख़ैर, यह बता क्या तारीफ़ है तुम्हारी इस लाडो घड़ी की?'

हुलसित हो-होकर कहने लगा वो, 'लाडो नहीं, रेडो घड़ी। अम्मा इसकी सबसे बड़ी तारीफ़ है कि यह कभी भी पुरानी नहीं दिखती, कितना भी इसे तोड़ो पटको इस पर निशान नहीं पड़ते। आज जैसी दिख रही है न यह, आज के पाँच साल बाद भी यह वैसी दिखेगी, क्या कहते हैं तुम्हारी हिन्दी में एवरग्रीन को?'

'चिरयुवा' कहा मैंने और सिर्फ़ उसका मन रखने के लिए मैं घड़ी को उलट-पुलटकर देखती रही और सोचती रही कि ग्लैमर और चकाचौंध के पीछे भागती इस पीढ़ी के वायरस कहीं मुझे भी संक्रमित न कर दें। इतना असर तो मुझ पर भी होने लगा है कि अकेले में चाहे जो मन किया डाल लिया, पर इसके साथ जब भी जाती हूँ ड्रेस के प्रति सजग हो ही जाती हूँ। वह मस्त-मलंग फ़क़ीराना अन्दाज़ ग्रहण ग्रसित हो ही चुका है। न सिर्फ़ कपड़ों के प्रति सजग हो गयी हूँ वरन् यह भी चेक कर लेती हूँ कि कहीं चप्पल तो बहुत घिस नहीं गयी है। सुड़क-सुड़क कर चाय पीने और बिना चम्मच दाल-भात खाने की आदत तो इसके जवान होते ही ख़ुद-ब-ख़ुद भाग खड़ी हुई। अब क्या मेरे जींस भी बदलेगा यह? कई बार कह चुका है—ममा, अपना हेयरस्टाइल बदलवाओ। ममा प्लीज़, मेरे कहने से एक बार अपना फ़ेशिअल करवा लो। एक बार तो मुझे ब्यूटी पार्लर के वाउचर गिफ़्ट में दिये—ममा, पैसे तो लग ही चुके हैं। अब चली भी जाओ। हँसी आ गयी मुझे उसकी कच्ची चालाकी पर। सोचता है कि ऐसा कहने से अम्मा चली ही जायेगी। एक बार उसने अपने कुछ मित्रों को घर पर खाने के लिए बुलाया तो फिर पीछे पड़ गया—अम्मा अपने हेयर डाई करवा लो। चश्मे

का फ्रेम तो उस दिन ख़ुद ही जाकर ले आया था। दुखी होकर अन्त में मैंने कह ही दिया था—'ऐसा कर मेरे जींस तो अब बदल नहीं सकते, तू अपनी माँ ही बदल ले, न रहेगा बाँस न बजेगी बाँसुरी'।

उसी दिन मैंने ध्यान नहीं दिया और उसके सामने ही पेटीकोट से (क्योंकि साड़ी नायलॉन की थी) चश्मा पोंछ लिया तो फिर वह निराश हो गया, उसी शाम मेरे लिए ढेर सारे टिशू पेपर ले आया—'ममा इनसे पोंछो अपना चश्मा'।

उन्हीं दिनों एक बार उसने ऑफ़िस जाते-जाते हड़बड़ी में मुझसे पेन माँगा, वह इतनी हड़बड़ी में था कि मैंने उसे वही पेन थमा दिया जो मेरे सामने था, पता नहीं गर्मी से या क्या कारण हुआ (यह भी उसी के साथ होना था), बिना ढक्कन के उस बॉल पेन की स्याही लीक कर गयी। उसी दिन शाम को वह मेरे लिए फिशर का स्पेस पेन लेकर हाज़िर हो गया—इससे लिखो ममा, यह न कभी लीक करेगा और न ही इसकी कभी स्याही ही ख़त्म होगी।

'अरे यह कैसा पेन कि इसकी स्याही ही कभी ख़त्म नहीं होगी'।

मैंने पेन उलट-पुलटकर देखा तो आसमान से गिरी, उस अदने पेन की क़ीमत आठ हज़ार रुपये थी।

सफलता की छाया में तिर-तिर तैरता वह बोलता जा रहा था, 'ममा यदि कभी इसकी स्याही ख़त्म भी हो गयी तो कम्पनी इसका दाम वापस दे देगी।'

मैं झुंझला पड़ी, क्यों पसन्द करता है यह ऐसी चीज़ें जो अक्षय हों? उस दिन घड़ी लाया तो ऐसी जो चिरयुवा हो, आज पेन लाया तो ऐसा जिसकी स्याही कभी ख़त्म न हो। क्या ऐसी सोच प्रकृति के विरुद्ध नहीं? क्या यह अति की ओर लुढ़कना नहीं?

लेकिन इन सब नोक-झोंक के बावजूद वे हमारे गुनगुनी सुबहों और रेशमी शामों वाले घरेलू दिन थे। ये वे दिन थे जब हमें धरती और जीवन दोनों से ही कोई शिकायत नहीं थी। क्योंकि हम ज़िन्दगी से जुड़े हुए थे। हम ज़िन्दगी के ऐन बीचोबीच थे।

और उसके बाद ही माला के मनकों की तरह सब कुछ बिखरता गया। उसका प्रमोशन हुआ और कम्पनी ने उसे अन्तरराष्ट्रीय टीम में डाल दिया। अब धरती पर चलने की बजाय वह आसमान में उड़ने लगा था। दौलत में तैरने लगा था। संसार के सभी देशों में उसकी कम्पनी के मुख्य कार्यालय थे। उसे कभी वियतनाम जाना पड़ता, कभी पेरिस, कभी जर्मनी तो कभी स्पेन। हम ख़ुश होते कि बेटा उन्नति कर रहा है। जिन देशों के नाम भर हमने सुने, बेटा उन विदेशी आसमानों को छूकर आ रहा था।

क़रीब डेढ़ साल बाद वह भारत आया तो भी सिर्फ़ दो दिनों के लिए। इन दो दिनों में भी उसने पाँच राज्यों में उड़ान भरी। सुबह का नाश्ता दिल्ली में लिया, लंच मुम्बई में तो शाम का खाना चेन्नई में। हमारे घर भी वह ठहरा था महज़ दो घण्टे पैंतालीस मिनट के लिए। रात ढले वह जब तक आया मेरी प्रतीक्षा लहूलुहान हो चुकी थी। भोर-भोर ही उसकी उड़ान थी। बस कुछ लम्हों के लिए ही झपकी ले वह उठ गया था। विशेष तो कुछ था नहीं उसके लिए करने को, बस चाय ही अपने हिस्से आयी थी। सुबह-सुबह ही उसके लिए इलायची की ख़ुशबूदार चाय बनायी थी। लेकिन वह चाय भी वह पी नहीं पाया था। चाय गर्म ज़्यादा थी, उसके पास समय कम था। वहीं किसी काम से मैंने उसका किट बैग खोला तो हैरान रह गयी। उसमें चावल, दाल, दलिया, आटा आदि के छोटे-छोटे पैकेट थे, छोटी-सी प्लास्टिक की पैक मसालेदानी थी जिसमें हल्दी, मिर्च, धनिया, जीरा और अमचूर भरा हुआ था। एक छोटा-सा कुकर भी था। यह क्या? मुझे लगा जैसे मैंने चावल, दाल और मसालों के पैकेट को नहीं वरन् साँप, बिच्छुओं को छू लिया है। बिना घी, तेल के क्या यह उबला खाना खाता है? मैंने पूछा तो वह उखड़ गया, सामान को ज़ोर-ज़ोर से सूटकेस में पटकते हुए, चीख़ती आँखों से मुझे देखते हुए बोलने लगा, 'ममा, मेरा माइक्रो मैनेजमेंट मत करो'। वह जब भी झुँझलाता अँग्रेज़ी पर उतर आता था। मेरा रुआसाँ चेहरा देख वह फिर थोड़ा नरम पड़ा, शायद मेरे दुख से दुखी भी हुआ, मेरे कन्धे पर हाथ रख समझाने लगा, 'ममा मैं यहाँ से सीधा मेड्रिड (स्पेन) जाऊँगा, वहाँ शाकाहारी भोजन नहीं मिलता, 1975 तक तो वहाँ शाकाहारी खाना बैन था। अब बैन तो नहीं है, फिर भी शाकाहारी खाना कहाँ खोजूँगा, खाने के अलावा भी दुनिया में बहुत काम हैं। इस कारण मैं चार-पाँच दिन का खाने का सामान साथ रखता हूँ कि कहीं नहीं मिले तो पकाकर खा लूँ।'

'इतना-सा दाल-चावल चल जायेगा पाँच दिन?' जानती थी अधिक जिरह पसन्द नहीं जनाब को विशेषकर उन बातों पर जहाँ उसका क़द छोटा लगे। टाई की गाँठ ठीक करते हुए वह सचमुच झल्ला पड़ा, 'चिल ममा, ट्राई टू अंडरस्टैंड, ब्रेड, चीज़, मक्खन, नूडल्स वग़ैरह तो हर जगह मिल ही जाता है, एक टाइम उससे निकाल लेता हूँ।'

ध्यान से देखा मैंने, ब्रेड, चीज़ और मक्खन खा-खाकर उसका वज़न बढ़ रहा था। शरीर पर हर कहीं अतिरिक्त चर्बी नज़र आ रही थी। सामने के बाल काफ़ी उड़ गये थे। पीछे भी छोटा-सा चाँद निकल आया था। कम सो पाने की वजह से आँखों के नीचे काली झाइयाँ दिखने लगी थीं। हे भगवान! यह कैसी ज़िन्दगी है, कमाना राजा की तरह, पर खटना गधों की तरह और खाना भिखारियों की तरह!

जाते-जाते फिर पूछ बैठी थी मैं, 'अब कब आओगे?' जाने किस ख़याल में खोया था वह कि जबाब दिया, 'चार सौ करोड़।'

'क्या? चार सौ करोड़ दिन के बाद। यह क्या कहा?'

वह शरमा गया, 'सॉरी ममा, मेरे दिमाग़ में कुछ और चल रहा था। अरे ममा, मैं अपनी कम्पनी के सबसे बिकाऊ प्रोडक्ट का ब्रांड मैनेजर हूँ। इस कारण मेरे दिमाग़ में सेल्स का आँकड़ा घूम रहा था।' मैं कहना चाह रही थी कि ज़िन्दगी को लेकर इतनी लापरवाही ठीक नहीं। पर मैं कुछ कहती इसके पहले ही वह यह जा, वह जा।

आज ताना दे रहे हैं वे दिन वे लम्हे। रह-रहकर कोंच रहे हैं मुझे कि मैंने तभी क्यों नहीं आगे बढ़कर रोक लिया उन्हें? तब वे मेरी पहुँच से इतने दूर भी न गये थे।

साल भर बाद वह फिर आया भारत, पर तब तक शायद सुर बिखर चुके थे। ख़ूबसूरत-सा कुछ था उसमें, जो सदा के लिए मर गया था। तोड़-फोड़ उसके भीतर शुरू हो चुकी थी। यूँ बाहर से सब कुछ सामान्य ही लग रहा था। पर एक माँ की सतर्क निगाह से कुछ भी बच नहीं रहा था। काफ़ी थका-थका, बिखरा-बिखरा और उदास दिख रहा था वह। फ़ेसबुक, तेज़ म्यूज़िक, दोस्त, गर्लफ्रेंड, होटल, रेस्तराँ, पार्टी, आना-जाना, पीना-पिलाना सब सिरे से ग़ायब थे। ऑफ़िस से आते ही लैपटॉप पर या तो डेटा विश्लेषण करता या गुमसुम बैठा जाने क्या-क्या सोचता रहता। एक बार तो मैंने उसे गीता के साथ-साथ बुद्ध के 'एट फोल्ड पाथ' पर कुछ पढ़ते हुए देखा। मुझे ताज्जुब हुआ। हमेशा रंगीनियों, रोशनियों और चकाचौंध में उड़ने वाला गीता में क्या खोज रहा है?

क्या मुझे भ्रम हुआ है? कैसे टटोलूँ उसे? यद्यपि अपनी ज़िन्दगी में मुझे गीता ने हमेशा ही सँभाला था, पर उस दिन उसका बुद्ध और गीता की शरण में जाना जैसे मुझे किसी तूफ़ान के संकेत देने-सा लगा। उसकी गहरी उदासी, उसकी थकावट, चेहरे की उड़ती रंगत, बढ़ता वजन सब जैसे चीख़-चीख़कर कह रहे थे कि ये वो लहरें हैं जो तूफ़ान पूर्व ही आती हैं। रात मैंने उसके माथे पर हाथ फेरते हुए कहा, 'चलो कहीं घूमने चलते हैं, कुछ मौज-मस्ती करते हैं?'

उसकी आँखों में वेदना का समुद्र लहराया। माथे पर उग आये पसीने को कुर्ते की बाँह से पोंछते हुए उसने धीरे-धीरे अपने को खोला, जैसे कोई खोलता है धीरे-धीरे सावधानी से घाव पर बँधी पट्टियों को, 'ममा क्या तुम्हें नहीं लगता कि हर चीज़ का कोटा बँधा होता है। मौज-मस्ती का भी। ममा मुझे लगता है कि मैंने मौज-मस्ती का अपना कोटा शायद पूरा कर लिया है। शायद मैंने अपने हिस्से से कुछ ज़्यादा ही ले लिया है। बुद्ध ने कहा था कि, "एवरीथिंग इन एक्सेस

इज़ पॉइज़न (ज़रूरत से ज़्यादा हर चीज़ ज़हर है)" तो ममा, मेरे पास तो सभी कुछ एक्सेस (अतिरिक्त) है। चर्बी ज़्यादा, पैसा ज़्यादा, ख़र्च ज़्यादा, रफ़्तार ज़्यादा, घूमना ज़्यादा, काम ज़्यादा तनाव ज़्यादा, प्रेशर ज़्यादा, हो-हल्ला ज़्यादा। अब तुम्हीं बताओ ममा, इतने एक्सेस का भार यह मशीन कैसे सँभाले।' बोलते-बोलते वह खिड़की से आसमान की ओर ताकने लगा था, अब वह मेरे साथ नहीं था।

उन जलते क्षणों में लगा जैसे बुद्ध हमारे घर के आँगन में करुणा की मूर्ति बनकर नहीं वरन् आतंक बनकर उतरे हैं। उस पर कोढ़ में खाज यह कि उसी समय जाने कैसे तो याद आया कि एक 21 वर्षीय लड़के ने आत्महत्या कर ली थी, वह हर दिन नेट पर बैठा रहता था। सुसाइड नोट में उसने लिखा था, 'सब कुछ जान गया हूँ, अब देखने को क्या बचा है।' तो क्या इसका भी कोटा पूरा हो गया? नहीं बचा कुछ?

इसीलिए पीले पड़ते जा रहे हैं उसके पत्ते। कुछ करना होगा! काश कर पाती मैं उसके मन की खुदाई। पकड़ पाती उस जीवन को जो हर रोज़ निकल रहा था दबे-दबे पाँव बाहर।

मेरा चिन्तित चेहरा देख शायद उसे भी लगा कि कुछ ज़्यादा ही बोल गया है वह। इस कारण मुझे आश्वस्त करने के लिए बिना बात ही ज़ोर-ज़ोर से हँसने लगा, झूठ-मूठ की खाने की फ़रमाइशें करने लगा।

पर हर दिन ही कुछ-न-कुछ ऐसा होता रहता कि भरोसा फिर अनाथ हो जाता। सुख-शान्ति का गला दब जाता। कई बार आधी-आधी रात तक उसके कमरे की बत्ती जली रहती, कई बार रसोई में भी खट-पट की आवाज़ें आती रहतीं। एक रात वह नींद में बड़बड़ा रहा था—दो सौ करोड़-दो सौ करोड़! एक दिन उसके कमरे में झाड़ू लगाते वक़्त बाई ने काग़ज़ के कई मुड़े-तुड़े टुकड़े देखे। कुछ टुकड़ों पर कुछ डेटा लिखे हुए थे, कुछ पर एकाध पंक्ति लिखकर फेंक दिया गया था, एक टुकड़े पर लिखा हुआ था, 'ज्यों-ज्यों बड़ा हो रहा हूँ अशान्तियाँ भी बड़ी हो रही हैं।' एक और टुकड़े पर लिखा था, 'करूँ ना करूँ? सेल्स टारगेट पूरा तो किसी प्रकार कर दूँगा पर इससे अधकटी गर्दन वाली बकरियों की तरह कई ज़िन्दगियाँ बाँ-बाँ कर उठेंगी। क्या करूँ? क्या यही चाहा था मैंने कि बैल बन जाऊँ? लगता है सेल्स टारगेट को पूरा करते-करते मैं भी एक दिन कम्पनी का बैल बनकर दम तोड़ दूँगा। और मेरे चारों तरफ़ बिखरे होंगे आँकड़े-ही-आँकड़े'। उस टुकड़े को पढ़ मैं तो जैसे ज़िन्दा ही चिता पर चढ़ गयी थी। क्यों लिखा उसने—'दम तोड़ दूँगा'—क्या चल रहा है उसके भीतर? यह कम्पनी तो उसकी ड्रीम कम्पनी थी। फिर क्या हुआ?

दिन-भर मैं गीली लकड़ी की तरह सुलगती रही। स्वप्नों के पंख नोचती रही। दम रोककर उसके आने का इन्तज़ार करती रही। उस दिन भी वह और दिनों की तुलना में घर जल्दी ही आ गया था। मैं फिर परेशान हो उठी। क्या ऑफ़िस का काम सँभल नहीं रहा उससे? क्या तबियत ठीक नहीं? क्यों आ गया इतनी जल्दी? इतने जतन से बनाये खाने को भी उसने छुआ भर, 'ममा, भूख नहीं।' आवाज़ का यदि कोई चेहरा होता है तो यह तय था कि उस दिन उसका चेहरा बहुत कातर और ग़मगीन था। मेरे भीतर जैसे ख़तरे की घण्टी बजी, 'यह ठीक नहीं।' उसके हाथों पर हाथ फेरते हुए मैंने कहा, 'मुझे लगता है तू काम करते-करते बहुत थक गया है, चल कहीं घूम आते हैं, इस शहर से बाहर।'

वह हँस पड़ा, एक बेजान बिलखती हँसी, 'ममा, सारी दुनिया तो घूम चुका हूँ, पिछले पाँच सालों से घूम ही तो रहा हूँ। अब घूमने में क्या आकर्षण बचा है मेरे लिए। ममा इतना तेज़ दौड़ा पर पहुँचा कहीं नहीं।' बोलते-बोलते उसकी आवाज़ बिखरने लगी थी। मन पर पट्टियाँ बँध गयीं मेरे। क्या कुछ नहीं बचा? क्या सब कुछ देख भोग लिया इसने 29 साल के इस जीवन में? इसीलिए जब भी शादी की बात मैं करती हूँ, किसी-न-किसी बहाने टाल देता है, वह मुझे? कभी कहता, अब ज़माना शादी का नहीं, 'लिव-इन-रिलेशन' का है तो कभी कहता, ममा, कम्पनी टिककर बैठने दे तो सोचूँ। एक बार एक लड़की को लेकर मैं पीछे ही पड़ गयी तो हाथ छुड़ाकर भागा। बाद में उसका एस.एम.एस. आया—मुझमें सुख भोगने की न इच्छा रही न ताक़त। मैं ठण्डा हो चुका हूँ।

ओह नो! सारी रात स्पप्नों के पंख झड़ते रहे, उसके अलग, मेरे अलग, क्यों लिखा उसने—'सुख भोगने की न इच्छा रही न ताक़त।' क्या नौकरी के तनाव और सेल्स टारगेट ने मार डाला है उसे? आशंका के साँप डसते चले गये। पिछले दिनों मेरी सहेली के डॉक्टर पति ने कहा था—क्या बतायें तेज रफ़्तार की जीवन-शैली और आधुनिक जीवन के तनाव युवकों में नपुंसकता बढ़ा रहे हैं। तो क्या यह भी? भगवान न करे! क्या होगा अति और गति में जीने वाली इस पीढ़ी का? न यह ख़ुद जियेगी न जीने देगी।

मुझे लगा सारे उत्पात की जड़ यह नौकरी है जिसे पाने के लिए कभी उसने धरती-आसमान एक कर दिया था। सोलह-सोलह घण्टे पढ़-पढ़कर ख़ुद को गला ही डाला था। वही नौकरी आज उसका ख़ून चूस रही थी। उसका छरहरापन, उसकी ताज़गी, उसके सुन्दर केश, उसका व्यक्तित्व, उसकी आत्मा यहाँ तक कि उसकी हँसी तक उससे छिन चुकी थी। कई बार मुझे सोचना पड़ जाता था कि वह अन्तिम बार कब हँसा था। (शायद नौकरी के शुरुआती महीनों में) बहरहाल

ज़ख़्म खाये उसके वजूद की मलहम-पट्‌टी करते हुए मैं बोली, 'छोड़ दे तू यह चाकरी, खा रही है यह तुझे। कोई दूसरी नौकरी ढूँढ़ ले जहाँ कुछ तो सुकून मिले।'

परमहंसी मुद्रा में वह बोला—'नौकरी बदलने से दुनिया नहीं बदल जायेगी ममा, हर जगह यही हाल है। जहाँ भी जाऊँगा, टारगेट, मुनाफ़ा, रेड मारना, तिकड़म, झूठ और फ़रेब मेरा पीछा नहीं छोड़ेगा। इसलिए सवाल यह नहीं है कि मैं इस कम्पनी में रहूँ या दूसरी कम्पनी में, सवाल यह है कि मैं नौकरी में रहूँ या नहीं।' कहते कहते उसने फिर बुद्ध को कोट किया। पहली बार मैंने बुद्ध को कोसा, ख़ुद शान्ति की खोज में घरबार छोड़कर जंगल में चले गये और आने वाली पीढ़ियों को भागने का रास्ता दिखा गये। कहीं सचमुच ही उसने नौकरी छोड़ दी तो क्या होगा? मेरा बूता नहीं कि उसे बैठकर खिला सकूँ। अभी तो इसके लिए ठीकठाक लड़की का जुगाड़ भी नहीं कर पायी हूँ, कहीं टिककर रहे तो बात आगे बढ़ाऊँ। पर इतना तय था कि मेरी शंका सही है, यह ख़ुश नहीं। यह सचमुच अशान्त है, तभी उसे बुद्ध याद आ रहे हैं।

शाम मैंने फिर उसमें हवा भरने की चेष्टा की, 'बेटा, ज़िन्दगी से यूँ डरा नहीं जाता, सींगों से पकड़ उसका मुकाबला किया जाता है।'

'हूँ', वह मुस्कराया बुद्ध की तरह। मैं काँप उठी मलेरिया के रोगी की तरह।

सुबह-सी सुबह लेकिन वह अभी तक नहीं उठा था। शायद रोज़ की तरह जगा-जगा ही सोया था या एक रात के भीतर ही जाने कितनी रातें बिता रहा था वह। रात उसने कपड़े भी नहीं बदले थे, मोज़े तक नहीं उतारे थे। ऑफ़िस के कपड़ों में ही सिकुड़ कर सोया हुआ था। रात ठण्ड लगी होगी तो बिस्तर की चद्दर ही ओढ़कर सो गया था वह। मन में फिर टीस सी उठी—कितना बदल रहा है वह! भीतर से। बाहर से। थोड़ी चिन्ता और ढेर सारे दुख के साथ लौटने लगी कि तभी एकाएक नज़र गयी, सीने के पास उलटी पड़ी उसकी डायरी पर। यूँ अमूमन मैं नहीं पढ़ती किसी की डायरी, पर इन दिनों उसकी बेचैनियों और उदासियों ने पढ़वा ली मुझसे उसकी डायरी। कौन जाने यह डायरी ही ले जाये मुझे उसके अँधेरे तहखानों तक। पर वह डायरी तो जैसे रोशनियों से लिखी हुई थी। उसने लिखा था—एक राजा था। उसकी चार पत्नियाँ थीं। पहली पत्नी के पास वह कभी झाँकता तक नहीं था। दूसरी को वह सिर्फ़ पारिवारिक समारोहों में ले जाता था। तीसरी को दूसरी से थोड़ा ज़्यादा समय देता। उसकी ज़िम्मेदारी थी उसकी प्रॉपर्टी की देखरेख करना। उसको सँभालना, आगे बढ़ाना। उसका अधिकांश

समय चौथी बीवी के साथ ही गुज़रता। मौज-मस्ती में, घूमने-फिरने में, नौकाविहार में, नृत्य-मदिरा में। एक बार राजा मरणासन्न हुआ। अकेले इस धरती से जाना। अकेले रहने की आदत नहीं। उसने अपनी चौथी पत्नी से कहा—तुम भी मेरे साथ चलो, सती हो जाओ। उसने कहा—यह कैसे हो सकता है महाराज, मेरी तो सारी ज़िन्दगी ही मौज-मस्ती और भोग-विलास में बीती है। मेरा मन अभी भरा नहीं है। अतृप्त कामनाओं के साथ मैं कैसे मरूँ? फिर राजा ने अपनी तीसरी पत्नी की ओर देखा। उसने भी टका-सा जवाब दे दिया—महाराज, मेरा कार्य अभी पूर्ण नहीं हुआ है। इस बीच कितनी ही प्रॉपर्टी मैंने ख़रीदी है। जिनका भुगतान करना है। कितनी ही प्रॉपर्टी मैंने बेची हैं जिनका भुगतान अभी आना है। मेरा कार्य अभी अधूरा है। मैं कैसे जा सकती हूँ? निराश राजा ने अपनी दूसरी पत्नी की ओर ताका—तुम चलो मेरे साथ। उसने भी अपनी असमर्थता दिखायी—महाराज, आपने तो मुझे एक ही कार्य सौंपा, परिवार को सँभालने का। मेरा कार्य अभी पूर्ण नहीं हुआ है, मैं कैसे जाऊँ? निराश और अवसन्न राजा का जीवन के यथार्थ से परिचय हो चुका था। वे सिर झुकाकर चिन्ता और पश्चात्ताप में डूबे हुए थे कि तभी उनके सामने एक औरत आयी। उसने उन्हें कहा, 'महाराज, मैं आपके साथ चलने को तैयार हूँ।' राजा भौंचक, 'यह कौन?' तभी उस युवती ने अपना परिचय दिया—'महाराज, मैं आपकी पहली पत्नी हूँ। आपने तो कभी मेरे द्वार झाँका तक नहीं पर मैं जाऊँगी आपके साथ। यह पहली पत्नी ही आपकी आत्मा है, विवेक है। जिसके पास आप शायद ही कभी फटकते हैं।'

लेकिन उसी डायरी के दूसरे पन्ने पर भी कुछ लिखा था जो शायद रौशनाई से नहीं आँसुओं से लिखा हुआ था। जहाँ मन, शरीर और आत्मा का दर्शन नहीं वरन् उसके जीवन की कुछ तल्ख़ सच्चाई थी। उसने लिखा था, 'काश! मैंने वह सब न देखा होता' उसके बाद कुछ लिखकर काट दिया गया था। कुछ जगह खाली छोड़ दी गयी थी। डायरी के पन्ने की तरह शायद उसके दिमाग़ में भी बहुत कुछ आड़ा-तिरछा चल रहा था। नीचे की तरफ़ लिखा था—'पहली डुबकी में कहाँ समझ पाया था कि ज़िन्दगी कहीं और है। अब समझ पाया हूँ जब गले तक धँस गया हूँ कि ख़ून-खराबों का हमारा व्यापार झूठ और सिर्फ़ झूठ पर टिका हुआ है, ख़ूबसूरत बनाने के झूठे वादों पर। पर अब नहीं होता मुझसे यह सब। शर्म आती है मुझे अपने पर। लोग मर रहे हैं। किसान आत्महत्या कर रहे हैं। गाँव-के-गाँव उजड़ रहे हैं और हमारी टीम अपनी सारी ताक़त और ऊर्जा इस बात पर लगा रही है कि कैसे युवतियों को गोरापन बेचा जाये। कैसे उन्हें ख़ूबसूरत दिखने का स्वप्न बेचा जाये। कैसे गाँव के लोकल निर्माताओं और छोटे-मोटे उत्पादकों से

उनका धन्धा छीन लिया जाये जिससे हमारे लिए मैदान साफ़ हो। बॉस कहते हैं कि तुम सोचना छोड़ दो, अच्छा बनने में समझदारी नहीं है, दूसरे का बोझ हम क्यों उठायें? धारा के विरुद्ध हम क्यों चलें? हमें नौकरी में रहना है तो हर हाल में कम्पनी को प्रॉफ़िट कमाकर देना होगा, चाहे कपट से, अनैतिकता से या फिर अधर्म से। पर मैं सोचना कैसे छोड़ दूँ? मेरा सोचना ही तो यह साबित करता है कि मुझमें और जानवर में सिर्फ़ दो पैरों का ही अन्तर नहीं है।

दूसरे दिन भोर-भोर ही उठ गया था वह। आजकल बेटे को खो देने का जाने कैसा तो ख़ौफ़ कीड़े की तरह घुस गया है भीतर कि सुबह उठते ही पाँव अनायास ही उसके कमरे के दरवाज़े की ओर चल पड़ते हैं। देखा वह ज़मीन पर आसन बिछा पद्मासन की मुद्रा में कुछ जाप कर रहा था। सारी चेतना कानों पर लगा मैं उसे सुनने लगी। होंठों की दरारों से फूट रहा था कुछ? क्रान्ति? क्रान्ति जैसा ही कुछ जाप रहा था। मुझे लगा मैंने ग़लत सुन लिया है? शान्ति को मैं क्रान्ति क्यों सुन रही हूँ? नहीं मैं कहीं भी ग़लत नहीं थी। मैंने सही ही सुना था। मेरे रोम-रोम ने सुना। वह सचमुच 'क्रान्ति-क्रान्ति' ही बुदबुदा रहा था। उफ़! कितना कंफ़्यूज़्ड है मेरा बेटा। कभी आत्मा की बात करता है तो कभी क्रान्ति की। कभी बुद्ध की बात करता है तो कभी युद्ध की। खिड़की से आती नरम धूप की उजास में फिर ध्यान से देखा उसका चेहरा। दो दिन की बढ़ी हुई दाढ़ी। हलकी सिलवटों से भरा कुर्ता। थोड़ा मैला पड़ा पायजामा। कानों के पास चाँदी के कुछ तार। पर इसके बावजूद कितना निरीह, पवित्र, उदास, सच्चा और सात्विक दिख रहा था वह। कंफ़्यूज़्ड वह है या मैं हूँ? अशान्त वह है या मैं हूँ? समझ नहीं पायी।

जाप से उठा तो परम शान्त दिख रहा था। पूछूँ न पूछूँ का असमंजस। कहीं कुछ ऐसा न कह बैठे जिसे सुन न पाऊँ मैं। पर पूछ ही लिया आख़िरकार।

'ऊँ शान्ति की जगह ऊँ क्रान्ति क्यों जाप रहा था तू?' उसने आश्चर्य से मेरी ओर देखा जैसे चोरी पकड़ी गयी हो, फिर एकटक मेरे चेहरे की ओर देखता रहा। मैंने फिर कुरेदा, 'बोलते क्यों नहीं?' उसने कहा, 'देखो, देखते-देखते तुम्हारे बाल कितने सफ़ेद हो गये हैं।'

मैं झल्लायी, 'टालो मत, यह मेरे सवाल का जवाब नहीं।'

वह हँसा। सोच की धूप-छाँव लहरायी पल-भर के लिए उसके उदास और ख़ामोश चेहरे पर। फिर गिरे कुछ शब्द आहिस्ता-आहिस्ता जैसे पतझड़ में गिरते हैं पत्ते पेड़ों से—रही होगी देश को शान्ति की ज़रूरत कभी, पर आज देश को है क्रान्ति की ज़रूरत।

'क्या कहा—क्रान्ति?' खुदाया! कल तक ऊपर से नीचे तक जो साहब था आज एकाएक क्रान्तिकारी कैसे बन गया? क्या पूछूँ उससे? पर कहीं झल्ला गया! किस तरह आजकल चिड़चिड़ा हो गया है वह। हिम्मत की आख़िरकार—'आज क्रान्ति की बात एकाएक तुम्हारे दिमाग़ में आयी तो कैसे?' पपड़ी पड़े होंठों पर जीभ फेरते हुए कहा उसने, 'ममा, आजकल सब कुछ अजीबोग़रीब हो रहा है, दिलचस्प ख़याल और विचार मेरे बॉस हो रहे हैं जो स्वप्न तक में मेरा पीछा नहीं छोड़ते हैं। कल स्वप्न देखा कि दुनिया से पानी ख़त्म हो गया है और लोगबाग सिर्फ़ कोक और पेप्सी पी रहे हैं। मैं स्वप्न में ही घबरा गया कि अब हमारा साबुन कैसे बिकेगा क्योंकि बिना पानी लोगबाग कपड़े कैसे धो पायेंगे? कपड़े नहीं धुलेंगे तो हमारा टारगेट कैसे पूरा हो पायेगा?'

ओह नो! जाने कितने हॉर्सपावर का करेंट लगा। लगा कि चक्कर खाकर गिर पड़ूँगी। सफलता के हाईवे पर खड़े इस लड़के को कभी बुद्ध तो कभी क्रान्ति क्यों याद आ रही है? वह जहाँ था कितने पहुँच पाते हैं वहाँ तक, पर विडम्बना यह थी कि वह वहाँ नहीं था जहाँ वह था और सच्चाई यह थी कि सच होते हुए भी मन मानने को बिल्कुल तैयार नहीं था कि वह वहाँ नहीं है। फिर भी दुखी नहीं होने के तर्क ढूँढ़ते हुए मैंने मन से गुहार लगायी, 'मन मेरे तू उदास मत हो क्योंकि जो क्रान्ति की बात करते हैं वे जीने और दुनिया को बदलने की बात भी करते हैं, वे दुनिया को छोड़ने की बात नहीं करते हैं। नहीं, अभी सब कुछ शेष नहीं हुआ है। अभी भी बहुत कुछ बचा हुआ है उसके अन्दर। नहीं तो वह क्रान्ति की बात नहीं करता। पर इसका और क्षरण नहीं हो इसके लिए ज़रूरी है कि मैं उसे दूर ले जाऊँ यहाँ से।'

लेकिन इस बीच क्या कुछ घट गया था कि ज़िन्दगी की चहक हाथों से एकदम छूट गयी थी। कश्मीर कालाहांडी बन गया था। थोड़ा-बहुत जो भी बचा-खुचा था वह भी रिस गया था। सोच के भी सोच नहीं पायी कि वह ज़िन्दगी से भयभीत था, थका हुआ था, निराश था या ज़िन्दगी के सत्य को जान गया था।

बुद्ध के काटे का ज़हर उस पर फैलने लगा था।

बंशी की तरह बजता दर्द और लहर-दर-लहर चली आती स्मृतियाँ। शाम का वक़्त था, डूबते सूरज की उदास होती रोशनी में मन यूँ भी फड़फड़ा रहा था जैसे सदियों के जमा दुख मन पर धावा बोलने वाले हों। ग़मगीन-सी उस दिन भी बालकनी से भीगे कपड़े उठा ही रही थी कि तभी उसके बॉस का फ़ोन मेरे मोबाइल पर, 'नमस्ते आंटी, सब ठीक तो है।'

मैं अचकचायी, उसने मुझे क्यों फ़ोन किया—'हाँ-हाँ सब ठीक है।'

वह थोड़ा असहज हुआ, 'दरअसल आंटी, आय मीन आंटी, अमित को कहिए कि एक बार ऑफ़िस आ जाये। नये मार्केटिंग मैनेजर को कुछ डेटा चाहिए। कितनी बार उसे फ़ोन किया, पर उसका मोबाइल हमेशा स्विच ऑफ़ मिला।'

'रुकिए-रुकिए आपको ज़रूर कुछ ग़लतफ़हमी हुई है, शायद ग़लत फ़ोन लग गया है, मेरा बेटा तो रोज़ ऑफ़िस जा रहा है, मैंने बीच रास्ते ही उसे रोक दिया।

पर उसने तो मेरा तर्पण ही कर डाला, 'ग़लतफ़हमी मुझे नहीं शायद आपको हुई है, आंटी। कश्मीर जाने के लिए उसने जो छुट्टियाँ लीं उसके बाद तो वह ऑफ़िस आया ही नहीं। उसकी आवाज़ थोड़ी तन गयी थी।'

'यह कैसे हो सकता है? वह तो रोज़ ऑफ़िस के समय घर से निकलता है।' मैं बौखलायी, क्या बकवास कर रहा है वह? क्या दिन में ही चढ़ा ली?

वह कच्चा पड़ा, 'आंटी मैं आपसे ग़लत क्यों कहूँगा? लेकिन कई दिनों से मैं देख रहा हूँ कि वह ज़रा अपसेट है। उसके सेल्स टारगेट हाँफ रहे हैं, पूरे नहीं हो रहे, क्या कोई परेशानी है? कोई प्रेम-व्रेम का चक्कर तो नहीं है। हमारे यहाँ ही साल भर पहले एक सीनियर मैनेजर ने हमारी प्रतिद्वन्द्वी कम्पनी की एक लड़की के प्रेम में पड़कर दिमाग़ी सन्तुलन खो दिया था। क्योंकि कम्पनी के कानून के अनुसार इस नौकरी के रहते वह उससे शादी नहीं कर सकता था। उसे नौकरी या छोकरी, दोनों में से एक को छोड़ना था। वह न नौकरी छोड़ पा रहा था न छोकरी, तो उसने दिमाग़ को ही छोड़ दिया।'

ओह नो! क्षण भर में ही घूम गया उसका उस दिन का 'क्रान्ति', मैं ढह गयी। बिगड़ी बातों को पटरी पर लाने की मेरी आख़िरी और थकी-थकी कोशिश में लिजलिजी-सी आवाज़ निकली—'देखो ऐसा बिल्कुल नहीं है, अपसेट तो वह ज़रूर है, कभी-कभी ऐसा सबके साथ हो जाता है, पर प्रेमिका के चलते नहीं, बुद्ध के चलते। शायद बीते हुए कल के चलते ऐसा हो गया है। कुछ दिन बीत जाने दीजिए सब ठीक हो जायेगा। दरअसल जबसे उसने बुद्ध को पढ़ा है, वह ऐसा हो गया है। उसे बुद्ध लग गया है। मैं उससे बात करूँगी। आय एम वेरी श्योर यह बुद्ध का साइड इफ़ेक्ट है।'

'क्या कहा आंटी, बुद्ध? बुद्ध?' और वह ठहाका मारकर हँसता रहा। फिर किसी प्रकार ख़ुद पर क़ाबू पाते हुए कहा उसने, 'आंटी, उसे बुद्ध-बुद्ध कुछ नहीं लगा है। और यह बुद्ध का नहीं, टारगेट का साइड इफ़ेक्ट है। यह भी हो सकता है कि उसे मेंटल डिसऑर्डर हो गया हो क्योंकि वह सोचता बहुत है। उससे कहिए आंटी कि वह सोचना छोड़ दे, नहीं हो तो आंटी आप उसे किसी अच्छे साइकैट्रिस्ट को दिखा दीजिए।'

खोज

निराशा में बहते मन को थामने के लिए उस शाम मैं कोलकाता की सबसे बड़ी किताबों की दुकान 'न्यू मेंस' चली गयी। बहुत दिनों से कुछ भी अच्छा पढ़ा नहीं था इसलिए कुछ अच्छा पढ़ने की बेताबी थी, पर जैसे ही अन्दर घुसी आँखें झटका खा गयीं—क्या ग़लत दुकान में घुस गयी? वहाँ किताबों के बजाय साड़ियाँ टँग रही थीं। 'बाय वन गेट वन' की कूल-कूल दुनिया थी। वहाँ के किसी कर्मचारी से पूछा तो उसने पलटकर मुझे ही डपट दिया—'कितने दिनों के बाद निकली हैं आप घर से?'

'क्या मतलब?'

'मतलब इस कायाकल्प को साल-भर से ऊपर हो गया।'

ओह नो! निराश मन और दुखी हो गया—इतनी पुरानी और इतनी बड़ी इकलौती किताबों की दुकान! समय को अपने भीतर समाये काग़ज़ों की एक परिचित पुरानी गन्ध, इसे बन्द नहीं होना था। मेरी सान्त्वना के लिए जैसे एक कोने में कुछ किताबें और पत्रिकाएँ भी उपेक्षित-सी पड़ी थीं, पर अब वह किताबों की नहीं साड़ियों और कपड़ों की दुकान थी। कुछ भी हो अभी मैं घर नहीं लौटने वाली। आगे-पीछे यूँ ही बेमक़सद चलने लगी। ...सचमुच इन सालों में कोलकाता थोड़ा बदल गया था, चेहरा वही था बस मेकअप चढ़ गया था। सड़कें और लोग वैसे ही थे...पस्तहाल लेकिन दुकानें और गाड़ियाँ बढ़ गयी थीं। शहर की दीवारें मोबाइल कम्पनियों के विज्ञापन से रँगी हुई थीं। इन विज्ञापनों से टक्कर ले रहे थे पेप्सी और कोकाकोला के भीमकाय विज्ञापन, जो बस अड्डों, ट्राम अड्डों, दुकानों, रेलवे स्टेशन, एयरपोर्ट पर...हर जगह धूप और हवा की तरह मौजूद थे। एकाएक दिखी सामने से आती मिनी बस, जो नीमतल्ला घाट की ओर जाने वाली थी। मैंने हाथ दिखाकर उसे रोका और उसी में चढ़ गयी। मन किया श्मशान घूमने का। छोटी उम्र में हिम्मत नहीं कर पायी थी जलती चिता को देखने की। रास्तों का भी पूरा ज्ञान नहीं था। घरवाले जाने भी नहीं देते थे। आज मौक़ा था।

बस में जैसे ही घुसी एक महिला आरक्षित सीट खाली हुई, राहत की साँस ले उस पर बैठने ही लगी थी कि देखा एक अधेड़ अपने आठ-नौ वर्षीय विकलांग लड़के को कन्धे पर लेकर थका-हारा बेजान-सा खड़ा था...अरे अभी तक किसी ने उसे अपनी सीट क्यों नहीं दी, जाने कब से इतनी जानलेवा उमस में बेटे को लिए खड़ा है बेचारा! कल देखा था एक आदमी सड़क पर घायल पड़ा था। सब देख रहे थे और आगे बढ़ रहे थे। इतने मानवीय बंगाली! दुनिया को सुन्दर बनाने वाले बंगाली, क्या होता जा रहा है इन्हें? क्यों बदल रहा है इनका भी मानवीय चरित्र? फिर उगने लगे सवाल। उफ़! गर्दन को झटक इशारे से उन्हें बुलाया मैंने और सीट पर बैठाया।

पुराने काले कम्बल-सा नीमतल्ला और उसके एक तरफ़ एक चौड़ा खुला नाला और उसके दूसरी तरफ़ काले-नीले पॉलिथीन की सहायता से बनी स्याही के काले धब्बों-सी फैली बस्तियाँ। मच्छर, धूल, गर्द, प्लास्टिक के कचरे, बदबू और गन्दगी से बजबजाती बेशुमार बस्तियाँ। धुँधलाती मानव आकृतियाँ। धूल में रेंगते चूजों और कुत्तों के बच्चों से खेलते काले, नंगे, फूले पेट और कमज़ोर हाथों वाले बच्चे। चप्पल की जगह बिसलेरी की खाली बोतल को रस्सी के सहारे पैरों से बाँधे एक युवक। तकिये की जगह ईंट को सिरहाने लगाये एक किशोर। छोटी-सी रेलवे लाइन और उसके पार दाहिनी तरफ़ श्मशान घाट। पुलिस थाना। तीन-तीन घाट। दो विद्युत घाट और एक 'काठेर टुल्ली' यानी लकड़ी से जलने वाली चिताओं का घाट, जहाँ इतनी भीड़भाड़ नहीं थी। शायद लकड़ी कि चिता महँगी थी और समय भी ज़्यादा लेती थी, इसलिए यहाँ सिर्फ़ एक जलती हुए चिता थी। पीछे बहती गंगा। एक कतार में बनी छोटी-छोटी दुकानें। फूल, अगरबत्ती, मिट्टी की हाँडी, नारियल से लेकर चॉकलेट, बिस्किट, समोसा, मिठाई, चाय सभी बिकते हुए। एक तरफ़ जीने के सामान दूसरी तरफ़ मृत्यु की मणिकर्णिका!

समय की धारा से कटे उन क्षणों जो देखा, उसका चित्त, चेतना और मन पर जो प्रभाव पड़ा, वह वर्णनातीत था। जीवन की स्थूलताओं से पीछा छुड़ाने के लिए एक बार यहाँ अवश्य आना चाहिए। मन के सारे विकारों, दुराग्रहों और राग-द्वेष को जलाती चिता। देखती कुछ, और सोचती कुछ और मैं विद्युत घाट की ओर बढ़ने लगी। फिर देखा किसी लावारिस लाश के अन्तिम संस्कार के लिए सड़क के एक ओर खड़ी चाँदी-सी चमकती 'हिन्दू सत्कार समिति' की गाड़ी, जिसके पारदर्शी शीशों से झाँक रहा था गाड़ी के बीच चिरनिद्रा में लीन मुर्दा।

विद्युत घाट! बाहर कम्प्यूटर के परदे पर देखा जा सकता था कि कौन-सी भट्टी चालू है। एक क़तार में करीब सात-आठ भट्टियाँ, बीच में लोहे की

जालियों से बने बड़े-बड़े दरवाज़े। हर क़तार में रखे मुर्दे अपनी-अपनी बारी की प्रतीक्षा में। वहीं देखा एक हाईफाई युवा मुर्दा। मुर्दे को घेरे ढेर सारे स्वजन, घी चुपड़ी देह। कोई ललाट पर चन्दन का लेप कर रहा था तो कोई उसके क़फ़न पर बुरादे जैसी कोई चीज़ बुरक रहा था। करीब आधे घण्टे तक चलते रहे सभी नेक-चार। फिर वहीं उसके पुत्र, नहीं उसके भाई ने चार-पाँच जलती पतली-पतली लकड़ियों से उसके मुँह पर मुखाग्नि दी, और फिर तुरन्त ही इस रस्म को पूरा कर अपने रूमाल से उसके होंठों और पास की जगह को पोंछा। यह दृश्य भी बहुत ही मार्मिक था। अब शव तैयार था विद्युत भट्ठी में भेजने के लिए। फिर शव को उठाया गया, उसे उठाते ही जैसे शरीर का कोई हिस्सा कटकर अलग हो रहा हो, वैसे ही उसकी पत्नी, माँ-बाप और परिजन चीख़ मार-मारकर रोने लगे। फिर 'राम नाम सत्य' के उद्घोष के साथ ही मृत शरीर को विद्युत भट्ठी के बाहर लगे लोहे के तख़्ते पर रखा गया। यह लक्ष्मण रेखा थी, स्वजन को यहीं रोक दिया गया था। हम इस पार वह उस पार। आगे की यात्रा उसे अकेले ही तय करनी होगी। फिर वहाँ के कर्मचारियों ने बटन दबाया और खरामा-खरामा शव भट्ठी के अन्दर। यह ठीक वैसे ही था जैसे एम.आर.आई. के लिए किसी व्यक्ति को मशीन के अन्दर स्वचालित यन्त्र द्वारा घुसाया जाता है। उन क्षणों जब उस शव को विद्युत भट्ठी में घुसाने के लिए उठाया गया, मुझे लगा जैसे उस मृत व्यक्ति की जगह मैं लेटी हूँ। अकेली, अपने सारे लेखा-जोखा के साथ। अपने सभी पाप और पुण्यों के साथ। अपने सभी प्रियजनों को, दुश्मनों को पीछे छोड़ते हुए...जीवन की अन्तिम सच्चाई का सामना करने के लिए, अनन्त के सामने अकेली! मन को शान्त करने के लिए मैं थोड़ी देर के लिए श्मशान घाट से लगे बरामदे में आ गयी।

सामने बहती गंगा!

मेरे साथ वह युवती भी थी जो उस मृत शव के पास खड़ी थी, जिसे विद्युत भट्ठी के भीतर ले जाया जा रहा था।

'कौन थे वे?' हठात् मेरे मुँह से निकल गया।

'वे मेरे पड़ोसी थे, बाबुलदा...' बोलते-बोलते उसका गला भर आया था।

'क्या हुआ था?'

'कैंसर...'

ईश्वर किसी को न दे, मौत तो आनी ही है, पर कैंसर का मरीज़ हर पल मौत के ख़ौफ़ में काँपता, मौत के साथ रहता, अपनी मौत को सामने साइनबोर्ड की तरह लिखा हुआ देखता है—मुझे मरना है।

'कब हुआ था, कब पता लगा?'

ताँत की सफ़ेद साड़ी के आँचल से आँखें पोंछती हुई बोली वह—'करीब दो साल पहले...'

क्या होता है कैंसर? आप यूँ समझिए कि कैंसर एक प्रकार का जंगली पौधा होता है, जो हठात् आपकी ज़मीन पर तेज़ी से फैलने लगता है और जो उपयोगी पौधे हैं बॉडी के लिए उनको आपकी देह की ज़मीन से बाहर करता जाता है। अब आप क्या करेंगे? आपको तो अपनी देह—ज़मीन को बचाना है, तो पहले तो आप उसे तुरन्त आगे बढ़ने से रोकेंगे। उस ज़मीन को सील करेंगे, बल्कि जितनी ज़मीन प्रभावित है उससे भी थोड़ी आगे तक की ज़मीन को सील करेंगे, फिर उन जंगली पौधों को जड़सहित उखाड़ेंगे। तो यह तो हुआ सर्जरी, जिसे हम कहते हैं कि ट्यूमर निकाल दिया। बाबुलदा की भी अँतड़ियों में ट्यूमर था। सबसे पहले एक फुट अँतड़ी काटी गयी। उसके बाद आप उस ज़मीं को भी जला देंगे, जिसमें कोई अदृश्य बीज भी बचे हों तो वे भी जल जायें और आसपास का प्रभावित इलाक़ा भी कीटाणुमुक्त हो जाये। तो यह हुआ कीमोथेरेपी। उसके बाद भी और भी सावधानी के लिए आप उस ज़मीन पर ही एसिड डाल देंगे जिससे सम्भावना एकदम ही मर जाये। तो यह हुआ रेडिएशन। यह लोकल होता है। एक लम्बी साँस खींची उसने और फिर कहने लगी—

'बड़ी ही रंगीन तबीयत के थे दादा...सारे इन्द्रधनुषी रंगों से सराबोर थी ज़िन्दगी। जीवन में, व्यापार में, रसूख़ में...सभी जगह ऊँची उड़ान! घड़ी पहनते तो रोलेक्स की, जो तीस-चालीस हज़ार से कम की नहीं थी। धूप वाला चश्मा पहनते तो दस-पन्द्रह हज़ार से कम का नहीं। पाँच-छह लाख की एक नग की हीरे की अँगूठी अलग से ही दमकती थी तर्जनी में। घर के ड्राइंगरूम की सजावट में करोड़ों ख़र्च कर दिये...नेपोलियन बोनापार्ट की तरह ग़रूर में गर्दन ऊँची कर सब रिश्तेदारों को, दोस्तों को दिखाते थे सजावट। हर महीने पार्टी। लेकिन जैसे ही पता लगा कैंसर का...सारे रंग, सारे अलंकरण झड़ गये। जैसे जीवन की सच्चाई से रू-ब-रू होने पर सिद्धार्थ का मन बदल गया था। दादा भी एकदम बदल गये थे। शुरू-शुरू में तो स्वीकार ही नहीं कर पाये इस सच्चाई को और जब पता लगा...बस कुछ साल ही बचे हैं, तो एकदम ही बदल गयी दिनचर्या। ऐयाश से एक पवित्र आत्मा बन गये। अधिक से अधिक मनुष्य होने की कोशिश में लग गये। कुछ दिन तो इतने सदमे में रहे कि अपना प्रिय अख़बार 'आनन्द बाज़ार पत्रिका' तक पढ़ना छोड़ दिया। कपड़े तक सिलवाने बन्द कर दिये। धीरे-धीरे सदमे से उबरे तो पूरे दमखम के साथ लग गये ज़िन्दगी को सँवारने

में। परिवार की हिफ़ाजत में। चौथी कीमोथेरेपी के बाद झड़ते बाल और अपना बेनूर चेहरा देख मन इतना ख़राब हुआ कि दर्पण में शक्ल तक देखना बन्द कर दिया था...अब बस दुख और अफ़सोस रह गया...कि सारी ज़िन्दगी झूठ और दिखावे से घिरा रहा। ज़िन्दगी का नक्शा काश पहले दिख जाता तो ज़िन्दगी की इतनी फ़िजूलख़र्ची नहीं होती, आज सब कुछ वैसा ही था...बस समय नहीं था।'

गंगा की लहरों को देखते-देखते दार्शनिक अन्दाज़ में कहना जारी रखा उन्होंने– 'उनको बिना देखे विश्वास करना मुश्किल था कि ये वे ही ख़ूबसूरत बाबुलदा थे, जो घर में कभी दिखते ही नहीं थे। वे अब घर छोड़ मुश्किल से कहीं बाहर जा पाते थे। जो पहले सिर्फ़ अपने लिए सोचते थे, वे अब कीमोथेरेपी की पीड़ा और वक़्त की टिकटिक सुनते सिर्फ़ अपनों के लिए सोचने लग गये थे। लम्हे-लम्हे का हिसाब रखते। जिस पत्नी को कभी सुना नहीं अब दिन-रात उसी को सुनते और उसी के लिए सोचते थे कि कैसे इसे सुरक्षित कर जाऊँ! कितनी एफ.डी. कर जाऊँ! दिन-रात पत्नी को हिसाब समझाते। पत्नी के लिए दूसरा वर देखना भी शुरू कर दिया था...जाते-जाते भी कह गये थे, 'तूमि अवार बीए कोरे नेवे (तुम दूसरा विवाह कर लेना)।' कहते भी थे कि अपनी पत्नी को पतिहीन, सन्तानहीन देखते हुए कैसे मैं इस पृथ्वी से विदा ले सकता हूँ! यह तो बऊदी ने कसम दिलायी कि वे जाने से पहले सन्तान का मुख उन्हें दिखा दें। पहले तो बाबुलदा नहीं माने, पर कुछ तो सन्तान का मुख देखने की ख़ुद की अभिलाषा और कुछ मौत के मुँह में जाने से पहले पत्नी की इकलौती इच्छा, डॉक्टर से सलाह कर वे राज़ी हो गये। और ईश्वर का करिश्मा देखिए कि साल भर के भीतर बेटा हो भी गया...। मौत की छाँह में नवजीवन का अंकुर...। ऐसा ही कहा था दादा ने। और उसके भी साल-भर बाद तक जीवित रहे बाबुलदा। जीवित क्या रहे ज़िन्दगी को निगलते रहे। सच, मौत के पास खड़ा अकेला आदमी ज़िन्दगी को शिद्दत से प्यार करता है। हर रविवार बेटे को घुमाने ले जाते...चेष्टा रहती कि ऐसी जगह ले जायें कि उसके साथ गुज़रे कुछ लम्हे उनकी स्मृति में टँगे रहें। ढेरों तस्वीरें खिंचवाते उसके साथ, पर दस-ग्यारह महीने की नन्ही जान...क्या तो याद रखे...बस तस्वीरें गवाह हैं। वे डॉक्टरों से अक्सर कहते थे कि, 'मुझे प्लीज़ अपनी 'एक्सपायरी डेट' के बारे में बता दीजिए, जिससे मैं अपनी ज़िन्दगी को प्लान कर सकूँ। यदि मेरे पास पाँच साल का समय है तो मैं अपने व्यापार में ध्यान दूँगा और यदि मेरे पास सिर्फ़ साल भर है तो मैं अपने परिवार और ईश्वर के साथ समय बिताऊँगा। और यदि मेरे पास सिर्फ़ छह महीने या उससे भी कम समय है तो मैं महीने भर के लिए तीर्थयात्रा पर निकल

जाऊँगा। पर अफ़सोस डॉक्टर निश्चित रूप से कुछ भी नहीं बता पाये और दो साल के इस दौरान भी वे न जी पाये न मर पाये...वे बस बायोप्सी, टेस्ट, स्कैन, कीमोथेरेपी और रेडियोथेरेपी के बीच झूलते रहे। घरवाले पण्डितों और ज्योतिषों के चक्कर लगाते रहे। महामृत्युंजय मन्त्र का जाप और माँ काली को पूजा देते रहे। जब-जब चित्त उखड़ जाता वे 'लाइफ़ आफ़्टर डेथ' शीर्षक किताब पढ़ते रहते। धर्म, भाग्य और दर्शन में शान्ति ढूँढ़ते रहे और अन्तिम दिनों में तो उनकी ज़र्रा-ज़र्रा बिखरी देह जैसे एक ज़िन्दा एक्स-रे बन गयी थी...' बोलते-बोलते नम हुई आँखों को साड़ी के कोर से पोंछा उसने। सामने बहती गंगा पर एक नज़र डाली, एक दीर्घ साँस खींची।

कुछ ख़ामोश पल!

'आपकी उनसे क्या अक्सर बात होती थी?'

'हाँ! एकदम शुरू में तो लगभग हर शाम। हम उन्हें बिल्कुल भी अकेला नहीं छोड़ते थे। उन्हीं दिनों दादा ने बहुत ही मार्मिक बात कही थी—'जिनके समक्ष अपनी हैसियत का दिखावा करने के लिए करोड़ों ख़र्च किया वे ही आज तरस खाते हैं मुझ पर...रहता हूँ करोड़ों के फ़्लैट में, लेकिन भीतर एक खँडहर के सिवा कुछ नहीं है। उफ़! कितना गुमान था अपनी जवानी, पैसे, ताक़त, व्यापारिक ऊँचाइयों और दमकते रूप पर। एक बार चेहरे पर एक फुँसी उग आयी थी तो मैं अपने साले की रिसेप्शन की पार्टी में नहीं गया कि ऐसे चेहरे के साथ क्यों जाऊँ! पर कैंसर ने बता दिया क्या हूँ मैं, क्या है रूप? क्या है शरीर? गन्दे कपड़े का एक फटा चिथड़ा भर! और यह देह? दर्द, गर्द और गुबार का एक दरिया भर! सही है कि ज़िन्दगी जब हाथों से फिसलने लगती है तभी समझ में आती है...' बोलते-बोलते वह बार-बार घड़ी देख रही थी। घण्टे भर का समय दिया था विद्युत भट्ठी वालों ने, जो शायद पूरा होने वाला था। मैंने फिर कुरेदा तो उसने बड़े ही रहस्यमय अन्दाज़ में कहा—'कई बार मुझे लगता है कि बाबुलदा और बऊदी की शादी कैंसर के चलते बच गयी। दोनों के बीच मुहब्बत इस हादसे के बाद ही पनपी थी, क्योंकि कैंसर ने बाबुलदा की दृष्टि ही बदल दी थी, और दृष्टि के बदलते ही उनकी सृष्टि भी बदल गयी!'

मुझे ताज्जुब हुआ। कहने को तो पड़ोसी, पर कितना कुछ जानती है। आखिर पूछ ही डाला मैंने—'आप इतनी बात कैसे जानती हैं?'

वह हँस पड़ी, उदासी का अक्स भी शामिल था उसमें—'दरअसल बाबुलदा ने घर में बहुत ही बोल्ड चेहरा ओढ़ा हुआ था, क्योंकि घर में सभी उनसे छोटे थे। माँ-बाप बूढ़े हो चले थे। उनसे कुछ भी बोलकर हलके हो नहीं सकते थे तो मेरे

पति के पास अक्सर वे अपने को खोल देते थे—अपना दुख, अपना डर, अपना अफ़सोस...सब कुछ। बऊदी को भी मैं ही मिलती थी...उनकी हमउम्र। बऊदी ने ही कहा था एक बार, कैंसर ने तुम्हारे दादा की भीतरी सुन्दरता खिला दी।'

'मौत का सामना कैसे किया उन्होंने?' यह मेरा आख़िरी सवाल था।

'एकदम शुरू में तो कहते थे मुझे डर लगता है मरने से, लेकिन जैसे-जैसे समय नज़दीक आ रहा था वे मौत के ख़ौफ़ से बाहर निकल मानसिक रूप से खुद को तैयार कर रहे थे। पौने दो साल उन्होंने ठीक-ठाक निकाल दिये, लेकिन कैंसर लीवर में भी फैल गया था। फिर एक दिन एकाएक उन्हें साँस लेने में दिक़्क़त होने लगी, कार्बन-डाइ ऑक्साइड का लेवल बहुत बढ़ गया था, तब उन्हें फिर हॉस्पिटल ले गये। इस बार हालत गम्भीर थी। उनके अंग काम नहीं कर रहे थे...मल्टी ऑर्गन फ़ेलियर। यही बताया था डॉक्टरों ने...बाबुलदा भी समझ गये थे। वे अब और पैसों की बर्बादी नहीं चाहते थे, उनकी चेतना में भी अब जीवन कम मृत्यु अधिक थी। इसलिए मृत्यु से दो दिन पहले उन्होंने वेंटीलेटर सहित सारे लाइफ़ सपोर्टिंग सिस्टम हटवा दिये और पत्नी से कहा, 'मैं तैयार हूँ...बस एक बार रोहित...(बेटा)' बऊदी रोहित को लेकर आयीं। बेटे को देखा तो आँखें भर आयीं उनकी, उसे आख़िरी बार चूमा और एक छोटा-सा पत्र उसके नन्हें हाथों में थमाया। बऊदी ने उन्हें उनके प्रिय हिमसागर आम की एक फाँक आख़िरी बार चखानी चाही तो इनकार कर दिया। कितना कमाया, पर अपने हाथों किसी को कुछ नहीं दिया था और अब ख़ाली हाथ जा रहे थे। उनकी माँ ने उनके हाथों को स्पर्श करा कुछ रुपये दान कराये—'कर दो बेटा...देना ही ज़िन्दगी है!'

आँसू, प्रेम-आदर, माँ-बाप का चरण-स्पर्श, भाई, बहन, मित्र...सभी का दुलार भरा स्पर्श...अन्तिम इच्छा, अन्तिम प्रणाम...भावनाओं से भरा आलिंगन उनके प्रति हम सबने व्यक्त किया...क्योंकि अब उनकी इच्छानुसार सारे लाइफ़ सपोर्टिंग सिस्टम हटने वाले थे। अब कभी भी...अब सिर्फ़ और सिर्फ़ मोर्फिन था उनके साथ। उनकी माँ ने भी हिम्मत रखी और उनके माथे पर हाथ फेरते हुए कहा—'शान्ति से जाओ पुत्र! हमें गर्व रहेगा तुम पर।' आँसू भरी आँखों के साथ अन्तिम बार हाथ जोड़े उन्होंने।

'ऊपर से शान्त लेकिन भीतर डर या बेचैनी...होश रहते बऊदी का हाथ इतना कसकर पकड़ रखा था उन्होंने कि उनके हाथ दुखने लगे थे। आधे घण्टे बाद ही मास्क और मॉनीटर सब बन्द थे। सिर्फ़ मोर्फिन था। वे निकल चुके थे अनन्त की यात्रा पर। उनकी साँस बार-बार लड़खड़ा रही थी। बऊदी लगातार

उनके कानों में भजन गुनगुना रही थीं। मोर्फिन बढ़ा दिया गया था। दूसरे दिन वे अचेत हो गये और उसके अगले आठ घण्टे बाद...पिंजरा टूट गया। हंस उड़ गया था...और आज बस दो मुट्ठी राख!'

बोलते-बोलते वह सिसक पड़ी थी। शायद बंगाल की माटी का प्रभाव या कि शरत, टैगोर, विवेकानन्द और रामकृष्ण का प्रभाव कि आम गृहिणी भी यहाँ जीवन के सत्य-असत्य पर तत्त्व चिन्तन से पीछे नहीं हटती थी। बाबुलदा की भस्म शायद भट्ठी से निकल आयी थी। दूर से देखा उन्होंने अपने लोगों को और हड़बड़ाती-सी बोलीं–'अच्छा...अब चलूँगी मेरे पास भी अब समय नहीं बचा है...'

वह यह जा वह जा। सोचती रही मैं कितना कुछ कह गयी वह, जिसका नाम तक मैं नहीं जानती थी। 'सब कुछ से कुछ नहीं' की आँखमिचौनी की कहानी।

आसपास की आवाज़ें गंगा की कलकल ध्वनि और आसमान में उड़ते परिन्दों के साथ मिलकर एक रहस्यमय वातावरण की सृष्टि कर रही थीं। जाने कितनी ही ऐसी कथाएँ लिखी गयी होंगी गंगा की इन लहरों पर! दूर क्षितिज पर डूबता रक्ताभ सूरज मुझसे आँख मिला रहा था और मुझे बता रहा था कि बाबुलदा की तरह मैं भी तो व्यतीत हो रही थी। इस एहसास ने मुझे गहरी उदासी से भर दिया इतना कि मेरी आँखें डबडबा रही थीं। कुछ बचा हुआ भी था, अगली सुबह की उम्मीद-सा। आँखों में आँसू और मन में एक संकल्प उभरा...मैं ज़िन्दगी को व्यर्थ नहीं जाने दूँगी...यह वादा रहा मेरा तुमसे ओ ज़िन्दगी!

शायद मैं अपने को दुबारा खोज रही थी!

सुनो वत्स, सुनो

शुरुआत एक छोटी-सी कहानी से, वत्स! एक गाँव में एक किसान का युवा पुत्र जेठ की चिलचिलाती धूप में सामान ढोने वाली अपनी गाड़ी ठीक कर रहा था, उसका बूढ़ा बाप उसे देख रहा था। आसमान आग बरसा रहा था। बूढ़े की ममता कलप उठी। उसने बेटे से कहा, 'थोड़ी देर आराम कर ले बेटा, बाद में धूप हलकी पड़ जाये तो ठीक कर लेना गाड़ी को।' बेटा सुनी-अनसुनी करता गया। एक बार, दो बार, तीन बार...

आख़िर बेटा झल्ला गया—'चुप रहिए न, मुझे मेरा काम करने दीजिए।' उदास बूढ़ा कुछ देर सोचता रहा। फिर वह भीतर गया और उसके ग्यारह महीने के बच्चे को उठाकर उसने कड़ी धूप में लिटा दिया। नन्ही जान चीख़ मार रोयी, युवा पुत्र ग़ुस्से में लाल-पीला हुआ, 'क्या कर रहे हैं, इतनी कोमल जान को इस कड़ी धूप में लिटा दिया, आपका दिमाग़ तो ठिकाने है!' बाप मुस्कराया, 'तुम एक सेकेंड के लिए भी अपने बेटे को इस चिलचिलाती धूप में नहीं देख सके...और मैं पिछले घण्टे भर से देख रहा हूँ।'

बेटे को अपनी भूल समझ में आयी।

मुझे यह कहानी तुम्हें कहने की ज़रूरत क्यों पड़ी? इसलिए कि जब-जब रात में नन्हा रोता था, तो तुम्हारी माँ की ममता भी इसी प्रकार छटपटाती थी, नन्हे के लिए नहीं, तुम्हारे लिए कि दिनभर के थके-माँदे तुम, काश तुम नन्हे को उसके हवाले कर देते और घड़ी भर सो पाते!

पर तुम्हारी छोटी सोच में नन्हा सिर्फ़ तुम्हारा और तुम्हारा ही दायित्व था। शायद तुम्हें स्वावलम्बन का वायरस लग गया था। तुम्हारा बस चलता तो तुम दोनों पैदा भी अपने आप ही हो जाते। तुम अपनी माँ से नन्हे के मामले में कोई भी सहायता लेने को तैयार नहीं थे, क्योंकि तुम दोनों को एक स्वावलम्बी, सावधान और अच्छे माँ-बाप होना था। ऐसे माता-पिता, जो अपने बच्चों का सारा भार ख़ुद ही वहन करें। तुम अपनी माँ से कई बार कहते भी थे, 'विदेश में देखो,

पचहत्तर साल का बूढ़ा भी अपनी गाड़ी अपने आप चलाता है, स्टेयरिंग पर हाथ काँपते हैं, पर उसकी हिम्मत नहीं काँपती। अस्सी साल की बूढ़ी भी अपने लिए ख़रीदारी करती है, अपना खाना आप पकाती है। और तो और, बच्चे भी वहाँ अठारह साल के होते-न-होते आत्मनिर्भर हो जाते हैं। कोई किसी पर निर्भर नहीं रहता। ज़ाहिर था कि स्वदेश लौटकर भी तुम अपने देश नहीं लौटे थे। क्योंकि तुम चाहे देश में थे, पर देश कहीं भी तुम्हारे भीतर नहीं था। हर वक़्त अमेरिका तुम्हारे आसमान पर बादलों की तरह उमड़ता-घुमड़ता रहता।'

दुआओं–जैसी एक शाम हमारे मन के आँगन में भी उतरी, जब नन्हे का जन्म हुआ। परिवार की वंश-बेल बढ़ी। तुम्हारी माँ को लगा जैसे उससे जुड़कर वह रिश्तों की एक समूची दुनिया से जुड़ गयी है। जीवन और उम्र की उदासी अब पीछे छूट गयी थी और लाल बत्ती दिखाते शरीर में एकाएक हरी बत्ती जल गयी थी। उसके भीतर ममता की नदी जैसे बहने लगी थी। कहाँ छिपी थी यह छल-छल बहती नदी! सालों बाद उसने वह ख़ुशी महसूसी, जो उसकी अपनी थी क्योंकि अभी तक तो उसका अपना न कोई दुख था, न ही कोई सुख। वह तो तुम लोगों के दुख से ही दुखी और सुख से ही सुखी थी।

नन्हा क्या आया, तुम्हारी माँ के शरीर पर हर जगह जैसे आँखें उग आयी थीं। बल्कि उसकी सारी इन्द्रियाँ जैसे आँखों में ही तब्दील हो गयी थीं। खुल जा सिम सिम की तरह जब-जब तुम्हारे कमरे का दरवाज़ा खुलता, उसकी आँखें और उसकी चेतना नन्हे का पीछा करती वहीं जमी रहतीं, उसके नये अवतार में वह तुम्हें ही खोजती रहती। पर तुम्हें लगता कि तुम्हारी प्राइवेसी भंग हो रही है, जो तुम्हारी 'क्वालिटी लाइफ़' की एक अहम ज़रूरत थी, इसलिए एक बार तुमने जब उसके मुँह के सामने ही अपना दरवाज़ा ज़ोर से बन्द किया, तब उसे भ्रम हुआ कि शायद तुम्हें उसके इस प्रकार ताकने से भी तकलीफ़ है!

तुम्हारे यहाँ सब आराम था, पर जो उसे चाहिए था, सारी पाबन्दियाँ उसी पर थीं...तुम सबको अपनी सोच के अनुसार हाँक रहे थे। तुम्हारी दुनिया में प्रेम पर भी पाबन्दियाँ थीं। वह जी भरकर न नन्हे को प्रेम कर सकती थी, न तुम्हें। ज़ाहिर है वह तुम्हारे घर के अन्दर थी, लेकिन घर उसके अन्दर कहीं नहीं था।

'अम्मा धीरे बोलो' के तुम्हारे आदेश से इस क़दर आतंकित थी वह कि उसने नन्हे से अधिक बोलना ही छोड़ दिया था। जाने कितने गीत और लोरी उसने नन्हे के आगमन की ख़बर सुनते ही कण्ठस्थ कर लिए थे। वे सब अब शायद ही कभी गाये जायें! कभी उसके मरने के बाद उसके शरीर की चीर-फाड़ हो तो देखना, ये अनगाये गीत फूटेंगे उसके कण्ठ से। तुम्हारे छोटे-से घर में आवाज़

गूँजती थी और तुम्हारी आधुनिकता को या दिन भर जिस तनाव या वातावरण में तुम्हें ऑफ़िस में काम करना पड़ता था, उससे उपजी चिड़चिड़ी मानसिकता को आवाज़ों से ही इतनी चिढ़ थी कि कई बार तुम उसे कह देते थे—'अम्मा पाँव घिसती क्यों हो! पाँव उठाकर चलो! कितनी आवाज़ होती है जब तुम चलती हो।' तुम घर में पूरी शान्ति चाहते थे। ज़रा-सी भी आवाज़ तुम्हारे अशान्त मन और खिंचे हुए स्नायुमण्डल में अनुगूँज पैदा करती थी और तुम्हारा सन्तुलन बिगड़ जाता था।

तुम तो यह भी भूल गये कि बच्चा सबको बच्चा बना देता है। यह भी कि जो ख़ामोशी का अभ्यस्त नहीं, उसे इतनी सघन ख़ामोशी निगल लेती है। तुम्हारी माँ नन्हे की तेल मालिश करने जाती तो तुम उसे रोक देते, 'तुम क्यों मेहनत करोगी अम्मा, आया कर देगी।' वह तुम्हारा मन भाँप नहीं पाती और ताज्जुब करती कहती, 'अरे, इसमें क्या मेहनत, यह तो मेरा चाव है, सपना है।' तुम इस बार थोड़ी सख़्ती से शब्दों को बाहर ठेलते—'अम्मा मैंने मना किया ना!' वह उसे नहलाने की सोचती तो भी तुम उसे रोक देते, 'चिल करो अम्मा, उसकी चिन्ता छोड़ दो, हम हैं न!' वह उबटन लगाने की कहती क्योंकि उसे लगता कि बच्चे के शरीर में जो अनचाहे बाल उग आते हैं, उन्हें बिना उबटन कैसे साफ़ किया जा सकता है! पर तुम्हें लगता था कि यह काम प्रशिक्षित आया उससे कहीं ज़्यादा अच्छे ढंग से कर सकती है, या शायद तुम उसका एहसान नहीं लेना चाहते थे या फिर तुम्हें डर था कि कहीं तुम्हारी माँ की हलकी-सी खाँसी से उसे इंफ़ेक्शन न हो जाये! हम तो सिर्फ़ अनुमान भर ही लगा सकते हैं, पर तुमने एक बार भी नहीं सोचा कि जब तुम उसे कुछ करने नहीं दोगे तो अपने चारों तरफ़ उग आयी अकेलेपन और लम्बी ख़ामोशियों को कब तक वह आसमान में उड़ते बादलों और कबूतरों को देखते-देखते झेलेगी!

एक बार उत्साह के अतिरेक में उसने नन्हे को बाहर से आते ही गोद में उठाकर चूम लिया। तुमने नाराज़गी से उसे ऐसे देखा, जैसे उसने कोई अपराध कर डाला हो और उसके हाथों को कीटाणुरहित करने के लिए तुमने कोई द्रव उसकी हथेलियों पर डाला और उसे सख़्त हिदायत दी कि आइन्दा वह जब भी नन्हे को छुए, हथेलियों को इसी प्रकार साफ़ कर छुए। वैसे ही एक बार जब उसने अपनी धुली हुई साफ़ साड़ी के पल्लू से नन्हे का नाक-मुँह पोंछ दिया तो भी तुम्हारे ललाट पर तीन सिलवटें पड़ गयीं और तुमने टिशू पेपर अपनी माँ के आगे कर दिया—'इससे पोंछो अम्मा!' उसने कहा भी, 'मैंने चार-चार बच्चों को बिना नर्स की सहायता के पाला था और उन्हें हमेशा स्वस्थ रखा था।' तुम्हारा

जवाब था, 'पहले इतना प्रदूषण कहाँ था अम्मा?' उसने कहना चाहा, 'पहले इतना डर नहीं था और बड़ों के प्रति अविश्वास भी!' पर जवाब सुनने का समय कहाँ था तुम्हारे पास।

एक बार नन्हे की आँखों में कीच आ गयी, उसकी दोनों पलकें हलके-से चिपक गयीं। तुम दोनों घबरा गये—यह क्या हुआ? आँख में यह कैसा इंफ़ेक्शन? उसने कहा, 'कुछ नहीं, यह आँख की कीचड़ है। गुलाब जल डालो, कल तक ठीक हो जायेगा।' लेकिन तुम दोनों को कहाँ उसका विश्वास, तुम गाड़ी ले भागे-भागे नेत्र विशेषज्ञ के पास गये। तुम्हें उसके अनुभवों और बच्चों से सम्बन्धित उसकी चिकित्सा पर कोई विश्वास ही नहीं था

इसी उत्साह के अतिरेक में जहाँ तुमने यह सन्तोष ज़रूर कमा लिया था कि अच्छे माँ-बाप की तरह सारी ज़िम्मेदारी तुम दोनों ने अकेले ही उठा ली। पर तुम यह नहीं देख पाये कि तुम्हारे इसी स्वावलम्बन के भूत ने तुम्हारी माँ में किस क़दर व्यर्थता बोध, अजनबीयत और अनुपयोगी होते जाने का वह मारक एहसास भरा कि वह, वह नहीं रही। बड़ा वह नहीं होता, जो किसी में बौनेपन का एहसास भर दे। बड़ा वह होता है, जिसके आगे छोटे-से-छोटा आदमी भी ख़ुद को बड़ा महसूस करने लगे। तुम दोनों नन्हे में डूबे रहते और वह किसी भटकती आत्मा की तरह अपने ख़ाली कमरे में प्रेत की तरह डोलती रहती। अनचाहे होने के दर्द और दंश को काश तुम समझ पाते! कभी एकाएक नन्हे के रोने की आवाज़ आती तो उसके क़दम अचानक ही तुम्हारे कमरे की ओर बढ़ जाते, कई बार कमरा खुला रहता तो वह बस झाँक भर लेती और लौट आती। एक बार दोपहर के समय तुम्हारा कमरा बन्द था और नन्हे की कच्ची काँय-काँय..., उसे लगा कि कहीं नन्हे की माँ बाथरूम में न हो और नन्हा कहीं बिस्तर से गिर न गया हो! अब ख़यालों पर तो कोई रोक-टोक लगा नहीं सकता न! उसने घबराकर दरवाज़ा खटखटाया तो तुम जाने कहाँ से अवतरित हो गये, तुमने थोड़ी नाराज़गी से पूछा, 'क्या बात है अम्मा, क्यों परेशान हो?'

वह आसमान से गिरी—'तुम? तुम दफ़्तर नहीं गये?'

तुमने झुँझलाते हुए जवाब दिया—'अम्मा, मैंने दफ़्तर से महीने भर की छुट्टी ले रखी है।'

'किसलिए?'

'नन्हे के लिए। अपनी ज़िम्मेदारी निभाने के लिए।'

'क्या? ऑफ़िस से छुट्टी ले ली वह भी महीने भर के लिए? उसे लगा, जैसे तुमने उसके मुँह पर थप्पड़ जड़ दिया हो, यदि ऐसा ही था तो फिर तुमने उसे

क्यों बुलाया? ज़माना बदल गया है, यह तो हम भी जानते थे। यह भी जानते थे कि अब वो ज़माना नहीं कि जलवा पूजन के पहले पुरुष सौर में प्रवेश ही न करे, पर यह नहीं जानते थे कि एक नन्हे के लिए एक माँ, एक आया और दादी भी कम पड़े और पिता को भी अवकाश लेना पड़े, वह भी महीने भर के लिए!'

काश! तुम समझ पाते कि तुम जिसे महज़ अपनी ज़िम्मेदारी कह रहे थे, वह परिवार का साझा सुख था, जिस पर हमारा भी हक़ बनता था। नन्हे को हमसे जुदा करना नयी कोंपल को पेड़ से जुदा करने जैसा था। तुमने अपनी माँ को ताक पर रख दिया बीते साल के गणेश-लक्ष्मी की तरह। हर सुबह वह उठती, इस उम्मीद में कि शायद आज उसे कुछ करने को मिल जाये और हर शाम वह बोरियत और अपमान की चादर ओढ़ सो जाती।

कैसा होता है हर पल अपने वजूद को शून्य में सिमटते देखना! तुम आत्मनिर्भरता का राग नहीं अलाप रहे थे, तुम उसकी ममता में कील ठोंक रहे थे। अकेले का अकेलापन फिर भी सहन होता है पर किसी के साथ रहते भी यदि अकेलापन भुगतना पड़े तो उसकी मार असह्य होती है, क्योंकि उसमें अपमान की मार भी शामिल हो जाती है। अपमानित होकर जीने से कहीं बेहतर है—वंचित होकर जीना और उसने वही किया। क्योंकि साथ रहकर भी क्या वह वाक़ई साथ थी? दिन के चौबीस घण्टे में चौबीस मिनट के लिए भी तुम अपने कमरे से बाहर नहीं निकलते थे और निकलते तो भी अपनी अम्मा के ऊपर एक उड़ती-सी नज़र डाल तुम यह जा वह जा। अपनेपन और आत्मसम्मान के बिना तो पैरों के नीचे बिछे फ़ूल भी चुभते हैं।

पर उस दिन तो हद ही हो गयी। तुम्हारे यहाँ हर रविवार कोई पाँच-सात लोगों की पार्टी चलती रहती थी। तुम्हारी बाई ने उससे कभी कोई सलाह-मशविरा नहीं लिया। अब जब मालिक ही न पूछे तो नौकर तो उसी की बजायेंगे न, जिसकी खायेंगे। बहरहाल, हर बार खाना बनता बीस-पच्चीस लोगों का। उस अतिरिक्त भोजन को भी तुम लोग न किसी को देते और न आसपास ही बाँटते। अब देखते-देखते तो बर्बादी की मक्खी निगली नहीं जा सकती न!

एक बार सुबह जब सारा खाना फेंका गया तो उसके मुँह से निकल गया—'आज के ज़माने में अन्न की इतनी बर्बादी! यह ठीक नहीं है, लोगों को खाने को' ...वह बोल भी नहीं पायी थी कि तुमने झुँझलाते हुए कहा, 'अम्मा चिन्दी-सी बर्बादी और सड़े हुए अन्न पर दिमाग़ मत ख़राब करो, बड़ा सोचो'... तुम कहते रहे और वह सोचती रही कि खाने की बर्बादी को रोकने की सोच से बड़ा सोचना और क्या हो सकता है? उसका बचपन उन परिवारों में बीता, जो

एक-बेला कहलाते थे। एक बेला, यानी जिनके घर में खाना एक ही बार बनता था। इसलिए अन्न की बर्बादी उसकी नज़रों में महापाप था। पर तुम जैसे बड़े लोगों की छोटे सोच को वह समझ ही नहीं पायी। दूसरी सुबह फिर उससे भूल हो गयी या पिछले दिन की कटुता पर पलेथन लगाने की कोशिश में...उसने नन्हे को काजल लगा दिया था और उसके उन्नत ललाट पर काजल का दिठौना भी। तुम्हें लगा कि कार्बन-डाइ ऑक्साइड नन्हे की आँख के लिए घातक हो सकती है। तुम्हें लगा कि वह भी अन्धविश्वास है, जबकि बी.ए. तक पढ़ी-लिखी तुम्हारी माँ ने काजल का दिठौना यूँ ही रस्मी तौर पर चाव से लगा दिया था। तुम फूट पड़े, 'अम्मा दुनिया-भर में मौसम बदल रहा है, कब बदलेगा हमारे घर का मौसम!' तुमने जितना कहा, उससे ज़्यादा सुन लिया था उसने।

बीस दिन बीतने के पहले ही उसकी मोह-ममता सब बीत गये और साँप की तरह उसने भी रिश्तों की सारी केंचुल उतार फेंकी। जिस मन में बसती थी प्रेम और लगाव की पीड़ा, ख़ाली कर दिया उस मन को। शायद यही है बूढ़ा होना, निरन्तर ख़ाली करते जाना ख़ुद को। अब घोंसला ख़ाली है। पद्मपत्र पर पड़े जल-बिन्दु को देखा है कभी?

तुम समाज में नहीं रहते हो! यदि समाज में रहते तो तुम ऐसा उसके साथ कर ही नहीं पाते! जैसा तुमने किया, तुम दरअसल लोगों के एक ऐसे सेंट्रली हीटेड जमावड़े में रहते हो, जो ख़ुद से बेख़ुद, आत्महीन, व्यक्तित्वहीन, मूल्यहीन और स्मृतिविहीन है, जहाँ विचार बहुत कम और सामान बहुत ज़्यादा है। एक बात और, हमारे जीवन में कई रोशनदान थे—सिर्फ़ अपना ही बच्चा नहीं था, पास-पड़ोस और यहाँ तक गाय और चिड़िया के बच्चे तक हमारी ज़िम्मेदारी के दायरे में आते थे, न हमारी सोच इतनी आत्मकेन्द्रित थी और न ही हमें इतनी फ़ुर्सत थी कि हम सिर्फ़ और सिर्फ़ अपने बच्चे के लिए ही सोचें। हम अपने माँ-बाप, माँ-बाप के माँ-बाप, पास-पड़ोस के बच्चे तक के लिए भी सोचते थे। ममता पर क्या सिर्फ़ माँ का ही अधिकार होता है? क्या दादी, नानी, मौसी, बुआ—माँ का रूप नहीं होतीं? हमारे यहाँ तो दादी को भी दादी माँ, बुआ को भी बुआ माँ और मासी को मासी माँ कहा जाता है। पर तुमने बच्चे पर माँ-बाप का अधिकार नहीं, उन्हीं का सर्वाधिकार समझ लिया। तुमने हमें नन्हे के दायित्व से मुक्त नहीं किया, तुमने हमें अपनी ममता से वंचित किया, जिस पर हमारा भी सहज अधिकार था। तुम्हारे लिए तुम्हारा बच्चा मथुरा-वृन्दावन था, जिसकी परवरिश पर तुम किसी और का ज़रा भी हस्तक्षेप नहीं चाहते थे। जहाँ तुम दोनों के सिवा बाक़ी सब अछूत थे। पर तुम भूल गये कि तुम भी कभी हमारे लिए

मथुरा-वृन्दावन-जैसे ही थे। ऐसा मथुरा-वृन्दावन, जहाँ हर कोई बिना रोक-टोक के आ सकता था, ऐसा मथुरा-वृन्दावन, जिसको चमकाने में हम ख़ुद घिसते गये...मलिन पड़ते गये...रिसते गये...पर तुम्हें चमकाते गये।

तुम ऐसे क्यों हुए? सोचकर भी सोच नहीं पाते हम। शायद इसीलिए कि तुम्हारे यहाँ सब कुछ उपयोगिता के सिद्धान्त के आधार पर तय होता है, जबकि हम रिश्तों के बीच पले-पुसे लोग हैं। तुम्हारे लिए मनुष्य सिर्फ़ आर्थिक प्राणी है। इसीलिए सुबह से शाम तक तुम दोनों जेट रफ़्तार से दौड़ते रहते हो, फिर भी पहुँचे कहाँ हो? अति और गति की मारी तुम्हारी पीढ़ी का कार्य अपने सिवा किसी दूसरे को छूता तक भी नहीं है, इतनी मोटी सैलरी के बावजूद, तुम्हारे यहाँ जीवन तो है पर जीवन की गहमागहमी नहीं है और यदि है, तो भी उसकी आँच किसी तीसरे तक नहीं पहुँचती है। शायद इसीलिए कि तुम दोनों अपने बिज़नेस या नौकरी की लक्ष्य पूर्ति के कलपुर्ज़े-भर बनकर रह गये हो! संवेदनशील मनुष्य बन ही नहीं पाये।

इन छोटे घरों में आकर तुम्हारा मन वाक़ई छोटा हो गया है। याद है तुम्हें, अपने गाँव जोबनेर की वह हवेली, जहाँ तुम्हारी दो-दो विधवा बुआ दादियाँ रहती थीं और वह भी पूरे सम्मान के साथ। घर वही होता है, जिसमें कई घर होते हैं। घर वह होता है—जहाँ हर व्यक्ति अपने स्व के भाव के साथ पूरे सुकून और पूरी गरिमा के साथ रह सके। जहाँ सब कुछ लय-ताल में बहता हो और अन्तःधाराएँ एक-दूसरे को काटती न हों...हमारे घर में तो चिड़िया, बिल्ली, चूहे और चींटी तक शान्ति से निवास करती थीं, क्योंकि हमारा विश्वास था कि घर सबका होता है और जिन घरों में चिड़िया घोंसले नहीं बनाती, निर्वंश हो जाते हैं वे घर। तुम्हारे उस सजे-सँवरे, अत्याधुनिक, वातानुकूलित और जगमग घर में तुम्हारी माँ तक की समाई नहीं हुई। उसे खाँसने तक में डर लगता कि कहीं तुम्हारी शान्ति न भंग हो जाये। उसे मेहमानों के बीच बैठने तक डर लगा। बोलने-हँसने, ठहाका लगाने और यहाँ तक कि चलने और पादने तक में डर लगता कि कहीं तुम उसे फूहड़ न समझ बैठो। हमारे गाँव में एक कहावत है कि चूहे के बिल में ऊँट की समाई नहीं होती।

तुम्हारे उस घर में सब कुछ था, जो उसे जोड़ सकता था, बेटा-बहू और उसका नन्हा ईश्वर, उसका पोता। पर वह जुड़ाव कहाँ था जो इन्सान को इन्सान से जोड़ता है। वे बीस दिन जो उसने तुम लोगों के साथ बिताये, वे बीस दिन—दिन नहीं थे, साबुन थे, जिन्होंने उसके सारे अरमानों और उमंग को धो डाला था। वे बीस दिन—दिन नहीं बीस चाक़ू थे, जो हर क्षण उसे सलाद की तरह काटते रहे थे।

तुम शायद इसे व्यक्ति-स्वातन्त्र्य का नाम दो! पर यदि यह है भी तो उसकी अति है। वैयक्तिकता की हद दर्जे की पराकाष्ठा। पहले हम एक अति में जी रहे थे, अब दूसरी अति में जी रहे हैं। बुरा मत मानना, पर यह सब कुछ करने की असीम आज़ादी भी, जिसे तुम व्यक्ति स्वातन्त्र्य का नाम देते हो। इन्सान को एक अराजक और निरंकुश व्यक्ति में बदल रही है। तुम कहते थे कि तुम्हें किसी से डर नहीं लगता, पर कुछ डर अच्छे भी होते हैं—जैसे रिश्तों को खोने का डर, आत्मीयों को नाराज़ करने का डर।

यह विडम्बना है कि हम एक अति से दूसरी अति की ओर लुढ़क गये हैं। तुम्हें गुमान है कि तुमने हम लोगों से कोई सेवा नहीं ली। जैसा कि तुम उसे कहते भी थे—'चिल करो अम्मा, महारानी की तरह राज करो।' काश! तुम समझ पाते कि यह महारानी बनना कितना अपमानजनक था। इस सत्य पर मैल की कितनी परतें जमी थीं! वह ऐसे घर की महारानी थी, जहाँ घर की स्वामिनी होने का कोई गौरव नहीं था। बड़े होने का कोई मान ही नहीं था।

अपने नन्हे बेटे के प्रति अपने फ़र्ज़ में तुम कोई कमी नहीं करना चाहते थे, इसलिए तुमने अपनी जमा सारी छुट्टियाँ ख़र्च कर दीं और आगे के लिए भी ले लीं। तुम्हारी आत्मनिर्भरता अपनी पीठ थपथपा सकती है कि तुम और तुम्हारे बच्चे के बीच कोई नहीं आया, न आ सकेगा। पर हम आज तक समझ नहीं पाये कि यह कैसी आत्मनिर्भरता है, जो दूसरों को उनकी ममता से वंचित कर अर्जित की गयी हो! जहाँ निजता की परिधि इतनी संकीर्ण हो कि दो के अलावा तीसरे का प्रवेश भी स्वीकार्य नहीं हो! ताज्जुब होता है कि हम उसी संस्कृति के वंशज हैं, जिसने कभी हमें 'वसुधैव कुटुम्बकम्' का मूलमन्त्र दिया था।

काश! तुम कुछ कम सफल होते, कम समृद्ध होते, कम आत्मनिर्भर होते। कम प्रतिभाशाली होते या कम आत्मविश्वासी होते। थोड़े हमारे-जैसे होते?

तुम्हें धन्यवाद कि तुमने उसे यदि वह आघात नहीं दिया होता तो अपनी निजता की संकीर्ण परिधि का अतिक्रमण कर तुम्हारी माँ कभी अपना विस्तार कर ही नहीं पाती...घर की मोह-माया से मुक्त इन्सान सचमुच एक मुक्तात्मा हो जाता है। हमारी कमज़ोरी है कि हम रिश्तों के सच को पहचानने से डरते हैं और इसके उजागर होने से तो इतना डरते हैं कि ताउम्र रिश्तों के ख़ाली ढोल ही बजाते रहते हैं। जाने कब और कहाँ पढ़ी थी, रानी विक्टोरिया से जुड़ी एक घटना...रानी का एक प्रेमी था, उम्र में उससे कुछ छोटा, जिसे वह तहेदिल से प्रेम करती थी। एक बार उसके प्रेमी को देश से बाहर जाना था। रानी ने उसे जहाज़ (पानी का जहाज़) तक जाकर विदा किया, और विदा के उपरान्त उसे दूर

से ही दूरबीन से देखने लगी। उसने देखा कि डेक पर खड़ा उसका प्रेमी अपनी प्रेमिका के गले में हाथ डाले मुदित मन उसे चूम रहा है। रानी यह देख उदास हो गयी। तभी पास में ही खड़े रानी के सचिव, जो सब कुछ देख रहे थे, ने रानी से कहा, 'Your Majesty, look up' (ऊपर की ओर देखिए महारानी!) रानी ने ऊपर की ओर देखा, जहाँ उसके देश का झण्डा लहरा रहा था, उसकी सोच की दिशा बदली—मुझे अपने देश और लोगों के लिए सोचना है...

उस घटना की स्मृति ने एक कौंध में ही जैसे जीवन का भेद खोलकर रख दिया। सच, ज़िन्दगी जब हाथों से फिसलने लगे तो ऊपर की ओर देखना ही जीवन को देखना है। हमने भी अपनी सोच की दिशा बदल ली है और निजी दुख और अपमान के दंश को पालतू बिल्ली की तरह पालना छोड़ दिया है। ममता में बँधे पंखों को खोल दिया है और उड़ान भर ली है। हमारे घर के पास ही एक शिशु कल्याण केन्द्र था लेकिन कभी उस पर नज़र ही नहीं गयी थी। तुम्हारे यहाँ से लौट आने के बाद तुम्हारी माँ की छटपटाती ममता को कोई तो ठिकाना देना ही था और उन बिना माँ-बाप के बच्चों को कोई माँ मिलनी ही थी। आज तुम्हारी माँ पाँच अनाथ बच्चों की दादी-नानी है। सन्तुष्ट है कि उसके चलते किसी और की ज़िन्दगी में आनन्द है। तुम्हें धन्यवाद, कि तुम्हारे कारण उसकी दृष्टि बदली, जिसने बदल दी हमारी सृष्टि।

अन्त में सिर्फ़ यही प्रार्थना कि प्रेम की इस विराटता पर अपनी लघुता मत थोपो। अपनी ज़िन्दगी को इतना बन्द, आत्मकेन्द्रित और शुष्क मत बना डालो कि बच्चा बड़ों की दुनिया देखकर बड़े होने से ही डरने लगे। एहसास की रुकी हुई इन हवाओं को बहने दो...तुम देखोगे की दुनिया कितनी सुन्दर है!

वे दस मिनट

कोलकाता से चेन्नई के लिए ट्रेन में बैठा था। 24 घण्टे का सफ़र। साथ में दो-एक किताबें रख ली थीं। नीचे की बर्थ पाकर सन्तुष्ट था। सामान लगाया और टी.टी. से निपटा तो जाने कहाँ से कोई टपक पड़ा और मेरी बर्थ के अन्तिम छोर पर बैठ गया–'यह रिज़र्व्ड कोच है, कौन हैं आप...यहाँ क्यों बैठे हैं?' मैं भुनभुनाया। उसने झपकती आँखों से मुझे देखते हुए विनम्रता से जवाब दिया... भैया खड़गपुर में उतर जाऊँगा, ढाई घण्टे की ही तो बात है। यहाँ बैठ तो सकता हूँ, जनरल बोगी में गया तो माथा चकरा गया, वहाँ घुस गया तो यह भी गारंटी नहीं कि खड़गपुर में उतर भी पाऊँगा या नहीं...उफ़ इतनी भीड़...इतनी पसीने की बदबू...इतनी उमस कि उलटी हो जाये। भेड़-बकरी की तरह आधा भारत ठुँसा हुआ है। बदबू मारते लोग, लोग ही लोग। सीट के ऊपर लोग, सीट के नीचे लोग। बाथरूम भी जाना मुश्किल। बाथरूम के अन्दर भी लोग, बाहर भी लोग।

'इतना आराम चाहिए था तो सीट रिज़र्व क्यों नहीं करवा ली?'

'भैया अचानक से जाना पड़ रहा है...', बोलते-बोलते उसका गला भर्रा गया था।

'ठीक है, ठीक है...ज़रा सिकुड़कर बैठो...', मुझे उसकी बनायी कहानी में कोई दिलचस्पी नहीं थी।

सुबह! फिर वही चिल्ल-पों...नींद में सुराख़ करतीं आवाज़ें...चाय...अदरक की चाय...गरम-गरम चाय, कटलेट, वड़ा। मैं भुनभुनाया। नींद टूट चुकी थी। अलसाया अधमुँदी आँखों से टॉयलेट जाने के लिए चप्पल पहनने लगा तो चप्पल ही नदारद। हे भगवान्! कहीं वही तो नहीं ले गया जो सिरहाने बैठा था, और करो दया...सोच रहा था कि तभी किसी की अटैची के पीछे लावारिस-सी पड़ी एक चप्पल पर नज़र पड़ी। राहत की साँस ली...तो दूसरी भी आसपास होगी। पर नहीं दूसरी चप्पल मिली दरवाज़े के पास, किसी के पाँवों से खिसकते-खिसकते पहुँच गयी थी।

सोचा किताब पढ़ लूँ तो वह भी मुश्किल। बीच की बर्थ वाला अधजगा करवटें बदल रहा था जब तक वह नहीं उठ जाता, मैं खुलकर बैठ नहीं सकता था, गर्दन झुकाकर पढ़ना पीड़ादायक था। टकटकी लगाये बीच वाले को देखता रहा, कब उठे...ये दाढ़ी वाला...आख़िर वो उठा। अपनी बर्थ नीचे गिरायी और मेरे समीप आकर बैठ गया, मैं अपनी किताब में दुबक गया और ऐसा दुबका कि पूरी दोपहर उसी में सिमटा रहा।

ढलती दोपहरिया में बाथरूम से आ रहा था कि उस दाढ़ी वाले युवक ने फटी-फटी आँखों से देखते हुए एक उदास मुस्कान मुझ पर फेंकी और आग्रह-भरे स्वर में कहा—बहुत पढ़ने-लिखने वाले लगते हैं। मेरे पास भी एक छोटा-सा अफ़साना है सुन लीजिए शायद आपके कुछ काम आ जाये...उसकी उदासी में दिल को पिघला देने वाला ऐसा कुछ था कि मैंने मौन सहमति में सिर हिलाया। उतरती धूप सीधी उसके मुँह पर पड़ रही थी इसलिए वह थोड़ा और क़रीब खिसक आया। पसीने की बूँदों में चिपके बालों पर रूमाल फिराया उसने और मुझे ग़ौर से देखने लगा, जैसे कूदने के पहले कोई सागर की गहराई नापता है।

आधा क़स्बाई, आधा आधुनिक-सा दिखता वह युवक। सीट पर पड़े उस दिन के अख़बार को परे सरकाते हुए कहना शुरू किया उसने, होंठ फड़फड़ाये-भर कि फिर एकाएक रुक गया वह, जेब से एक लम्बा-सा नीले रंग का लिफ़ाफ़ा निकाला, लिफ़ाफ़े को बड़ी नज़ाकत से खोला जैसे वह दुनिया का सबसे बहुमूल्य लिफ़ाफ़ा हो और बेहद सावधानी से उसके अन्दर रखे पन्नों को खोला जैसे गुलाब की पंखुड़ियों को खोल रहा हो और उसे मेरे सामने रखते हुए कहा—'पहले इसे पढ़ लीजिए...कहानी तो दो मिनट की है और हमारे पास समय अनन्त है।' उसकी गम्भीरता, उसका दार्शनिक अन्दाज़...मैं इनकार नहीं कर सका जबकि मेरी दिलचस्पी उसकी कहानी में ज़्यादा थी—पढ़िए, पढ़िए न...वह मुझे पढ़ने के लिए उत्साहित कर रहा था।

पहली ही पंक्ति ख़ासी मौजूँ लगी। लिखा था—जब दुखी होने की कोई वजह नहीं तो मतलब आप सुखी हैं। फिर नीचे कोई तारीख़ थी, फिर कुछ लिखा गया था, फिर उसे काट दिया गया था, लेकिन काटा इस प्रकार गया था कि उसे आसानी से पढ़ा जा सकता था। लिखा था—मुहब्बत के जो भी पहले स्वर फूटे, दुनिया का पहला गीत वही था। लेकिन ज़िन्दगी की हाय-हाय आपको कहाँ इस लायक रहने देती है कि आप मुग्ध हो किसी की मुहब्बत में डूब जायें।

सुभानअल्लाह यह तो किसी पहुँचे हुए की डायरी लगती है, मैंने खिड़की से सतरंगी होते आसमान की ओर देखते हुए कहा और सोचने लगा कहीं यह इसी

की डायरी तो नहीं? शब्दों और उच्चारण से भी पढ़ा-लिखा और उत्तर भारत का मालूम देता था, फिर चेन्नई क्या करने जा रहा है यह? मैंने सवालिया निगाह से देखा उसकी ओर...कोई शक्ल थी इन पत्रों के पीछे जो झाँक रही थी उसकी आँखों के परदे के पीछे से...दीये की लौ-सी...भर्राए गले से कहा उसने—पढ़ते जाइए, आगे और मोती मिलेंगे। इस बार बड़ा धाँसू लिखा था—

'जब हम ही न महके फिर साहिब
तुम बादे सबा महकाओ तो क्या'

स्लीपर क्लास की चिल्ल-पों, धूल-गर्द और गर्मी के बीच उसके पत्र को पढ़ते-पढ़ते लगा जैसे गुलमोहर की छाँव तले आ गया हूँ।

वाह क्या बात है? कौन है यह? मैंने धीरे से फिर पूछा। उसने किसी सिद्ध निर्देशक की तरह कहा—पढ़ते जाइए न, आपको सब कुछ बता दूँगा, यह मेरा वादा रहा। इस बार शब्द आकार में बहुत छोटे थे। लिखा था—हर औरत एक कहानी है...एक अधूरी कहानी, जो रोज़ रात में जन्म लेती है और सुबह होते ही मसल दी जाती है। इतना तो मैं समझ गया था कि ये पन्ने किसी महिला के लिखे हुए हैं। क्या सम्बन्ध हो सकता है इस महिला से इसका? मैं सोच रहा था कि तभी उसने दूसरा पृष्ठ मेरे सामने खोला, लिखा था—दिन इतने लम्बे क्यों होते हैं? फिर उसकी अगली ही पंक्ति थी—स्याह रात नहीं लेती नाम ढलने का।

एकदम नीचे लिखा था—सो नहीं पाती। उफ़ कितना दुखद होता है मरे हुए सपनों को नींद में फड़फड़ाते ज़िन्दा देखना। क्यों आज भी जीवित है वह स्वप्न देखती, गुनगुनाती, मुस्कराती षोडशी जो दिन-भर टकटकी लगाये देखती है कि शायद आज ख़त्म हों इन्तज़ार की घड़ियाँ...पर कितने गहरे होते हैं इन्तज़ार के रंग। ज़िन्दगी का दूसरा नाम है—इन्तज़ार...दो आरज़ू में कट गये, दो इन्तज़ार में।

माजरा क्या है, कभी ये मोहतरमा लम्बे दिन को कोस रही हैं तो कभी स्याह रात को। कभी स्वप्नों को। उसने जवाब नहीं दिया और अगली पंक्ति पर उँगली धर दी...पढ़िए! मैंने ध्यान से देखा उसके चेहरे की तरफ़, उसकी आँखों की कोर में अटकी थी एक बूँद, शायद उसी में छिपी थी उसकी पूरी कहानी। उसने फिर कहा पढ़िए, प्लीज़ पढ़िए न इस पंक्ति को। मैंने पढ़ा, इस बार लाल स्याही में लिखा हुआ था—दिन-रात चलता रहता है एक युद्ध, कभी ख़ुद से तो कभी ज़माने से। क्या करूँ इस प्यासी आत्मा का। इस तड़प का। कोई उस पार से बुलाता है मुझे...उड़ो...उड़ो खुलकर उड़ो...

किसी पुराने फ़िल्मी गाने की उदास धुन मेरे भीतर गूँजने लगी थी, साथ ही एक जिज्ञासा भी, कौन थी वह? ज़ोर देकर कहा मैंने—देखो जब तक नहीं

बताओगे कौन है यह, क्या सम्बन्ध है तुम्हारा इस महिला से? मुझे इन पत्रों में कोई दिलचस्पी नहीं जागेगी।

'गरम-गरम ताज़ा इडली...सांभर वड़ा...' इडली वाला कान के पास खड़ा चीख़ रहा था। मुझे भी खाने की इच्छा हो रही थी। आगे बड़ा स्टेशन पूरे दो घण्टे बाद था। मैंने पूछा उस दाढ़ी वाले से—खायेंगे? उसने मुण्डी हिला दी। ज़ाहिर था कि उसकी पूरी चेतना काग़ज़ के उन तीन पन्नों में दबी पड़ी थी। मैंने इडली परे सरका दी—बाद में खा लूँगा, आप जारी रखें। उसके चेहरे पर सन्तोष के भाव उभरे। इधर-उधर ताका उसने कि कोई और तो नहीं सुन रहा उसकी कहानी। बाक़ी दूसरे लोग अपने में व्यस्त थे। आश्वस्त हो वह थोड़ा और पास खिसक आया। फिर कहना शुरू किया उसने—जब पहली बार देखा था मैंने उसे तो वह मुझे एक फुदकती हुई चिड़िया-सी लगी थी।

'वह! वह कौन?' कुछ-कुछ अन्दाज़ मुझे लग गया था...फिर भी पूछा मैंने।

'वही जिसकी डायरी पढ़ रहे हैं आप, मेरी पत्नी माधुरी!'

'माधुरी? अभी कहाँ है वह?'

'उसने ऊपर गर्दन कर आसमान की ओर उँगली तान दी...वहाँ!'

'कैसे? कब? क्यों?'

'क्योंकि उसके हिस्से के दस मिनट नहीं दे सका मैं उसे।'

'अब जलेबियाँ मत छानो, जो कहना हो साफ़-साफ़ और खुलकर कहो...' सच्चाई जानने को मरा जा रहा था मैं।

उसका पहला वाक्य ही मेरी छाती पर घूँसे की तरह पड़ा—ठीक जब आप ज़िन्दगी के जादू को महसूसना शुरू करते हैं, लहरों पर सवार हो चाँद को छू रहे होते हैं, तभी वह ऊपरवाला आपको वह पटकनी देता है, कि सारी हवा निकल जाती है। आपको भनक भी नहीं पड़ती कि ठीक आपकी नाक के नीचे आपके घर के भीतर ही मौत के फन्दे की तैयारी हो रही है...मैं भी सर जी ऐसा ही अन्धा हो गया था कि दुनिया तो दूर अपने बेडरूम की सच्चाई भी भाँप नहीं सका। उस देश में प्रवेश तो कर गया जिसे औरत कहते हैं पर सँभाल नहीं पाया उसे।

क्या? क्या कह रहा है यह बन्दा? मैं उलझन में था। संशय में था पर वह इस क़दर अपने ही सन्नाटे में...अपने ही भीतर के उफनते तूफ़ान में डूब-उतरा रहा था कि इस बार मैंने नहीं टोका उसे...बोलने दिया...बहने दिया। उसने जारी रखा, 'सर जी, मैं सान्तागाछी (कोलकाता से करीब 60 किलोमीटर दूर एक गाँव) के बहुत ही ग़रीब घर में पैदा हुआ था, जन्म से ही भूख, ग़रीबी, बीमारी,

झगड़े-टंटे देखता आया था। तीन पैसे बचाने के लिए पिताजी तीन कोस पैदल चलते थे। माँ रास्ते में पड़ा गोबर बटोरती रहती थी उपले बनाने के लिए। घर में जो साबुन बनता, उसी से दो दिन में एक बार कपड़े धुलते और नहाते भी उसी साबुन से थे, सिर्फ़ मुँह धोने के लाइफबॉय मिलता। घर में कुछ समय के लिए ख़ुशहाली तभी आती जब पिताजी की कुछ अतिरिक्त कमाई हो जाती और घर में ईद के चाँद की तरह कभी-कभार नये कपड़े, फल और मिठाई के दर्शन होने लगते। मुझे समझ में आने लगा था कि हर झगड़े की जड़ में है ग़रीबी। मैंने सोच लिया था कि यदि मौक़ा मिला तो मैं ग़रीबी को कभी अपने पास भी फटकने नहीं दूँगा। सर जी, मैंने जी-तोड़ मेहनत कर, वज़ीफ़ा और क़र्ज़ लेकर बी. कॉम तक पढ़ाई की, मुझे अच्छे मार्क्स मिले, बी. कॉम के साथ ही मैंने सी.एस. भी कर लिया था। और कमाल देखिए कि मुझे नौकरी भी तुरन्त चेन्नई की एक अच्छी एफ.एम.सी.जी. कम्पनी में मिल गयी। वेतन अच्छा था लेकिन उससे अच्छी बात थी कि मुझे अपने सेल्स पर कमीशन मिलता था...यानी कम्पनी के लिए मैं जितनी अधिक बिक्री करवाऊँगा, मेरी कमाई उतनी अधिक होगी। उस समय मैं समझ नहीं पाया इस चमकीले जाल को, मुझे लगा मेरी प्रतिभा के मुक़ाम तक पहुँचने का यह स्वर्णिम अवसर है।

और मज़ा देखिए कि इधर नौकरी लगी और उधर मेरी सगाई हो गयी। मेरी टीम अच्छी थी और दिमाग़ उपजाऊ, इसलिए मेरे सेल्स टारगेट भी पूरे हो रहे थे। देखते न देखते साल-भर के अन्दर मेरा प्रमोशन हुआ और मुझे सेल्स मैनेजर बना दिया गया। मैं घर का बड़ा लड़का था, इसलिए सेल्स मैनेजर बनते न बनते मेरी शादी भी हो गयी। माधुरी भी कोलकाता की ही थी। उसका परिवार हमारे परिवार से काफ़ी समृद्ध था।

मैंने महीने-भर की छुट्टी के लिए आवेदन दिया था, पर मुझे छुट्टी मिली सिर्फ़ पन्द्रह दिन की। पन्द्रह दिन शादी के बन्दोबस्त, तैयारी, मिलने-जुलने, बहनों को लाने, ले जाने में ही कट गये। मैं वापस चेन्नई, अपने ऑफ़िस। मैंने माधुरी से वादा किया कि बहुत जल्द ही मैं उसे हनीमून के लिए गंगटोक ले जाऊँगा। उसे हिमालय से बहुत प्यार था।

बहरहाल सेल्स मैनेजर बनते न बनते मुझ पर ज़िम्मेदारियों का बोझ इस क़दर बढ़ गया था कि रात में भी मुझे स्वप्न में माधुरी नहीं, गंगटोक नहीं; सेल्स टारगेट ही दिखते थे। मुझे पूरे आन्ध्र प्रदेश की सेल्स सँभालनी पड़ती थी, डिस्ट्रीब्यूटर से लेकर दुकानदार तक की लय-ताल बनाये रखनी पड़ती थी। इस कारण मुझे सप्ताह में तीन दिन हैदराबाद में रहना पड़ता था। मैं चूँकि तेलुगु

भाषा भी नहीं जानता था इस कारण मुझे चेन्नई में तेलुगु सीखने के लिए भी ट्यूशन लेना पड़ता था। लब्बोलुबाब यह कि मेरे लिए समय पंख लगाकर उड़ने लगा था। जबकि माधुरी के लिए समय एक ही जगह ठिठका हुआ था।

नयी जगह का नयापन अब मिट चुका था। माधुरी अब जड़ से उखड़ते पेड़ की तरह मुरझाने लगी थी। विशेषकर जब मैं हैदराबाद के लिए निकल जाता, उसके लिए करने को कुछ भी नहीं रह जाता था। मैं उससे कहता—तुम बाहर निकल जाया करो, वह फनफनाती—कैसे निकल जाऊँ, मैं तो यहाँ की भाषा भी नहीं जानती...यहाँ तो सब तमिल बोलते हैं। कल बाज़ार हल्दी ख़रीदने गयी, लेकिन नहीं ख़रीद पायी। किसी भी तरह उसको नहीं समझा पायी क्योंकि हल्दी कहीं भी दिखाई नहीं दे रही थी और टर्मेरिक वे समझ नहीं पा रहे थे, कैसी जगह लाकर पटक दिया है, ग्राउंड फ़्लोर और पीछे का घर...रात तो रात—दिन में भी किसी की शक्ल देखने को तरस जाती हूँ और कोई दिख भी जाये तो क्या...न किसी से बोल सकती हूँ...न कहीं जा सकती हूँ। लगता है जैसे देश में रहकर भी विदेश में रह रही हूँ।

उसकी बात सच थी। माधुरी की समस्या मैं समझ सकता था। लेकिन खुद मेरी समस्या मेरा बॉस नहीं समझ रहा था। वह पूरी तरह मुझे निचोड़ने में लगा था। वह जीवन में अर्थ नहीं, अर्थ में जीवन खोजने वाला जीव था। उसकी आँख पर कोल्हू में जुते हुए बैल का चश्मा लगा हुआ था जो एक ही सीध में देख सकता था और वह सीध थी—मुनाफ़ा और सिर्फ़ मुनाफ़ा। मैं माधुरी से कहता समुद्र किनारे बैठ जाया करो। वह चिढ़ जाती। समुद्र किनारे भी गयी थी, पर दिल नहीं बहला। समुद्र देखते-देखते भी मैं तुम्हारा जाना ही देख रही थी।

मैंने कहा—जाना देखती हो, आना नहीं देखतीं, वीकेंड में आता भी तो हूँ। उसने तल्ख़ी से जवाब दिया—हाँ, आते ज़रूर हो, पर क्या तुम खुद नहीं जानते कि तुम कितने मेरे हो। कम्पनी के फ़ायदे की चिन्ता रहती है लेकिन ख़ुद का जीवन कितने घाटे में जा रहा है उसकी कोई चिन्ता नहीं। काश, तुम मेरी जगह होते और मैं दिखा पाती तुम्हें कि अपने प्रिय का जाना कैसा होता है।

बोलते-बोलते वह फिर ग़मगीन हो गया, उमस बढ़ गयी थी, रूमाल से ललाट का पसीना पोंछते हुए बुदबुदाया—दिखा दिया उसने मुझे अपना जाना...भयंकर जाना। ले लिया बदला मुझसे। जी-भर देख भी न पाया उसे कि जी भारी कर चली गयी वह। ओह जिसे दस मिनट नहीं दे पाया, आज हर पल दे रहा हूँ... कहीं भी चला जाऊँ, समुद्र किनारे, नदी, पहाड़, श्मशान...हर रात मेरे सिरहाने आकर खड़ी हो जाती है वह, कोई भी रात सो नहीं पाता। दस मिनट के बदले

दस जन्म भी दे दूँ उसे तो भी क्या माफ़ करेगी वो मुझे...कितनी जल्दी फ़ैसला दे दिया उसने मुझ पर...कहीं पढ़ा था कि भगवान भी आदमी पर उम्र ख़त्म होने तक नहीं देता फ़ैसला...और वह फिर हिचकी ले-ले बिसूरने लगा।

मैंने उसके कन्धे पर हाथ धरा। कनखियों से देखा, कोई देख तो नहीं रहा। सामने बैठा युवक किसी फ़िल्मी पत्रिका में डूबा पैर हिला रहा था। आसपास के लोग उतर गये थे। मैंने उसे शान्त करने की चेष्टा की। उसे पानी की बोतल दी, उसने कुछ घूँट गटके, नीचे खिसक आये चश्मे को ऊपर किया और फिर चालू हो गया।

'आजकल हर पल यही सोचता हूँ कि जीवन क्या है? सत्य क्या है। आनन्द क्या है? सुख क्या है? मैं सुख के चक्कर में अधिक से अधिक धन बटोर लेना चाहता था। अधिक बिक्री के चक्कर में ज़रा-सा भी समय मिलता तो कंज्यूमर्स साइकोलॉजी पढ़ने लगता। काश, उसकी जगह इन्सान को पढ़ता तो शायद उसे समझ पाता। पर क्या मैं ग़लत था? क्या बताऊँ सर, जन्म से ही तंगी देखी थी, नीचे से ऊपर उठा था, गाँव का आदमी था, सुनता आया था कि आयी हुई लक्ष्मी और परोसी हुई थाली को ठुकराना नहीं चाहिए। गाँव में लोगों को काम नहीं मिलता था, दिन-भर उन्हें हाथ पर हाथ धरे बैठे देखता था, मुझ पर ईश्वर की मेहरबानी से काम और मौक़ा दोनों बरस रहे थे, इस कारण कमाने का कोई भी मौक़ा खोना नहीं चाहता था। आप ही बताइए सर, क्या मेहनत करना, कमाना अपराध है? पर देखिए कैसा सर्वनाश हो गया! वह दीवार पर टँग गयी और मैं ज़िन्दगी और मौत के बीच टंग रहा हूँ।

वह बोलता जा रहा था और मैं समझ ही नहीं पा रहा था कि वह अपनी मृत पत्नी को याद कर रहा था या उसे कोस रहा था। क्यों कह रहा था वह मुझसे यह सब? मैंने पूछा—लेकिन एकाएक ऐसा क्या हो गया था कि उसे आत्महत्या करनी पड़ी।

उसका चेहरा नीला पड़ा। एक लम्बी साँस खींची उसने। इधर-उधर नज़रें घुमायीं और फिर अपने प्रवाह में बहने लगा—क्या बताऊँ सर, वो फुदकती चिड़िया धीरे-धीरे ख़ामोश-सी हो गयी थी। उसने मुझसे धीरे-धीरे झगड़ना और शिकायत करना भी कम कर दिया था। एक कमज़ोर लहर की तरह उसका गुस्सा, उसकी शिकायत उसी के समुद्र में विलीन होने लगी थी, मुझे लगा उसने वक़्त से समझौता करना सीख लिया है। मैं उसे सान्त्वना देते हुए अपने भविष्य की योजनाओं के बारे में बताता—हम जल्द ही नया घर ले लेंगे, कबूतर के दड़बे जैसे इस घर से निकलकर एक खुला और हवादार घर।

वह बुदबुदाती—जब वर्तमान ही नहीं बचेगा तो भविष्य किसके लिए बचाओगे। मैंने देखा उसकी सर्पीली आँखों की चमक बुझती जा रही थी। पर साहब देखना भी तो मन की आँखों से ही न होता है, इसलिए मैं देखकर भी नहीं देख पा रहा था। काश, मैं उस दिन उसके मन की गहरी पीड़ा, उसके मन की भीतरी सीलन तक पहुँच पाता! काश, उसके दर्द को उसका दिल बन समझ पाता। पर मैं तो काम में अन्धा था और ऐसा भी नहीं था कि मैं ख़ुद जी रहा था मैं तो ख़ुद कमाने की मशीन बनते-बनते मर रहा था, गल रहा था। इसलिए मैंने कई बार बॉस से कहा भी—मुझे कुछ दिनों के लिए छुट्टी चाहिए, मैं आराम करना चाहता हूँ।

लेकिन समय बाज़ारू होता जा रहा था। बॉस कहता—यदि बाज़ार में टिकना है तो हमें नये-नये ऑर्डर लाने होंगे, नयी-नयी सम्भावनाएँ टटोलनी होंगी, नयी योजनाएँ बनानी होंगी, कंज्यूमर्स साइकोलॉजी को समझना होगा, उस पर रिसर्च करनी होगी। इसके लिए समय तो तुम्हें देना ही होगा और मुझे सन्तुष्ट करने के लिए उसने फिर एक इनक्रीमेंट कर दिया मेरा, लेकिन साथ ही मेरे सेल्स टारगेट भी बढ़ा दिये। कुल मिलाकर मेरा जीवन सेल्स टारगेट, नम्बर, बोनस और ग्रेड में सिमटता जा रहा था। दिन के चौबीस घण्टे भी मेरे काम के लिए कम पड़ते थे और माधुरी के लिए एक-एक दिन एक-एक युग जैसा बीत रहा था। एक भीतरी ख़ालीपन से भरती जा रही थी वह। मेरे घर से आवाज़ें धीरे-धीरे कम हो रही थीं, मनहूसियत सिर उघाड़े टहल रही थी। पर मैं सोच रहा था कि बस ये क्वार्टर किसी प्रकार निकल जाये, अधिक से अधिक दीवाली का त्योहार निकल जाये, तो बॉस से बात करूँ, यदि कमाने का यह समय निकल गया तो फिर मेरे पास समय तो रहेगा, पर उसे भोगने के लिए साधन नहीं रहेंगे। तो सर जी 'पत्नी को बाद में मना लूँगा' की तर्ज पर मैं फुल टाइम बॉस का हो गया। लेकिन ऐसा नहीं था कि मैं उसकी तरफ़ से एकदम बेख़बर था। एक अज्ञात भय मेरे भीतर भी उग रहा था। फाँस मेरे भीतर भी गड़ी हुई थी। उसके चेहरे की उड़ती रंगत कह रही थी कि आसार ठीक नहीं, इसलिए महीने-भर बाद ही फिर हिम्मत कर बॉस से कहा मैंने—सर, मेरी नयी-नयी शादी हुई है, घर पर मेरी बीवी अकेली रहती है, मुझे कुछ समय के लिए हैदराबाद से दूर रखिए।

बॉस ने हँसते हुए जवाब दिया—तुम्हें नौकरी से ही न दूर कर दें...फिर समझाते हुए कहा—जीवन में आगे बढ़ने के मौक़े बार-बार नहीं मिलते। ख़ुद सालों घिसने के बाद मुझे मिला है ऐसा बाज़ार। ऐसी माँग! बीवी कहाँ भागी जा रही है, लेकिन दीवाली तक हमने नया प्रोडक्ट डिलीवर नहीं किया तो सोचो हमें क्या फिर मिलेगा ऐसा ऑर्डर! ऐसा मौक़ा! ऐसा तेज बाज़ार!

उसकी उदास आँखें खिड़की के रास्ते कहीं दूर ठिठकी हुई थीं—क्या बताऊँ सर, नयी नौकरी, नयी बीवी और नये घर की तनी रस्सियों के बीच मैं थरथराता रहता। कभी नौकरी छूटने का डर, कभी टारगेट पूरा न होने का डर, तो कभी बीवी के नाराज़ होने का डर...तरह-तरह के डर मेरे भीतर इकट्ठे होते जा रहे थे। माधुरी भावुकतारहित प्यार को स्वीकार कर ही नहीं सकती थी और जब तक मेरे टारगेट पूरे नहीं हो जाते, मैं भावुक हो नहीं पाता था...बस ऐसे ही चलता रहा विवाह के बाद का वह समय...सूखा...बंजर...अतृप्त...न मैं उसके मन के तारों को झंकृत कर पाया, न जागी उसकी देह।

ऐसे में एक मनहूस दोपहर घर आया तो टेप चल रहा था...तेरी दुनिया में दिल लगता नहीं, वापस बुला ले...वह गाना ख़त्म हुआ तो फिर दूसरा गाना, उतना ही डिप्रेसिंग...ये दुनिया अगर मिल भी जाये तो क्या है...बस दिमाग़ भन्ना गया...माना आप दुखी हैं लेकिन अपने दुख का इस प्रकार इज़हार कराना...मानो मैं बेख़बर हूँ ...मुझे अखर गया। भीतर दुबका अपराध-बोध का कीड़ा भी कुलबुलाया। बस अपना आपा खो बैठा मैं...मैं दुनिया को सुन्दर बनाने के लिए तिल-तिल जल रहा हूँ...न दिन का ठिकाना, न रात का, न खाने का सुख, न सोने का और यह मुझे सुना रही है...यह दुनिया अगर मिल भी जाये तो क्या है। थका तन, भूखा पेट और चिड़चिड़ा मन। बेबस आदमी का गुस्सा यूँ भी भयानक होता है सर जी। किधर का गुस्सा किधर निकल गया। बिना वजह उलझ गया और डपट दिया उसे...कुछ अच्छे गाने नहीं सुन सकतीं क्या...? तीन दिन तक गधा खटनी कर घर आया हूँ, यही रोना-धोना सुनने के लिए? और मेरा दुर्भाग्य देखिए कि तभी बॉस का फ़ोन आया ...तुरन्त बंगलौर के लिए रवाना हो जाओ, दीवाली के लिए स्पेशल मेकअप सेट लाँच करना है...एयर टिकट मेल कर दिया है। मैं रो पड़ा...कहीं चैन नहीं। न घर में, न बाहर। पत्नी से हुई उस झपट के चलते मैं बिना खाये ही निकल गया। जाते-जाते पत्नी ने मुझे ग़ौर से देखते हुए सहमी-सी आवाज़ में कहा—मुझे आपसे दस मिनट चाहिए, एक ज़रूरी बात करनी है। गहरी झील से उठती वह एक ऐसी ठण्डी आवाज़ थी जिसके अंश-अंश से बेबसी, हताशा और अवसाद टप-टप टपक रहे थे। मेरे भीतर धुकधुकी होने लगी, दस मिनट तो सिर्फ़ कहने की बात है, एक बार यदि उसकी शिकायतों का पुलिन्दा खुल गया तो फिर सँभाल नहीं पाऊँगा मैं...आज का दिन महत्त्वपूर्ण था मेरे लिए...मैंने घड़ी की ओर देखा...दस मिनट दे सकता था मैं उसे, पर उसका रोना-धोना सुनने के मूड में नहीं था मैं। भीतर यह डर भी कि क्षण-भर भी रुक गया तो यह लड़की मुझे उस तूफ़ान में घसीट ही लेगी, जिससे बचने की पुरज़ोर कोशिश कर रहा था मैं। उस वक़्त मेरे

दिमाग़ में सिर्फ़ नया प्रोडक्ट, डीलर्स और दुकानदार थे...जल्दी से जल्दी प्रोडक्ट को दुकानों और ग्राहक तक पहुँचाने की हड़बड़ी थी, टारगेट की तलवार सिर पर थी। इन सबके बीच यह बखेड़ा...मेरे माथे पर बल पड़ गये...गर्मी, भूख, थकान और उसकी रोऊँ-रोऊँ मनहूस शक्ल देख तीव्र इच्छा ज़ोर मार रही थी कि भाग खड़ा होऊँ वहाँ से। मैंने झुँझलाते हुए और बिना उससे आँख मिलाते हुए, अपने पर्स में रुपया ठूँसते हुए कहा, अभी नहीं रुक पाऊँगा, आकर बात करता हूँ, उसने आहत दृष्टि से मेरी ओर देखा, मैंने फिर आँखें घुमा लीं। फिर एक गहरी गीली उच्छ्‌वास उसके गले से बाहर निकली—ठीक है।

सब कुछ ज्यों का त्यों याद है सर जी। चाहूँ तो भी भूल नहीं सकता उन लम्हों को, उस दिन यदि रुक जाता तो यह हादसा टल जाता। उस दोपहर उसके व्यवहार में ऐसा कुछ था जिसे पकड़ नहीं पाया मैं। एक गहरी निःश्वास ले वह दार्शनिक अन्दाज़ में कहने लगा—चरम हताशा, आवेग और विवशता के वे कुछ क्षण जब उसकी सारी अन्तःशक्तियों और विवेक ने साथ छोड़ दिया था उसका ...मैं रुक जाता तो थम जाते वे आवेग। दुनिया के सारे युद्ध, सारी त्रासदियाँ, सारे विचलन चन्द लम्हों के दिमाग़ी विचलन के ही परिणाम होते हैं...वे सध जायें तो टल जाती है विपदा।

मैंने उसे आश्वस्त और शान्त करते हुए कहा, 'तुम अपने दिल पर मत लो, होनी को कौन टाल सकता है!'

'नहीं सर जी, वह होनी नहीं, अनहोनी थी जो टल सकती थी। एकदम टल सकती थी। दुनिया में ऐसी कई घटनाएँ हुई हैं। अभी कुछ दिन पहले ही मैंने पढ़ी एक सच्ची घटना। एक फ्रांसीसी मैथमेटीशियन था सर जी, ज़िन्दगी से निराश होकर उसने आत्महत्या की ठानी। बहुत व्यवस्थित ढंग से वह आत्महत्या की ओर बढ़ रहा था। उसने पूरी लिस्ट बनायी। कहाँ-कहाँ पत्र लिखने हैं, किस-किसको उसका क्या-क्या लौटाना है। क्या-क्या बेचना है। उसने सोचा कि अमुक रात को बारह बजे वह आत्महत्या कर लेगा। वह इतना व्यवस्थित था कि उसका सारा काम रात ग्यारह बजे ही पूरा हो गया। अब बचा एक घण्टा। क्या करे वह! वह लाइब्रेरी में चला गया। वहाँ समय बिताने की गरज से उसने एक किताब उठायी। किताब भी एक मैथमेटीशियन की ही थी। उसने लिखा था कि मैं जानता हूँ कि यह थ्योरी सही है पर नहीं सोच पा रहा हूँ कि कैसे? उसने सोचा कि मेरे पास घण्टाभर शेष है क्यों न इस पर सोचा जाये। उसने सोचना शुरू किया। सोचते-सोचते सुबह के छह बज गये...और तब एकाएक उसे ध्यान आया कि वह तो आत्महत्या करना ही भूल गया। बाद के वर्षों में उसने उसी थ्योरी पर काम किया।

उसके होंठ काँपे—'सर जी, दावे के साथ कह सकता हूँ कि मैं नहीं रुका इसीलिए जी पाने की उसकी उस आख़िरी फड़फड़ाहट ने भी दम तोड़ दिया था। वे दस मिनट टल जाते तो वह दुर्घटना भी टल जाती। पर कहाँ भाँप पाया मैं उस फड़फड़ाती चिड़िया की वेदना को...मैं तो बस उसकी देह के द्वार पर ही ठिठका खड़ा रहा...उफ़ कितना मुश्किल होता है एक स्त्री को उसकी सम्पूर्णता में पकड़ पाना! मेरे अन्दर तो उस समय पूरी दुनिया को लेकर गुस्सा भरा हुआ था। काश! मैं उससे थोड़ी सहानुभूति के साथ पेश आ जाता, और कुछ नहीं बस एक मीठा बोल, एक प्यार-भरी दृष्टि और एक आत्मीय छुअन ही दे पाता उसे तो क्या वह करती ऐसा? पर टारगेट के तनाव और बॉस के ख़ौफ़ ने सुखा डाला था मुझे, कहाँ बची थी मेरे भीतर वह नमी, वह कोमलता, वह प्रेम; मेरे भीतर तो बचा था सिर्फ़ गुस्सा और एक मरियल-सा अपराध-बोध जो कतरा रहा था उससे सामना करने से...मैं उससे जान छुड़ाकर भागा और उस क्षण की लपट में सब खाक हो गया सर...और विडम्बना देखिए सर जी, कि बॉस के फ़ोन ने मुझे इतना हड़बड़ा दिया कि मैं अपना ब्रीफ़केस तक खोलना भूल गया जिसमें मोगरे के फूल की माला रखी हुई थी जिसे मैंने उसके लिए ख़रीदा था...चेन्नई में हर चौराहे पर बिकती हैं फूलों की मालाएँ...बहुत पसन्द थी मुझे उसकी गन्ध! क्या बताऊँ सर, मैं एक सेल्स मैनेजर हूँ जिसका काम ही है प्रदर्शन...दिखावा। अपनी चीज़ों को बढ़ा-चढ़ाकर दिखाना, भीतर कुछ हो न हो पर पैकिंग का दिखावा... सारी दुनिया को दिखाता रहा...वह जो नहीं था...पर जो सचमुच दिल के भीतर था उसे ही नहीं दिखा पाया और वह भी अपनी ही पत्नी को...और दो दिनों के बाद जब घर लौटा तब तक...वह थरथरा रहा था, आँधी के आवेग को अपने भीतर थामे रखने की कोशिश में। अपनी दोनों हथेलियों के बीच अपने मुँह को छिपा लिया था उसने। मैं बाहर की ओर देखने लगा—सूखे-सूखे पेड़ों की कतार ...पीछे आधी टूटी इमारतें भग्न कंकालों-सी...कुछ ख़ामोश पल...मैंने उसे फिर पानी की बोतल थमायी। उसने कुछ घूँट भरे, रूमाल से मुँह-गर्दन का पसीना पोंछा और फिर कहने लगा—उसी दिन उसने मुझे दो मिस कॉल और अन्त में एक एस.एम.एस. भी भेजा था। मेरा फ़ोन साइलेंट मोड में था क्योंकि मैं पूरे दिन ज़रूरी मीटिंग में था। उस दिन नया प्रोडक्ट लाँच होना था, उसी की योजना चल रही थी। मैंने सोच लिया था कि अब मैं किसी भी क़ीमत पर पन्द्रह दिन की छुट्टी लेकर माधुरी के साथ किसी पहाड़ी जगह पर निकल जाऊँगा और वो सब उसे दूँगा जिसकी चाहत उसकी मूक आँखों के झरोखों से उड़-उड़कर मेरे तक पहुँचती रहती थी...पर कुछ नहीं कर पाया सर, सब कुछ अनकहा-अनसुना

ही रह गया...हम नया प्रोडक्ट नहीं, नयी यातनाएँ पैदा कर रहे थे...और वह फिर विचित्र तरीक़े से होंठों को गोल-गोलकर मुँह से हवा बाहर निकालने लगा।

अपनी डबडबाती आँखों को पोंछते हुए आगे बढ़ा वह—जानते हैं सर, उसके सुसाइड नोट में क्या लिखा था, जो लिखा था उसको पढ़कर तो रूह काँप गयी मेरी, लिखा था—चुप रहते-रहते लगता है होंठ ही चिपक गये हैं मेरे। खिड़की के पास बैठे-बैठे लगता है शरीर ही काठ का हो गया है। कृपया मेरे इस शरीर को...मेरे अंगों को, मेरी भूरी आँखों को दान कर दें। उसके नीचे लिखा था...जो कहना चाहती थी, कह नहीं पायी। जीना चाहती थी ज़िन्दगी, जी नहीं पायी... सह भी नहीं पायी, रह भी नहीं पायी...जा रही हूँ...कहा-सुना माफ़...अलविदा।

वह फिर भिंचे-भिंचे गले से दबी-दबी सिसकियाँ लेने लगा, मैंने फिर आसपास नज़र घुमायी, सामने की बर्थ वाला ऊँघ रहा था, मैंने उसका कन्धा थपथपाया, आँसू पोंछते हुए वह फिर बहने लगा—'वह जब थी तो बहुत कम थी और अब जब नहीं है तो हर जगह मौजूद है, एक बात बताइए सर जी, क्या सचमुच कोई बोलना भी भूल सकता है? उसकी डायरी में एक जगह लिखा हुआ था—जैसे पिंजरे में क़ैद पाखी उड़ना भूल जाता है, लगता है मैं भी बोलना भूल जाऊँगी।'

सचमुच, वह दुनिया कितनी मनहूस और कुरूप होगी जिसमें पाखी उड़ना तक भूल जाये...मैं मन-ही-मन सोच रहा था कि वह फिर फूट पड़ा—जानते हैं सर जी, उसके मरने के बाद मैंने वह नौकरी भी छोड़ दी जो मुझे दस मिनट नहीं दे सकी, पर इस पर भी गिल्ट ने मुझे नहीं छोड़ा। रात-रात जागकर मैं यही खोजता रहा कि लोग आत्महत्या क्यों करते हैं। मैंने नेट पर कुछ आत्महत्याओं के कारण जानने की कोशिश की, मैं उन आत्महत्याओं की बात नहीं कर रहा जो भूख, ग़रीबी, क़र्ज़, असाध्य बीमारी जैसे गम्भीर कारणों से की गयी थीं, मैं उन आत्महत्याओं की बात कर रहा हूँ जहाँ बिना किसी गम्भीर वजह के ऐसा किया गया था। क्या बताऊँ सर जी, मैंने अपना माथा पीट लिया कि इस पीढ़ी में जीवन के प्रति सम्मान क्यों नहीं है। जीवन की जड़ें गहरी क्यों नहीं हैं। ज़रा-सी मन की नहीं हुई तो सलाद की तरह काट दी अपनी ही ज़िन्दगी। आप ताज्जुब करेंगे सर जी कि एक मुम्बई के बन्दे ने तो सिर्फ़ इस कारण आत्महत्या कर ली थी कि उसकी भतीजी की शादी थी और उसके बड़े भाई ने उसे विवाह में आमन्त्रित नहीं किया था। एक ने सिर्फ़ इस कारण कर ली थी कि उसके बाल तेज़ी से झड़ रहे थे...एक बन्दा जो सारे दिन नेट पर बैठा रहता था, ने अपने सुसाइड नोट में लिखा था—'जा रहा हूँ क्योंकि सब कुछ जान चुका हूँ...अब आगे देखने-सुनने को कुछ नहीं बचा...नथिंग टू लुक फॉरवर्ड, माई वर्क इज़ डन, देन व्हाय वेट...तो सर जी देखिए, बिना किसी ठोस वजह के

भी कर लेते हैं लोग आत्महत्या। फ़र्ज़ कीजिए यदि माधुरी को भी पेट पालने के लिए नौकरी करनी पड़ती या बूढ़े माँ-बाप की देखभाल करनी पड़ती...मिलकर घर ख़र्च निकालना पड़ता तो क्या पाल सकती थी वह आत्महत्या की विलासिता...नहीं न...उसने समर्थन के लिए मेरी ओर ताका। मैंने नज़रें घुमा लीं—मैं झूठमूठ की सहानुभूति नहीं दिखाऊँगा।'

वह फिर अपनी रौ में बहने लगा...मुझे लगता है सर जी, माधुरी के भीतर भी कुछ इसी प्रकार उलटा-पुल्टा चल रहा होगा, नहीं तो देखिए सब कुछ था उसके पास, घर, शिक्षा, पैसा, सुरक्षा, सुन्दरता, ज़िम्मेदार और मेहनती पति, पर उसने वह सब एकदम नहीं देखा...देखा सिर्फ़ अपना अकेलापन, अपनी बोरियत जो भी बस कुछ दिनों-भर की थी...क्या यह ख़ुदग़र्ज़ी नहीं? क्या जीना एक कर्तव्य नहीं? क्या इस प्रकार सिर्फ़ अपने बारे में सोचते-सोचते जीवन से ही बाहर चले जाना सही था? मेरी दादी की एक बहन थी सर जी, उसके दस बच्चे हुए थे...एक भी नहीं बचा था और स्वयं उनके पति भी चल बसे थे, मैंने देखा है उनको। अपने अन्तिम समय में दादी उन्हें अपने पास ले आयी थीं...उन्होंने आत्महत्या की नहीं सोची। मेरे पिता तो कहते थे कि हर आदमी अपने सर पर तीन ऋण लेकर जन्म लेता है—मातृऋण, गुरुऋण और देवऋण...और जब तक वह इन तीन ऋणों से मुक्त नहीं हो जाता उसके जीवन पर उसका अधिकार ही नहीं रह जाता है। तो कैसे कर सकती थी वह ख़ुदकुशी? बोलिए सर, बोलिए! क्या सारा दोष मेरा ही था? जीवन में प्रेम होता है सर, प्रेम में जीवन नहीं...काश, उसे समझा पाता...मैं मेहनत का बादशाह था और सफलता के ख़ुदा से हाथ मिला रहा था। सब ठीक ही था बीच में यह सब नहीं होता तो हम संसार के सबसे ख़ुशनसीब दम्पति होते। वह साहसी थी, साहसी लोग ही आत्महत्या की हिम्मत कर सकते हैं पर जितना साहस उसने मरने में दिखाया उसका आधा भी यदि वह जीने में दिखाती तो आज जीवन कितना सुन्दर होता। कितने गाने सुनती थी। काश, मेरे दिल की आवाज़ भी सुन पाती, मेरी मजबूरी को भी सुन पाती। पर सारे उत्पात की जड़ साला यह मन ही है। और सच कहूँ तो मुझे लगता है कि उसका मन एक घरेलू औरत जैसे था ही नहीं, वह शायद घर-गृहस्थी के लिए बनी ही नहीं थी। उसे देख लगता जैसे किसी काल्पनिक दुख से रोमांस चल रहा हो उसका। दिन-भर बैठे-बैठे वह दुख-दर्द ही सोचती थी। और बात भी अजीब तरीक़े से करती थी। मैं उसे पैसे देता तो आम घरेलू औरत की तरह ख़ुश होने की बजाय कहती—ख़्वाहिशों से ख़ाली हूँ क्या ख़रीदूँ? सर जी, बड़े बाप की बेटी थी न, कभी तेल-नून लकड़ी के संघर्ष से पाला नहीं पड़ा था न, इसीलिए ये सब बातें दिमाग़ में आती थीं।

ज़ाहिर था कि अब वह अपने को अपराध-बोध से मुक्त करने की नाकाम चेष्टा में लगा हुआ था। मुझे कॉफी की तलब महसूस हो रही थी। चेन्नई आने में अभी भी आधा घण्टा बाक़ी था। उसके स्मृति समय में टहलने की मेरे अन्दर अब विशेष इच्छा बची भी नहीं था। इसलिए उससे पिण्ड छुड़ाने की गरज से मैंने सोचा पेंट्री कार तक का चक्कर लगा आऊँ।

लेकिन कॉफी मुझे वहाँ भी नहीं मिली। थोड़ा निराश-सा मैं लौटा तो देखा वह अभी भी बल्कि उसी मुद्रा में बैठा मेरा इन्तज़ार कर रहा था। मुझे देख फिर उसकी उदास आँखें चमकीं—कॉफ़ी तो अब चेन्नई में ही मिलेगी सर। मैंने विषय बदलने की गरज से कहा—अब तो सामने का बर्थ भी ख़ाली हो गया है, आप थोड़ा विश्राम कर लीजिए, उसने जवाब और भी विचित्र दिया—साहब, जब तक किसी नतीजे तक नहीं पहुँच जाऊँ, कैसा आराम! आप सोचने-समझने वाले विद्वान् व्यक्ति हैं शायद मेरी थोड़ी मदद कर सकें।

मदद! कैसी मदद? मैं थोड़ा घबराया। कहीं ये सब कहानियाँ सुना-बुनाकर सहानुभूति पैदा कर बन्दा मुझसे कुछ पैसे-वैसे न माँगने लगे। वैसे भी हालत बहुत अच्छी नहीं दिख रही थी उसकी। नौकरी भी छोड़ दी थी उसने। बुदबुदाते हुए कहा उसने, 'सर जी, अपनी तरह से समझ ही नहीं पाया, क्या है ज़िन्दगी? वह आज़ादी हासिल ही नहीं हो पायी कभी। पहले इसे ग़रीबी की आँख से देखता था और अब तो कोई आँख ही नहीं बची...चारों तरफ़ है बस एक शून्य...क्या सोचते हैं आप? कैसे की होगी उसने ख़ुदकुशी। शान्त मन से? किसलिए की होगी? मन की शान्ति के लिए? या मुझे सबक सिखाने के लिए...रात-दिन मैं यही सोचता रहता हूँ...अब मैं कभी भी वह नहीं हो सकूँगा जो मैं था। अब मैं ज़्यादा दिन ज़िन्दा भी शायद न बचूँ...हर रात सपने में अपनी मौत देखता हूँ मैं। मेरे बेडरूम की खिड़की से झाँकती है वह!'

'आप कुछ बोलते क्यों नहीं सर जी? कुछ तो बोलिए।'

उसकी आँखें मुझ पर चिपकी थीं। उसके स्वर में एक मरियल-सी आशा झलक आयी थी, जैसे मेरे उत्तर से उसकी नियति तय होनी है। क्या बोलूँ, समझ नहीं पा रहा था मैं। ज़ाहिर था कि वह कुछ ऐसा सुनना चाहता था जिससे उसका गिल्ट कम हो जाये। मैं कहना चाहता था कि रिश्तों के नाज़ुक पौधे को हर दिन सींचना पड़ता है, उसे आप बाद के लिए स्थगित नहीं कर सकते हैं। पर मैं कह नहीं पाया। क्या होगा उसके अपराध-बोध को और बढ़ाकर।

चेन्नई स्टेशन करीब आ रहा था। मैंने उसके कन्धे पर हाथ धरते हुए कहा—चलो, पास के किसी रेस्तराँ में बैठकर कॉफ़ी पीते हैं।

जलकुम्भी

प्रणीता की कहानी मैं लिखना नहीं चाहती थी, क्योंकि उसे उसकी सम्पूर्णता में पकड़ पाना, अनन्त उदासी के उसके घेरे को बेध पाना मेरे बस की बात नहीं थी। फिर भी उसकी कहानी मैं लिख रही हूँ, जो महज़ इस कारण कि कौन जाने किन सहृदय पाठकों के हाथों में पड़कर यह कहानी उसे उसकी मंज़िल तक पहुँचाने में कामयाब हो जाये।

उसकी बेचैनी ज़िन्दगी की तरह सच थी। उससे मिलकर पहली बार यह एहसास हुआ कि सत्य चाहे सुन्दर होता हो, पर सत्य को जानना हमेशा सुन्दर नहीं होता।

वाक़या उन दिनों का है, जब अपनी यूरोप यात्रा के दौरान नीदरलैण्ड की राजधानी एम्सटर्डम में तीन दिनों के लिए इंका के घर ठहरी थी मैं। वहीं मिली थी मुझे प्रणीता। दो दिनों तक इंका मुझे कभी वैन गॉग का आर्ट म्यूज़ियम, कभी द्वितीय विश्वयुद्ध में मारे गये यहूदियों के स्मारक, कभी नेशनल म्यूज़ियम, तो कभी वहाँ के प्रसिद्ध चर्च घुमाती रही। तीसरे दिन उसने हमें प्रणीता के हवाले कर दिया, 'आंटी आज आप मेरी सहेली प्रणीता के साथ घूम लीजिए! अरे नहीं आंटी, उसे भारतीय बहुत पसन्द हैं, जान छिड़कती है वह हर आने वाले भारतीय पर! आंटी आप सोच भी नहीं सकतीं कि भारत किस क़दर उसके भीतर धँसा हुआ है! जानिए कि किसी अदृश्य वाई-फ़ाई से उसका सिस्टम हमेशा वहीं से जुड़ा रहता है, शर्त लगा लीजिए, यदि ऐल्प्स देखते-देखते उसके दिमाग़ में हिमालय न ठकठकाये और, एम्स्टल देखते-देखते गंगा उसकी आँखों में न लहराये! और तो और, हर दीपावली पर वह अपने कमरे में पीतल का छोटा-सा दीपक जलाती है, जिसे उसने मुम्बई से ही ख़रीदा था। उसकी स्टडी टेबल पर आपको सरस्वती जी की छोटी-सी प्रतिमा भी मिल जायेगी।'

'ऐसा क्यों? भारतीयों को तो विदेशियों पर मुग्ध होते देखा था, पर ऐसे विदेशी तो कभी मिले नहीं जो भारतीयों पर या भारत पर इस क़दर मुग्ध हों!' मैं हैरान थी।

'ऐसा इसलिए आंटी कि वह आधी हिन्दुस्तानी है!' उसने हलके-से मुस्कराते हुए कहा।

'आधी हिन्दुस्तानी?' मैंने मुस्कराते हुए सोचा, 'ज़रूर उसके माँ-बाप में से कोई एक भारतीय मूल का होगा।' नाम भी कुछ ऐसा ही लग रहा था।

मध्यम क़द, गोरेपन की ओर उन्मुख गेहुआँ रंग, काले बाल, हलकी भूरी आँखें और अजन्ता-एलोरा की मूर्तियों-सा उठान...सब कुछ उसके भारतीय होने की गवाही दे रहे थे, पर उसका उच्चारण...सुभानअल्लाह! वह हिन्दी तो क्या अंग्रेज़ी भी टूटी-फूटी ही बोल पाती थी। उसकी मातृभाषा डच थी।

उसे देख मेरी मित्र दिव्या ने आँखें मटकाते हुए चुटकी ली थी, 'बाप रे, इंडियन हार्डवेयर में यूरोपियन सॉफ़्टवेयर! अजीब कॉम्बिनेशन!'

आज इतना-भर याद है कि जब वह मुझे एम्सटर्डम का लाल बत्ती इलाक़ा घुमा रही थी और जब रात के मादक अँधेरे में उस सभ्यता की एक-एक पंखुरी खुल रही थी तो तिलस्मी चकाचौंध के बीच पारदर्शी शीशों के भीतर वासना की लहर-सी लपलपाती और तस्वीर-सी खड़ी नग्नप्राय उन बार बालाओं को देखकर भी मैं उतना भौंचक्का नहीं हुई थी, जितनी की उस रेड लाइट एरिया के बीच शान से इठलाते चर्च को देखकर हुई थी। लाल बत्ती इलाक़े के बीच खुली हुई 'सेक्स शॉप' तो समझ में आती थी, पर व्यभिचार और मांसलता का अश्लील दरिया जहाँ बह रहा हो, जहाँ मांसलता, कुटिलता और कामुकता बेख़ौफ़ टहल रही हो, उनके बीच धर्म और करुणा का प्रतीक चर्च? मैं सचमुच हैरान थी। कामुक मांसलता से हाथ मिलाता धर्म! ऐसा सिर्फ़ एम्सटर्डम में ही सम्भव था, और यह हैरानी एक तरस और छिः में बदल गयी जब थोड़ा और आगे जाकर मैंने देखा, बच्चों का 'डे केयर'! छिः इतना भी क्या गिरना कि बच्चों तक का लिहाज़ नहीं। और तब दिव्या ने चुटकी लेते हुए कहा था, 'यह इसलिए कि रात में पाप करो, वेश्याओं के साथ मज़े लूटो और दिन में पास में ही बने चर्च में जाकर कन्फ़ेस कर दो, हिसाब बराबर। लाल बत्ती इलाक़ा भी ख़ुश और चर्च भी ख़ुश और देश की भावी पीढ़ी भी इसे देख-देखकर संस्कारित होती रहे!' किसी बड़ी-बूढ़ी की तरह मेरी बड़बड़ाहट अचानक मुखर हो उठी, 'भारत तो सचमुच बहुत पिछड़ा हुआ है! उसे तो यहाँ तक पहुँचने में सदियों लग जायेंगे। भारत की तो वेश्याएँ भी एम्सटर्डम की लड़कियों से ज़्यादा ढँकी रहती हैं।' भारत का नाम सुनते ही प्रणीता नाम की वह नन्ही-सी गुड़िया अचानक बारूद की पुड़िया बन गयी और तेज़ आँच पर चढ़ी हँडिया की तरह खदबदाने लगी, 'सही कहती हैं आंटी! ब्रह्म, आत्मा और परमात्मा में लीन रहने वाला भारत यौनिक पवित्रता का देश है न!

इसलिए वहाँ स्त्रियाँ भी बहुत शरीफ़, शर्मीली और ढँकी-ढुकी होती हैं, हमारी स्त्रियों की तरह उघड़ी नहीं होतीं, पर उनकी सारी रंगीनियाँ परदे के पीछे होती हैं। कुछ इस क़दर कि कुछ ज़िन्दगियाँ मिट जाती हैं उन पर्दो को उठाने में ही!' बोलते-बोलते किसी ख़ास क़िस्म की बेचैनी से चमकने लगी थीं उसकी आँखें और हलके-से काँपने लगे थे उसके होंठ। मैं समझ नहीं पा रही थी कि अचानक उसे हो क्या गया था, कहीं वह मेंटल तो नहीं...सुना तो था कि वह भारत भक्त है लेकिन जो दिख रहा था, वह नहीं था जो हमने सुना था। बहरहाल, ख़ुशनुमा माहौल बिगड़ न जाये, इस कारण भारत वार्ता को स्थगित कर हम यूरोप में बढ़ते इस्लामिक फ़ोबिया पर गर्मागर्म बहस करने लगे थे।

पेड़ पर अटकी पतंग-सी फड़फड़ा रही हैं स्मृतियाँ! उसकी वे आँखें, वह अंगार होता चेहरा और उसकी आँखों की बाँबी से सरसराते वे सर्प! आज क़रीब दो साल बाद आये इंका के ई-मेल से शायद कुछ अनुमान लगा सकूँ मैं कि उसकी आँखों की बाँबी से वे सर्प क्यों सरसराये थे।

इंका ने लिखा है, 'आंटी, अगले सप्ताह प्रणीता मुम्बई पहुँच रही है, वह मुम्बई के चरनी रोड इलाक़े में स्थित अनाथालय 'बाल आनन्द' के बच्चों के साथ कुछ महीने बिताने लगभग हर साल भारत जाती है। यदि सम्भव हो तो आप उसे हिन्दी सिखाने में मदद कर दीजिएगा। क्या बताऊँ आंटी, प्रणीता की ज़िन्दगी भी किसी कहानी से कम नहीं है! उसका जन्म नागपुर के किसी सरकारी अस्पताल में हुआ था। उसके जन्म के दस दिन बाद ही उसकी माँ उसे एक बास्केट में डाल अस्पताल के ही चाइल्ड केयर हाउस में छोड़ गयी थी। उसकी बास्केट में ही उसका जन्म सर्टिफ़िकेट भी नत्थी किया हुआ था। उसके सर्टिफ़िकेट में उसका धर्म 'हिन्दू' लिखा हुआ था। माँ का नाम 'सूर्यबाला' लिखा हुआ था और पिता का कॉलम ख़ाली था। उसी अस्पताल के कर्मचारियों ने ही उसे नाम दिया था 'प्रणीता'। इसके छह महीने बाद उसे मुम्बई के चरनी रोड स्थित 'बाल आनन्द' में भेज दिया गया, जहाँ से पौने दो साल बाद उसे एम्सटर्डम के एक फ़र्नांडिस दम्पति ने गोद ले लिया। उन्होंने ही प्रणीता को बेटी की तरह पाला-पोसा। आज भी प्रणीता उन्हीं के साथ रहती है। वह यहाँ के प्राइवेट अस्पताल में सीनियर नर्स है, चींटी की तरह रात-दिन खटती है, बूँद-बूँद पैसे बचाती है। अपने दूसरे दोस्तों की तरह न उसने माँ-बाप का घर छोड़ अकेला रहना शुरू किया, न बॉयफ्रेंड बनाये। न ही कहीं दुनिया घूमने निकली। अपनी सारी बचत वह 'बाल आनन्द' के बच्चों पर और अपनी माँ को खोजने में लगा रही है। उसकी माँ का नाम भी ऐसा है कि वह महाराष्ट्र की भी हो सकती है और उत्तर भारत में भी कहीं

की। पर ज़्यादा सम्भावना है मराठी होने की और वह नागपुर के आसपास की थी, इसी कारण वह जब भी भारत जाती है, नागपुर से मुम्बई के बीच चक्कर काटती रहती है। क्या बताऊँ आंटी, यहाँ हम सारे दोस्त छककर ज़िन्दगी का जाम पी रहे हैं और एक वह है कि अपनी उस अनदेखी-अनजान माँ के पीछे अपनी ज़िन्दगी, अपना प्यार, अपना पैसा—सब स्वाहा कर रही है। माँ को खोजना है, इसलिए पैसे बचाने हैं, इसलिए अपना अलग ठिकाना तक नहीं बनाया है उसने, अभी भी फ़र्नांडिस दम्पति के साथ ही रहती है, जिसके चलते उसका प्रेमी भी उससे किनारा कर चुका है।

प्रणीता को कभी लगता है कि वह शायद कुँआरी माँ थी और भारत में कुँआरी माँ बहुत बड़ा सामाजिक कलंक है, इस कारण उसकी माँ ने उसे फेंक दिया; तो कभी उसे लगता है कि चूँकि वह कन्या थी और शायद उसका परिवार पुत्र चाहता था, इस कारण विवश होकर उसकी माँ को उसे टोकरी में डाल फेंक देना पड़ा। वह इतनी आक्रान्त और ऑब्सेस्ड है अपनी माँ से कि जीवन की हर घटना को माँ से जोड़कर देखने की उसकी आदत पड़ चुकी है। एक बार यहाँ के लाल बत्ती इलाक़े को देखते ही चीख़ पड़ी थी, "कौन जाने मेरी माँ लाल बत्ती इलाक़े की रण्डी रही हो! ख़ुद उसको ही नहीं पता हो कि कौन था मेरा बाप इसीलिए..." मैंने सब कुछ आपको इसलिए बताया है आंटी कि आप उसकी आत्मा में गड़े माँ नाम के नुकीले काँटे को निकालने में उसकी मदद कर सकें।'

सप्ताह-भर बाद ही हवा के एक बवण्डर की तरह प्रणीता मेरे सामने थी, 'हाय आंटी!' और वह मुझसे लिपट गयी थी। लिपटा-लिपटी की रस्म के बाद एक भरपूर निगाह उस पर डाली—जयपुरी बंधेज की सलवार-कुर्ती और कानों में मोती के बुंदे, साथ ही माथे पर लगी लाल बिन्दी, जिसने भारतीय दिखने की उसकी रही-सही कसर भी पूरी कर दी थी, 'पधारो म्हारे देश' की ही तर्ज पर मैंने आवभगत की। मेरे पुत्र ने आँखें झपका-झपकाकर खोजी निगाहों से उसे देखा, उसे सुना, फिर कहा, 'हमारे देश में आपका स्वागत है!' प्रणीता के चेहरे पर जैसे राख पुत गयी, तरेरती आँखों से उसने बेटे को देखा और अपनी आवाज़ को खींचकर किसी तरह शब्दों को बाहर धकेला, 'इट्'स माय कंट्री टू!', 'श्योर श्योर!' बेटे ने अपनी भूल सुधार ली। पर मैं डर गयी, मन-ही-मन गाँठ बाँध ली, बहुत सोच-समझकर बोलना होगा इससे, चोट खाये अंग पर हलकी-सी छुअन भी जानलेवा हो सकती है। बात किसी भी विषय पर हो, उसे खींच-तानकर माँ से जोड़ने की उसकी आदत पड़ गयी थी। माँ शब्द वह उच्चारित भी ऐसे करती, जैसे माँ को छू रही हो। मुझे याद है, एन फ़्रैंक के घर को घुमाते हुए बात अनायास

ही हिटलर के व्यक्तित्व और उसके जीवन पर चल पड़ी थी। मैंने कहा कि अपने अन्तिम दिनों में सर्वशक्तिमान हिटलर को भी पूरी दुनिया में सिर्फ़ दो लोगों पर ही भरोसा रह गया था—अपनी प्रेमिका ईवा ब्राउनिंग और अपने कुत्ते पर। तभी जैसे शान्त सरोवर में किसी ने कंकड़ फेंक दिया हो, प्रणीता एकाएक फूट पड़ी थी—क्योंकि उसके पास माँ नहीं थी। माँ ज़िन्दगी का पहला भरोसा होती है, लेकिन दूसरे ही क्षण उसकी भाव-भंगिमा बदल गयी थी। दूसरी साँस में ही उसने अपनी ही बात काट दी, थरथराती आवाज़ में बोली—और नहीं भी होती है।

वह आतंकित भी करती और भीगी-भीगी सहानुभूति भी जगाती थी। वह अँधेरा भी है और उजाला भी है। इसलिए मैंने सोच लिया था कि मैं उससे दुनिया के सारे विषयों पर बात करूँगी, पर उसकी माँ पर क़तई नहीं करूँगी। क्या पता, कब मुँह से क्या निकल जाये और राख में दबे किसी अँगारे पर पाँव पड़ जाये और वह झुलस जाये!

थोड़ी-सी औपचारिक बातों के बाद ही वह अपने एजेंडे पर आ गयी थी, कन्धे तक लटक आयी अपनी कुर्ती को पीछे खींचते हुए कहा उसने, 'आंटी, मुझे हिन्दी सिखा देंगी ना? बिना हिन्दी मेरा भारत आना सार्थक नहीं हो पायेगा। 'बाल आनन्द' के बच्चों से ख़ूब घुल-मिल सकूँ, इसलिए मेरा हिन्दी जानना बहुत ज़रूरी है आंटी...' बोलते-बोलते वह कुछ और भी बोलना चाह रही थी, पर सकुचा रही थी। मैंने उसकी पीठ पर हाथ रख उसे उकसाया, 'खुलकर बोलो मुझसे।' उसने धीमे-से कहा, 'कई बार आंटी मैं यह सोचकर भी परेशान हो जाती हूँ कि यदि मेरी माँ मिल भी गयी तो मैं उससे बात कैसे करूँगी, मुझे तो हिन्दी आती ही नहीं...' कहते-कहते उम्मीद से भरी आँखें उसने फिर टिका दीं मेरे चेहरे पर। मैंने उन आँखों की भाषा को पढ़ने में कोई चूक नहीं की। रोज़मर्रा के कुछ ज़रूरी काम निपटाकर मैं बैठ भी गयी उसके साथ, मैंने भरसक कोशिश की, लेकिन उसके साथ दिक़्क़त यह थी कि वह 'र', 'ड़' और 'त' एकदम नहीं बोल पाती थी। 'लड़की', 'रोटी', 'वह' जैसे शब्दों को बोलने में ही उसकी गर्दन की सारी नसें बुरी तरह खिंच जाती थीं। 'राजा बेटा' उसके मुँह में पड़ते ही 'आजा बेटा' बन जाता। 'रोता रहा' और 'भारत मेरा देश' की तो उसने वह दुर्गति बनायी कि मेरी हिम्मत ही भाग खड़ी हुई।

घण्टा बीत चुका था, आँगन से धूप की तितलियाँ उड़ चुकी थीं और वह अभी तक 'शुक्रिया', 'आ जा', 'भाग जा,' 'सो जा', 'उठ जा', 'नमस्कार' जैसे चन्द शब्दों की पूँजी ही बटोर पायी थी। मैं सोचने लगी कि उसे हिन्दी सिखाने का कौन-सा आसान नुस्ख़ा अपनाऊँ कि उसे सचमुच मदद मिल सके कि तभी

उसने अपना लैपटॉप खोल मुझे 'बाल आनन्द' की तसवीरें दिखानी शुरू कीं, 'आंटी यह ख़ुशबू है, आधी हेलेन केलर! आधी इसलिए कि यह देख सकती है, लेकिन सुन और बोल नहीं सकती है, लेकिन है बहुत तेज़। आँख और उँगलियों के इशारे से बोलना सीख गयी है। मेरे को देखते ही हाथ हिला-हिलाकर टॉफ़ी की फ़रमाइश करती है। मैं अँगूठा हिलाकर मना करती हूँ तो शैतान मेरे बैग की तलाशी लेकर टॉफ़ी निकाल लेती है। देखना आंटी, यह भी एक दिन नाम करेगी। यह मयंक है, महाशैतान, देख नहीं सकता पर इतना चालाक कि मेरे घुसते ही किलकारी मारने लगता है। जाने कैसे उसको पता चल जाता है कि मैं आ गयी हूँ...' तस्वीर दिखाते-दिखाते उसकी आँखों में नमी-सी छा गयी थी और वह शायद पहली बार हँसी, एक रसभरी हँसी। कुछ पल बीतते-न-बीतते—'आंटी, आप नागपुर कभी गयी हैं क्या?' फिर सवाल की मिसाइल छोड़ दी उसने। नागपुर शब्द चाबुक़ की तरह पड़ा, जानती थी कि नागपुर उसका नासूर है। अब कहीं बातचीत फिर उसके घाव लगे अंगों को न छू दे! लेकिन प्रणीता नाम की वह युवती तो जैसे उस दिन फेंटा कसकर आयी थी—अपना सब कुछ उघाड़ देने को, अपना सब कुछ उड़ेल देने को। प्यार से उसके कन्धे पर हाथ रखते हुए डरते-डरते आख़िर डर की नोक को छू ही लिया मैंने, 'तुम्हें कब पता चला कि मिस्टर एण्ड मिसेज़ फ़र्नांडिस तुम्हारे असली माँ-बाप नहीं हैं?'

उसके चेहरे के भाव फिर बदले, आँखों में बदली लहरायी। अटल बिहारी जी के अन्दाज़ में एक लम्बा-सा विराम लिया उसने, मैंने सोचा उसे जवाब देने में शायद दिलचस्पी नहीं, इस कारण मैंने बात घुमाते हुए पूछा, 'चाय पीओगी या कॉफ़ी?' मेरी बात का जवाब दिये बिना वह अपनी ही रौ में बहने लगी, 'आंटी कुछ चीज़ें ख़ुद ही बोलने लगती हैं। सच्चाई में बड़ी ताक़त होती है आंटी! आप किसी को जड़सहित उखाड़कर कहीं और रोप सकते हैं, लेकिन आप किसी के जींस तो नहीं बदल सकते हैं न! मेरे माँ-पापा ने मुझे कभी कुछ नहीं बताया। लेकिन गेहुआँ रंग, काले बाल, ठिगना क़द, मेरी शक्ल-सूरत ही जैसे मेरी असलियत बयाँ करने लगी थी। मेरे मम्मा-पापा एकदम सफ़ेद, लम्बे-चौड़े और सुनहरे बालों वाले हैं। पाँच साल की होते-न-होते मुझे स्कूल, प्लेग्राउण्ड, और स्वीमिंग क्लासेज़ में मेरे दोस्त, मेरी टीचर तक कई बार पूछ लेतीं, "प्रणीता आर यू फ्रॉम पाकिस्तान? आर यू फ्रॉम बांग्लादेश? आर यू फ्रॉम इंडिया?" मैं तब तक बांग्लादेश का नाम भी नहीं जानती थी। पाकिस्तान का नाम ज़रूर मैंने सुन रखा था। यानी मुझे लगने लग गया था कि लोग मुझमें दिलचस्पी लेते हैं, मैं कुछ अलग हूँ। पर यह अलग होना इतना पीड़ादायक होगा, यह तब पता

चला, जब समय मुझे गढ़ रहा था, जब मैं क्लास सेवन में थी। आज भी याद कर सकती हूँ उस शाम को, जब मैं बैडमिंटन क्लास से घर लौट रही थी तभी मेरी सहेली मारिया ने मुझे बताया कि मैं मिस्टर फ़र्नांडिस की अडॉप्टेड डॉटर हूँ, वे मेरे असली माँ-बाप नहीं हैं। मुझे इतना गुस्सा आया कि मैं अपना आपा खो बैठी, मैंने दनादन कई घूँसे जड़ दिये उसे और उस पर भी मुझे चैन नहीं पड़ा तो मैंने धक्का देकर ज़मीन पर गिरा दिया उसे। मैं सचमुच उस समय उखड़ चुकी थी, घर आकर मैंने अपने को अपने कमरे में बन्द कर लिया। मेरी मम्मा ने जब कई बार पूछा तो मैं फूट-फूटकर रो पड़ी, मैंने बिसूरते हुए उन्हें बताया और पूछा कि सच्चाई क्या है! पंखहीन पाखी की तरह फड़फड़ा रही थी मेरी जिज्ञासा कि कौन हूँ मैं! मेरी मम्मा ने तुरन्त मेरे पापा को फ़ोन करके घर बुलाया। पापा जल्दी ही घर आ गये थे, हाथ में बड़ा-सा केक। आते ही 'माय स्वीट चाइल्ड!' कहते हुए मुझे चूम लिया। पापा ने वाया मम्मी वही बताया जो हक़ीक़त थी। पापा बताते जा रहे थे और मैं अपनी ज़िन्दगी के सबसे दर्दनाक अल्फ़ाज़ सुन रही थी, इंच-इंच दरक रही थी। लय-ताल में बहती ज़िन्दगी एकाएक धुआँ-धुआँ हो गयी थी...आंटी, दुनिया का सबसे बड़ा धोखा शायद यही है कि यकायक आपको पता लगे कि आप वह नहीं हैं जो आप हैं, कि आप उस नदी की धार नहीं हैं जो आपके सामने बह रही है। पतंग उड़ाने की उम्र और यह तूफ़ान! मैं हक़ीक़त को सह भी नहीं पा रही थी और रह भी नहीं पा रही थी। वह सच्चाई नहीं एक ख़ंजर था, जो मेरे सीने में गड़ गया था। बस कुछ पल में मेरा सब कुछ बदल गया था। जैसे बाढ़ आयी हो और सब कुछ बह गया हो...मेरी सारी मासूमियत, मस्ती, सुकून, अल्हड़ता। मौत के अँधेरे की तरह ज़िन्दगी एकाएक रहस्यमयी हो गयी थी। अब किस अधिकार से मैं मम्मा से कोई चीज़ माँग सकूँगी? उन्होंने मुझ पर जो किया वह मेरा नैसर्गिक अधिकार नहीं, बल्कि मुझ पर कृपा थी, दया थी, तरस था। अब मुझे नयी निगाह से दुनिया को देखना था। अपनी जड़ों को ढूँढ़ना था। मुझे अपना बर्थ सर्टिफ़िकेट दिखाते हुए, मेरे बचपन की तस्वीर दिखाते हुए मम्मा और पापा दोनों की आँखें डबडबा गयी थीं। बर्थ सर्टिफ़िकेट पर लिखा माँ का नाम 'सूर्यबाला' जैसे खंजर बन मेरे सीने में धँस गया था। आज भी याद है आंटी, कि उन दिनों हमारे घर के ड्रॉइंग रूम की दीवार पर बड़ी-सी घड़ी होती थी...टिक-टिक करती और मुझे एकाएक जाने क्या हुआ कि मैंने टेबल पर पड़ा काँच का गिलास उठाया और उस घड़ी पर ज़ोर से दे मारा। सबके प्रति मेरे भीतर एकाएक कड़वाहट भर गयी थी। तब मेरे पापा ने मेरे सिर पर हाथ फेरते बहुत अच्छी-अच्छी बात मुझसे कही, 'नो मैटर वेयर

आर यू कमिंग फ्रॉम, व्हाट मैटर्स इज़ वेयर यू रीच!' (क्या फ़र्क़ पड़ता है कि तुम कहाँ से आये हो, देखना है कि आप पहुँचते कहाँ हो) मम्मा ने मेरी हालत देखी तो मुझे भींचते हुए कहा, 'कुछ नहीं बदला है'! मैंने बिसूरते हुए कहा, 'सब कुछ बदल गया है, तुम और भी प्यारी मम्मा हो गयी हो!' कहते हुए उसने फिर एक थकी हुई गहरी साँस छोड़ी और बोली, 'क़यामतवाली उस रात बिस्तर की ठण्डी क़ब्र में करवटें बदलती रही मैं, भोर होते ही मम्मा ने मेरी सूजी आँखें देखी तो मुझे नींद की गोली दे सुला दिया।'

मैंने उसे पानी का गिलास थमाया, पीने की बजाय उस गिलास के पानी को ही घूरती रही देर तक। अब वह पूरी तरह अपने अतीत में धँस चुकी थी। कुछ ख़ामोश पलों के बाद हाथों से ही बालों में कंघी करते हुए कहा उसने, 'एकाएक सब कुछ बदल गया था आंटी! उगते सूरज के साथ एक सवाल मेरे भीतर उगने लगता—कौन हूँ मैं? जब तक व्यस्त रहती, सब कुछ ठीक रहता। जैसे ही ख़ाली होती, भीतर घात लगाये बैठी माँ किसी अदृश्य स्कैनर की तरह बिप-बिप करने लगती। अपने डैने फैलाने लगती, मोमबत्ती की तरह मुझे क़तरा-क़तरा जलाने लगती—कौन थी वह? कैसी थी? कैसा था उनका जीवन? क्या मेरे बाद भी उनके बच्चे हुए? क्या रही होगी उनकी मजबूरी, जो उन्हें मुझे फेंकना पड़ा, वह भी भारत जैसे देश में, जहाँ माँ-बाप बच्चों के लिए ही जीते और मरते हैं, जहाँ बच्चे माँ के लिए मथुरा-वृन्दावन होते हैं। जिसने मुझे यह रूप, रंग और काया दी, उन्हें देखना चाहती हूँ बस एक बार! आंटी, बहुत सालों तक तो मैं माँ से इतनी आक्रान्त रहती थी कि माँ से सम्बन्धित न कोई पिक्चर देख पाती थी और न ही कोई कहानी ही पढ़ पाती थी। रात को नींद उचट जाती तो बादलों और तारों की छाँव में माँ की शक्ल की कल्पना करती।'

माँ जब नहीं होती है तो कितनी ज़्यादा होती है! मनका-मनका बिखर चुकी प्रणीता की घायल आत्मा की मलहम-पट्टी करने के उद्देश्य से कहा मैंने, 'तुम्हारे पापा ठीक कहते हैं कि इससे क्या फ़र्क़ पड़ता है कि आप कहाँ से आये हो! भारतीय माइथोलॉजी में भी जब कर्ण के जन्म से सम्बन्धित अटपटे सवाल उठे तो महर्षि वेदव्यास ने दुर्योधन के मुँह से कहलवाया था कि नदियों, वीरों और ऋषियों के उद्‌गम नहीं देखे जाते। जीवन संयोग का दूसरा नाम है प्रणीता! हमें अपनी इच्छा के बिना ही जीवन में जीने के लिए धकेल दिया जाता है। क्या यह हमारे हाथ में है कि हम अपने जन्म का समय, परिस्थिति, स्थान या माँ-बाप तय करें? इसलिए अपनी जड़ों को लेकर तुम परेशान मत हो प्रणीता, तुम जलकुम्भी की तरह बनो, जो जहाँ होती है, वहीं अपनी जड़ें फैला लेती है।'

उसके शब्द लड़खड़ाने लगे, कलेजा जैसे कट-कटकर गिरने लगा, 'कैसे परेशान नहीं रहूँ आंटी, माँ दुनिया का सबसे प्यारा और जादूभरा शब्द होता है! कहीं पढ़ा था कि ईश्वर हर कहीं नहीं जा सकता इसलिए उसने माँ को गढ़ा। दुनिया में वास्तविक रिश्ता एक ही होता है—माँ-बेटी का। यह रिश्ता, यह सवाल मेरे होने से जुड़ा है, आप इसकी पीड़ा नहीं समझ पायेंगी! जहाँ-जहाँ मैं जाती हूँ मेरे जन्म की कहानी भी साथ-साथ चलती है।'

मेरी बात से फिर कुछ दरक गया था उसके भीतर, शायद उसके दिमाग़ की शिराएँ अस्त-व्यस्त हो गयी थीं। शायद एकाएक ऑक्सीजन की कमी हो गयी थी, इस कारण वह हाँफने लगी थी, लेकिन हाँफते-हाँफते भी उसने कहना जारी रखा, 'एक बार मेरी मम्मा मुझे तुरन्त डॉक्टर के पास ले गयीं। मुझे साँस लेने में तकलीफ़ हो रही थी। डॉक्टर ने बस इतना-सा पूछा, "क्या यह रोग हेरिडिटरी है? याद कीजिए, आपके परिवार में किसी को हुआ है क्या यह रोग?" परिवार शब्द मुझे बिच्छू की तरह काटने लगा। किस परिवार की हूँ मैं? कौन हैं मेरे भाई-बहन? क्यों हुआ मेरे साथ ऐसा? डॉक्टर मुझसे बार-बार पूछ रहे थे और मैं जाने कहाँ खो गयी! तब मजबूरन मेरी मम्मा को सब कुछ बताना पड़ा, जब वे बता रही थीं तो मुझे लगा, जैसे कोई बेरहमी से मेरे वजूद के एक-एक पंख को नोच रहा है। अपने पूर्वजों को जानना ज़रूरी होता है आंटी, क्योंकि यह सवाल कहीं-न-कहीं हमारे वजूद से भी जुड़ा रहता है। इसके बिना ज़िन्दगी एक बेबुनियाद इमारत की तरह लगती है। मैं कई बार सोचती हूँ कि कौन ज़्यादा ताक़तवर है—वह वातावरण, जिसमें आदमी पलता-बढ़ता है या उसके जींस, जो उसे ख़ून के साथ मिलते हैं!'

'तुम्हारी बात शब्दशः सही है प्रणीता, पर जब ज़िन्दगी की कुछ सच्चाइयों पर अपना बस नहीं चले तो तिल-तिल जलने की बजाय अच्छा है कि वे जिस रूप में मिलें, उन्हें स्वीकार कर लेना चाहिए!' उसके अशान्त चित्त को शान्त करने के लिए मैंने ठण्डे पानी के छींटे डाले।

शायद मेरी बात पसन्द नहीं आयी उसे, इसलिए मेरी बात को अनसुनी करते हुए घड़ी पर एक नज़र फेंकी उसने और जल्दबाज़ी में जूते के तस्मे बाँधते हुए बोली, 'नाउ गो, नेक्स्ट टाइम कम अगेन, शैल रिंग यू, बिफ़ोर आई कम!' मुझे उसकी हिन्दी ही नहीं उसकी अंग्रेज़ी समझने में भी मगज़मारी करनी पड़ती थी। 'ओके।' विदा के क्षणों में मैं उसे तब तक ताकती रही, जब तक उसकी आकृति धूमिल होते-होते मेरी आँखों से ओझल नहीं हो गयी थी।

सप्ताह बीता भी न था फिर उसका फ़ोन आया। आग्रहपूर्वक कह रही थी वह, 'आंटी मेरा एक काम करना होगा आपको। नहीं आंटी, मना मत कीजिएगा, बस आपको मेरे साथ 'बाल आनन्द' चलना होगा, आंटी मुझे कुछ बच्चों से ज़रूरी बातें करनी हैं। गणपति उत्सव के चलते सारा स्टाफ़ छुट्टियों पर है। मैं बच्चों से ठीक से बात नहीं कर पा रही हूँ। नहीं ये विकलांग नहीं, थोड़े बड़े बच्चे हैं। आपको मेरी मदद करनी होगी, जिससे मैं इन बच्चों से अच्छे से बात कर सकूँ। मैं आपको लेने आ जाऊँगी। बाय आंटी!'

अपने वादे के अनुसार ही वह मुझे लेने भी आ गयी थी। आते ही फिर चहकी, 'नमस्ते आंटी! जल्दी करिए, यहाँ तो बहुत जल्दी, सात बजे ही अँधेरा घिर आता है।' वह अब हाय की जगह नमस्ते कहने लगी थी।

वे दशहरे के दिन थे, इसलिए लोकल ट्रेन में भीड़ अपेक्षाकृत कम थी। हमें महिलाओं के लिए आरक्षित डिब्बे में बैठने की जगह मिल गयी थी। भीतर एक अलग ही दुनिया थी। खाने के बिस्किट से लेकर साज-सिंगार के सभी सामान वहाँ बिक रहे थे। बच्चे, लड़कियाँ, औरतें—सभी बेचने में मशगूल। किसी के माथे पर सब्ज़ियों की टोकरी, तो किसी के हाथों में स्ट्रॉबेरी के पैकेट। किसी के नन्हे हाथों में बिन्दी और हेयर क्लिप का पत्ता, तो कोई चूड़ियाँ और नक़ली गहनों के साथ। कुछ श्रमजीवी औरतें आलथी-पालथी मारकर, तो कुछ उकड़ूँ बैठे दरवाज़े के पास ही डिब्बा निकाल खाने लगीं, तो एक मध्यवर्गीय घरेलू टाइप कामकाजी महिला इतनी भीड़-भाड़ में भी क्रोशिए से लेस बुन रही थी। एक औरत इन सबसे निर्लिप्त अपनी पीठ सीट से टिकाये हनुमान चालीसा का जाप कर रही थी। एक महिला कान का मैल निकालते-निकालते ही दिव्य अनुभूति में लीन हो गयी थी। ट्रेन फिर अगले स्टेशन पर रुकी, एक बुर्क़ाधारी महिला चढ़ी। कुछ उत्सुक नज़रें उठीं उस ओर कि तभी उसने बुर्क़ा उतारा और देखते-ही-देखते उसके भीतर से जींस-टॉप में लिपटी एक आधुनिका निकली। उसे देख प्रणीता पहली बार मुस्करायी। मैं झुमके बेचने वाली एक बच्ची से उलझी हुई थी। मैंने पूछा, 'क्या नाम है तेरा।' उसने फट से जवाब दिया, 'पिंकी।' मैंने पूछा, 'क्या तू पढ़ती है?' उसने जैसे गोली दागी, 'तेरा भेजा फिरेला है! मैं पढ़ेगी तो भाई को कौन पढ़ायेगा?' बातों से पता लगा कि वह और उसकी माँ धन्धे में लगी हुई थी। बोरीवली से चर्चगेट तक लोकल में उसका पूरा धन्धा फैला हुआ था। मैंने पूछा, 'कितना कमा लेती हो?' उसने माथे पर हाथ पटक जवाब दिया, 'क्या कमायेगी, आधा तो पुलिसवालों को देना पड़ जाता है।' इसी बीच अगला स्टेशन आ गया, उसे नये ग्राहकों की

ओर बढ़ना था, इसलिए झल्लाती हुई बोली, 'बुंदा लेना है तो लो, खाली-पीली मेरा टैम खोटी मत करो!'

पिंकी से बुंदे लेकर मैं प्रणीता को दिखाने लगी तो क़यामत ही आ गयी थी। हलकी बारिश के बाद ही मुलायम धूप उसके चेहरे पर झिलमिला रही थी, लेकिन वह अपने मोबाइल पर कभी अपनी ही तस्वीर को देखती तो कभी दरवाज़े पर बड़ा-पाव खाती महिलाओं को ग़ौर से अपलक देख रही थी। 'यह क्या प्रणीता! अपनी ही तस्वीर को क्यों देख रही हो?' वह लज्जित हुई, आवाज़ से जैसे लहू टपका, 'इन सामान बेचनेवालियों की उम्र देखिए...जाने क्यों मुझे लगता है कि मेरी माँ शायद इन्हीं समान बेचनेवालियों में कोई हो!' वह धीरे-से फुसफुसायी, 'देखिए न आंटी, क्या इनमें किसी की शक्ल मिलती है मेरी शक्ल से?' 'धत्! यह क्या गधापन है? क्या ऐसे मिलती है माँ?' मेरी त्वरित प्रतिक्रिया यही थी, लेकिन उसके चेहरे से बरसते उम्मीद के नूर ने मेरी बोलती बन्द कर दी। कचरे से उठकर होश सँभालते ही एक लड़की ने अपनी जन्मदाता के बारे में जानना चाहा था। उसके सवाल की नोक मुझे चुभने लगी। लगा, जैसे धरती भी कुछ क्षण के लिए रुक गयी अपनी धुरी पर और सोच रही है कि क्या जवाब दे इस दर्द भरे सवाल का? मेरी साँस भारी हो रही थी। पल-पल पहाड़, कब ख़त्म होगा यह दर्दनाक सफ़र? कुछ पल सरके कि तभी उसने मोबाइल पर फिर अपनी ही तस्वीर देखनी शुरू कर दी।

मैंने पूछने की धृष्टता कर ही दी आख़िरकार, 'तुम अपनी तस्वीर क्यों देख रही हो बार-बार?' जवाब और भी विचित्र मिला—'मैं कई बार अपना चेहरा ही भूल जाती हूँ, अपने चेहरे को सामने रखकर मैं सामने वाली के चेहरे से अपने चेहरे की रेखाओं को मिलाती रहती हूँ। काश, मेरी माँ ने मेरे बर्थ सर्टिफ़िकेट के साथ अपनी तस्वीर भी रख दी होती।' उसने काँपते होंठों से कहा और अजीब निगाहों से मुझे देखा...वहाँ फिर कुछ साँप सरसराये—क्रोध, विवशता और दुख के साँप!

हे भगवान! यह लड़की तो मुझे भी पागल कर देगी! यह तो माँ से जोंक की तरह चिपक गयी है। आड़ी-तिरछी जैसी भी हो, उसे बस माँ चाहिए। उन उदार क्षणों में प्रार्थना भी उठी, 'हे भगवान! इसे इसकी माँ मिल जाये!' पर क्या ऐसे माँ मिलती है? उसका दिमाग़ सचमुच सटक गया था। उन बहके पागल क्षणों ने डर की सिलवटें मेरे भीतर डाल दी थीं। एक बार तो मेरे मन में यह कुविचार भी आया कि उसे छोड़कर भाग खड़ी होऊँ, लेकिन ज़िन्दगी ने पहले ही उसे इतने धोखे दे रखे थे कि और धोखे की गुंजाइश अब बची ही कहाँ थी। लिहाज़ा मैं उससे चिपकी रही। थोड़ी ही देर में बांद्रा स्टेशन आया,

फिर एक अधेड़ सम्भ्रान्त और समृद्ध महिला चढ़ी। संयोग से वह हमारे सामने की ही सीट पर पसरकर बैठी थी। प्रणीता की सम्पूर्ण देह जैसे आँखें बन गयी थी...अपलक ताकती रही उसे...फिर मोबाइल पर अपनी ही तस्वीर को देखने लगी। कभी उसको देखती कभी अपनी तस्वीर को देखती। मेरे भीतर हूक-सी उठी, 'इसे तो माँ की खुजली हो गयी है! कैसे रोकूँ इसे? कहूँ ऐसा न करे? पर जो पाई-पाई बचाकर सात समुन्दर पार से आयी है, यहाँ अपनी माँ को खोजने, उसे मैं तो क्या संसार की कोई भी ताक़त रोक सकती है भला?' विचारों के सैलाब में बहने लगी मैं।

घुटन एकाएक बढ़ गयी। प्रणीता और आसपास सबसे अपने को काटकर मैं खिड़की से बाहर बादलों को देखने लगी। मुझे इंका की बात याद आयी, जिसने कहा था कि मुम्बई आते ही प्रणीता की उम्मीद सब कूल किनारा तोड़कर आगे बढ़ती है। तभी उसकी अधीर और बेचैन-सी आवाज़ फिर मुझसे टकरायी, 'लेकिन यह भी तो हो सकता है आंटी कि मेरी माँ अविवाहित माँ नहीं, विवाहित माँ रही हो और पुत्र पाने की चाह वाले परिवार के दबाव में ही उन्हें मुझे त्यागना पड़ा हो! और आज उनमें इतनी ताक़त आ गयी हो कि मुझे सामने देख वे अपनी भूल स्वीकार कर लें।'

'तो तुम एक काम करो आसमान में सूर्यबाला नाम की पट्टी टाँग दो, सारे घरों की सूर्यबालाएँ बाहर निकल आयेंगी, फिर ढूँढ़ लेना अपनी सूर्यबाला को!'

'आंटी!' और वह रुआँसी हो गयी। एकाएक हम दोनों ही दुखी हो गये। वह माँ के दुख से, मैं उसके दुख से। स्थिति को सामान्य करने के लिए मुझे कुछ अच्छा कहना था, उसके कन्धों पर हाथ रखते हुए कहा मैंने, 'फ़र्ज़ करो, तुम्हें तुम्हारी माँ मिल जाये तो तुम क्या करोगी? क्या एम्सटर्डम के छुरी-काँटे वाले माहौल से अपना खूँटा उखाड़कर यहाँ चली आओगी?'

उसकी आँखें एकाएक स्वप्निल हो गयीं, झारखण्ड की माटी जैसे लाल चेहरे पर पल-भर के लिए चाँदनी छिटक गयी। जैसे सचमुच ही उसे अपनी माँ की ख़बर मिल गयी हो! अब वह ख़्वाबों और ख़यालों की लहरों पर सवार थी, 'चलो चलें माँ, अपनों से दूर कहीं, सपनों के गाँव में' जैसा कुछ। मुझे अपनी भूल महसूस हुई...इसलिए गला खंखारकर दूसरी ही साँस में मैं कह रही थी, 'होने को तो कुछ भी हो सकता है, पर तुम कब तक अँधेरे में ही छलाँग लगाती रहोगी प्रणीता! उस झुलसे हुए अतीत को अपनी पीठ पर लादे रहोगी। नाम, वंश, पैसा, ताक़त, रिश्ते-नाते, घर-परिवार, सब भ्रम है, असली चीज़ है जीवन।'

'तो क्या मैं हाथ पर हाथ धरकर बैठी रहूँ? या किसी आम भारतीय की

तरह पेड़ पर मन्नत का लाल धागा बाँध लौट जाऊँ अपने देश!' वह तो जैसे एके47 लेकर मेरे सामने खड़ी हो गयी।

मछली की आँख-सी डबडबाती उसकी आँखों का सामना करने की बजाय मैंने आँखें झुका लीं। मेरा सौभाग्य कि उसी समय ट्रेन में हो-हल्ला एकाएक बहुत बढ़ गया था, इस कारण बच गयी मैं। दादर स्टेशन पर, उत्सव का-सा माहौल था, कुछ लड़के-लड़कियाँ जो दौड़ती ट्रेन में अपना सामान बेचते हैं, वे देवी दुर्गा की बजाय ट्रेन की पूजा कर रहे थे, क्योंकि ज़िन्दा रहने की जंग में ट्रेन ही उनके साथ थी। प्रणीता तो प्रणीता, मुझे भी अजीब लगा देवी दुर्गा की बजाय ट्रेन की पूजा!

लेकिन यथार्थ यही था!

चर्नी रोड स्टेशन के बाहर कटिंग चाय, बड़ा पाव और रगड़ा पैटी खाते-खाते एकाएक उसकी नज़र कचरे के ढेर पर स्याही के धब्बे-सी फैली बस्तियों पर पड़ी। उभरी हड्डियों और धँसे पेट वाले मैले-कुचैले एनेमिक बच्चे, उन्हें एकटक ताकती रही वह, मैं फिर हैरान! अब फिर किसकी शक्ल से मिला रही है ख़ुद को, आसपास तो कोई अधेड़ महिला भी नहीं थी। पर इस बार वह आसमान से दुख तोड़ लायी, कातर स्वर में बोली, 'आंटी, कई बार सोचती हूँ कि अगर मुझे मिस्टर फ़र्नांडिस अडॉप्ट नहीं कर लेते तो मैं भी शायद ऐसी ही ज़िन्दगी गुज़ारती। शायद इसी प्रकार गन्दगी के ढेर पर सोती, जैसे आधा हिन्दुस्तान सोता है!'

'तो मानती हो, तुम्हारे साथ इतनी नाइंसाफ़ी नहीं हुई जितनी इन बच्चों के साथ हुई?'

वह फिर पलट गयी, 'ये कम-से-कम अपने परिवार, अपने भाई-बहन के साथ तो हैं! मेरी तरह बेचैन परिन्दे तो नहीं! मुझसे ज़्यादा ख़ुशनसीब हैं ये कि ज़िन्दगी ने कम-से-कम इन्हें माँ तो दी है। मुझे तो वह नसीब नहीं!' बोलते-बोलते ओस की बूँदों की तरह चमके उसके आँसू।

हम टहलते-टहलते समुद्र की तरफ़ आ गये थे। आधे घण्टे का समय था हमारे पास। सामने उफनता विराट समुद्र। उसके कन्धे पर हाथ रखते हुए अपने हृदय को उँड़ेलते हुए कहा मैंने, 'देखो प्रणीता! इस विराट के सम्मुख क्या है मनुष्य? कितना असहाय! कितना क्षीण! इसलिए जीवन से ज़्यादा अपेक्षा नहीं रखनी चाहिए। जो मिले उसे ही स्वीकार कर लेना चाहिए। क्योंकि ज़िन्दगी खोया-पाया के गणित से ऊपर की चीज़ है।'

पता नहीं उसके कानों तक मेरी बात पहुँची या नहीं। उसने मुझे सुना या नहीं, और सुना भी तो समझा या नहीं, क्योंकि दूसरे ही क्षण वह फिर दार्शनिकों की तरह कहने लगी, 'मेरी माँ ने भी देखा होगा इस समुद्र को, माँ की माँ ने भी देखा होगा। शायद मेरी बेटी भी देखे इसे!'

थोड़ा रुककर वह फिर शुरू हो गयी, 'एक बात बताइए आंटी, क्या आपकी शक्ल मिलती है आपकी माँ से?' मैं समझ गयी, क्या चल रहा है उसके भीतर। कोई मुक़म्मल जवाब मैं उसको दे पाती कि दूसरी ही साँस में वह फिर कहने लगी, 'मैं नर्स हूँ आंटी, मैटर्निटी वार्ड में हर दिन मैं बच्चे जनवाती हूँ। ओह आंटी, अद्भुत लगता है जब बच्चा माँ की कोख से धरती पर आता है। मुझे तब सब कुछ इतना दिव्य, इतना रोमांचक लगता है कि मैं बयाँ नहीं कर सकती! मैं सोच-सोचकर पागल हो जाती हूँ कि ऐसे निष्कलंक ईश्वरीय अंश जैसे बच्चे को कोई कैसे फेंक सकता है? साली, वो मेरी माँ थी या डायन, ब्लडी बास्टर्ड!'

समूची दुनिया के प्रति कड़वाहट से भर गयी थी वह। उफनते दुख, विवशता, बेचैनी, छटपटाहट और आक्रोश के चलते उसके चेहरे की खाल काँपने लगी थी। दिल में उतरी माँ दिल से उतर गयी थी। कुछ देर वह अपने से ही लड़ती रही।

उसके उफनते दुख को सम पर लाने के लिए मैंने उसे गरम-गरम भुट्टा ख़रीदकर दिया कि उसके आवेग को कुछ विराम मिले। कुछ दाने टूँगे उसने और फिर चालू हो गयी जैसे समय कम हो और बातें बहुत ज़्यादा हों, 'मुझे लगता है कि जो मुझे बताया गया है वह झूठ है! मैं क्या करूँ आंटी, मैं सच को कैसे जानूँ? इसीलिए मैं अपनी माँ की खोज में हूँ। वही मुझे बता सकती है कि सच क्या है? कौन हूँ मैं? किस पेड़ की डाल हूँ मैं?' एक भयभीत बच्चे की-सी कातरता झलक आयी उसके चेहरे पर। भावावेग में उसने मेरे हाथों को जकड़ लिया था।

उसके गाढ़े होते दुख पर पानी के छींटे मारते हुए कहा मैंने, 'कुछ सवालों के जवाब ज़िन्दगी ताउम्र नहीं देती है। और कितना भी सँभलकर चलो, ज़िन्दगी में कुछ-न-कुछ छूट ही जाता है। तुमसे माँ छूटी, किसी से प्रेमी, किसी से पुत्र, तो किसी से पति तक छूट जाते हैं। इसलिए गंगा कहाँ से निकली, इसका हिसाब लगाने की बजाय जीवन की गंगा में बहो, क्योंकि यह प्रवाह ही सच है! ख़ून के रिश्ते से भी बड़ा होता है एक और रिश्ता—एक ही धरती और योनि में जन्म लेने का रिश्ता। इसलिए अपनी माँ को माफ़ कर दो। उनकी विवशता को हो सके तो समझने का प्रयास करो! माँ बुरी नहीं होती, बुरी होती है खण्डित नैतिकता

और मर्यादा के चाबुक। इस अमानवीय और क्रूर समय का यह साइड इफ़ेक्ट है, जिसने माँ के भीतर बसी माँ को ही कुचल डाला है!'

वही मेरा अन्तिम संवाद था। नहीं जानती कि मैंने ठीक किया या जो कुछ भी हरा-भरा बचा था उसके भीतर, उसकी भी हत्या कर दी थी। पर मैंने यह कोशिश ज़रूर की कि अपनी जीवन यात्रा में माँ से सम्बन्धित जितने भी प्रेरक प्रसंग मैंने जाने-सुने थे, सब धरती पर गिरे फूल की तरह उठा-उठाकर धर दिये उसके आगे, जिससे अपनी माँ को लेकर जो अतिशय भावुकता, आक्रोश या कटुता है उसके भीतर, वह रिस जाये।

'बाल आनन्द' में बच्चों के बीच वह फिर एकदम सहज, सामान्य और ज़िन्दादिल हो गयी थी। कुछ देर पहले की आकुलता और आवेग सिरे से ग़ायब थे, जिस प्रकार हरेक बच्चे की समस्या को वह नोट कर रही थी और जिस प्रकार वह उनके दुख-सुख के साथ समरस हो रही थी। उनके चेहरे पर एक मुस्कान लाने-भर के लिए कभी मुँह बनाती, कभी गाना गाती तो कभी जादूगर के झोले की तरह जाने क्या-क्या कमाल की चीज़ों से उनका दिल बहलाती कि लगा जैसे माँ को खोजते-खोजते वह ख़ुद भी माँ ही बन गयी हो!

उसके बाद न वह आयी, न ही उसका फ़ोन। घर-गृहस्थी के गोरखधन्धे में फँसी मैं भी उसे फ़ोन तक नहीं कर पायी। लेकिन बीच-बीच में उड़ते बादलों-सा उसका ख़याल आता-जाता रहता। कई बार अपराध-बोध भी होता कि कहीं मैंने उसकी मासूम खोज पर प्रश्नचिह्न लगाकर कुछ ग़लत तो नहीं किया? कौन जाने उसकी माँ मिल ही जाये?

पूरे सवा आठ महीने बाद मिला उसका ई-मेल जिसका अनुवाद इस प्रकार है—

सॉरी आंटी, मुम्बई से आते वक़्त न आपसे मिल पायी और न ही फ़ोन कर पायी! दरअसल मैं एक ऐसे हादसे से गुज़री मैं आज तक सँभल नहीं पायी हूँ। आज भी आपको लिख रही हूँ तो इसलिए कि आप और सिर्फ़ आप ही कर सकती हैं मेरी मदद। दरअसल आंटी, जाने क्यों मुझे लगा कि आप नहीं चाहती हैं कि मैं अपनी माँ को खोजने में वक़्त ज़ाया करूँ, इसलिए आपको बिना बताये ही मैं फिर नागपुर चली गयी थी। छह महीने वहाँ के अनाथालय में रही, वहाँ की म्युनिसिपल कॉरपोरेशन और एन.जी.ओ. से सम्पर्क किया। उनकी मदद से मेरी खोज को जैसे पंख लग गये। मेरे जन्म का रिकॉर्ड कॉरपोरेशन के ऑफ़िस में दर्ज था। 25 साल के पुराने रिकॉर्ड के सहारे हम एक ठीक-ठाक फ़्लैट के बाहर खड़े थे। नेमप्लेट पर दो नाम लिखे थे, उनमें एक नाम था 'सूर्यबाला'। नाम पढ़ते ही मेरे दिल की धड़कन जैसे रुक गयी। आँखों पर सहसा विश्वास

नहीं हुआ। मेरे साथ की महिला मुझे सँभालती रही। हमने कॉल बेल बजायी। एक अधेड़ महिला ने दरवाज़ा खोला। मेरी साथी महिला ने पूछा, 'आपका नाम, सूर्यबाला? कुछ बात करनी है, समय है?'

'हो बोला, काय झाला (जी कहिए, क्या बात है)?'

'आपके कितने बच्चे हैं?'

'एक बेटा आहे।'

'कितने साल का?'

'बीस साल का।'

तब मेरी साथी महिला ने पूछा उससे, 'आज से पच्चीस साल पूर्व आपकी नॉलेज में क्या किसी बच्चे को बास्केट में डालकर 'जनता हॉस्पिटल' के चाइल्ड केयर के पीछे फेंका गया था?'

'आप क्यों पूछ रही हैं?'

उन्होंने मेरी तरफ़ उँगली दिखाते हुए कहा, 'ये ही वो बच्ची थी...'

आंटी, ठीक उसी समय मेरे भीतर ज़ोरों से कुछ धड़का, ठीक उसी समय मेरी आँखें उससे मिलीं। मैंने देखा, उसकी काया में कम्पन हुआ था। कमज़ोर जड़ों वाले पेड़ की तरह वह काँपी। उसकी आँखों में कुछ जला। शायद पच्चीस साल पुराने बदनाम अतीत की यादों का धुआँ। दो मिनट वह काँपती-सी खड़ी रही। मेरे भीतर बाँसुरी बजने लगी। मुझे लगा मेरी खोज पूरी हुई। अब लहर की तरह वह आगे बढ़ेगी और मुझे गले लगा लेगी। लेकिन वह तो चिकनी मछली की तरह मेरे हाथों से एकदम से फिसल गयी।

मुझे कुछ क्षणों तक अपलक देखती रही वह। उफ़ उसका वह देखना! जैसे अभी-अभी उगी थीं वे आँखें! उसका सौम्य चेहरा धीरे-धीरे उदास, धुँधला और फिर स्याह हुआ। उसकी आँखों में कुछ उगा, शायद डर! उसकी आँखों से कुछ बहा—शायद जल! उसकी सुतवाँ नाक की झिलमिलाती लौंग को देखते हुए मैं दो क़दम आगे बढ़ने को हुई कि अपना दरवाज़ा थोड़ी तेज़ी से बन्द करते हुए मुण्डी हिलाते हुए भाँय-भाँय शब्दों में बड़बड़ाते हुए कहने लगी वह, 'मला घाई आहे, खूब काम बाकी आहे!' (मुझे देरी हो रही है, काम पड़ा हुआ है)।

मैंने दुबारा घण्टी बजायी, तिबारा बजायी, वह मुझे आई ग्लास से देखती रही, लेकिन उसने दरवाज़ा दोबारा नहीं खोला तो नहीं ही खोला। उफ़ आंटी, उन क्षणों मेरे भीतर सब कुछ मर गया! मैं मुर्दा हो गयी, हवाएँ रुक गयीं। सारे रास्ते मैं बच्ची की तरह रोती रही। दूसरे दिन दोपहर के सर्पीले सन्नाटे में मैं फिर गयी उसी घर में अकेले, यह सोचकर कि शायद अकेले में वह सच बता दे। मैंने

घण्टी बजायी, मैंने देखा आई ग्लास में फिर काली आँख उभरी और दो मिनट बाद घर की महरी ने आकर कहा कि सभी दिल्ली चले गये हैं। मैं कुछ पूछती, उसके पहले ही उसने दरवाज़ा मेरे मुँह पर ही बन्द कर दिया।

अपनी घायल आत्मा के साथ मैं लौट आयी आंटी, पर यह सोच मेरा जीना हराम कर देती है कि यदि वह मेरी माँ नहीं थी तो वह इतनी घबरायी क्यों? उसकी काया में कम्पन क्यों हुआ? उसके चेहरे का रंग क्यों उड़ा? सुअर की तरह क्यों बिलबिलायी उसकी ममता? समझ गयी, मैं उसकी बेटी नहीं, उसकी लज्जा थी। समझ गयी महान संस्कृति वाले आपके उजले देश की मैं एक लाड़ली पुत्री नहीं, बल्कि छिः हूँ, जिससे सब बचना चाहते हैं।

नहीं जानती कि आपको यह सब क्यों लिख रही हूँ। काश! मैं उससे नहीं मिली होती, लेकिन आज मैं उसे न निगल पा रही हूँ और न उगल ही पा रही हूँ। अधपचे अन्न की तरह वह मेरे भीतर हर पल खदबदाती रहती है। एक उम्मीद ने अभी भी दम नहीं तोड़ा है। यदि सम्भव हो तो मेरे दिये ठिकाने पर आप एक बार मिलें उस महिला से, शायद आप उससे कुछ निकलवा सकें। उसके जीवन के भेदों तक पहुँच पायें। आपको विश्वास दिलाती हूँ आंटी कि मैं बस सच जानना चाहती हूँ। एक बार मुझे पता चल जाये कि वह मेरी माँ थी या नहीं, फिर मैं अपनी खोज पर विराम लगा दूँगी। मैं पुत्री होने का कोई दावा नहीं करूँगी, मिलूँगी भी नहीं। मैं जान गयी हूँ कि भारतीय स्त्री भूख और मौत से भी ज़्यादा इज़्ज़त खोने के डर से डरती है। आप उस महिला को बस इतना मेरी तरफ़ से कह दें।

—आपकी प्रणीता

ताज़े ख़ून की तरह टप-टप टपकती पीड़ा से भरा उसका ई-मेल! फिर पसोपेश में डाल दिया है प्रणीता ने मुझे। क्या मेरे जाने भर से आ जायेगा सत्य सामने? कौन जाने यह महज़ प्रणीता का भ्रम हो? यदि मान भी लूँ कि उसका शक सही है तो भी मर्यादा की घेराबन्दी में कील दी गयी सूर्यबाला के पास क्या इतना खुला आसमान होगा कि वह बाहर निकल सीने से लगा ले अपनी नन्ही गौरैया को?

मैं उसे लिखना चाहती हूँ कि जीवन में कुछ ख़ाली जगहें ऐसी होती हैं, जो कभी नहीं भरी जातीं। पर मैं ऐसा नहीं लिख पाती हूँ और दिमाग़ को खुला छोड़ देती हूँ।

जंगली बिल्ली

चण्डीगढ़ से कुछ दूर किसी उपवन-सा शान्त और सुन्दर चण्डी मन्दिर कैंट। कैंट के एक हिस्से में फ़ौजी छावनी। सारे घर फ़ौजियों के। एक अलग ही दुनिया। अलग ही भाषा। कहीं मेजर विकास लॉन में अख़बार पढ़ते हुए, कहीं कर्नल रणेन्द्र जॉगिंग करते हुए, तो कहीं कैप्टन सोलकर कुत्तों के साथ टहलते हुए। कहीं मिसेज़ कुलकर्णी साइकिल चलाती हुई, तो कहीं ले. कर्नल अमरिन्दर सिंह का नन्हा सबको अपनी नकली एके-47 से डराता हुआ। मन को महकाती दूर-दूर तक फैली हरियाली। खिलखिलाते फूल। उड़ान भरते रंग-बिरंगे परिन्दे और हवा में झरते पीले पत्तों का हलका संगीत। इस जीवनदायी सौन्दर्य को घूँट-घूँट पीने के बजाय मैं उलझी हुई थी अपने भतीजे मेजर विक्रम से।

बात उत्तर-पूर्व की हो रही थी। वे कह रहे थे...सत्य मर चुका है। घूम-फिरकर झूठ ही सच बनकर सामने आता है...तह तक कोई पहुँचना नहीं चाहता। इधर जिसे देखो फ़ौज के पीछे पड़ा है...भाई फ़ौज तो सत्ता के हाथों की कठपुतली है। सारे निर्णय ऊपर से आते हैं। हमने क्या कभी अपनी इच्छा से गन चलायी? अपनी इच्छा से हम सिर तो हिला नहीं सकते...गोली क्या चलायेंगे...बोलते-बोलते मेजर विक्रम ने कैप्टन अरुण की ओर ताका इस उम्मीद में कि शायद वह उनके समर्थन में कुछ बोलेंगे।

कैप्टन अरुण कुछ नहीं बोले। वे अपने सामने के सुन्दर दृश्यों का आनन्द ले रहे थे। गरमागरम बहस का तापमान अवरोही मोड़ लेने लगा था कि सामने से मेजर आदित्य राजा आ धमके। उनके दृश्य में आ जाने-भर से माहौल में दिलचस्प बदलाव आ गया, कोयल कूकने लगी, हवा तेज़ चलने लगी। वे यहाँ पिछले दो साल से थे। इसके पूर्व असम राइफ़ल्स में थे। पूरी कॉलोनी में सबसे अधिक सम्मानित थे, क्योंकि पिछले साल ही उन्हें अपनी बहादुरी के लिए शौर्य चक्र राष्ट्रपति के हाथों मिल चुका था, जो कॉलोनी के हर बाशिन्दे की ज़ुबान पर था।

—हमारे वीर बहादुर जवान! मेजर विक्रम की पत्नी गरिमा ने आर्मी अन्दाज़

में परिचय कराने की शुरुआत की ही थी कि ललाट पर शिकन उभर आयी आदित्य राजा के। कुर्सी पर बैठते-बैठते वह खिन्न-से हुए। आधी-अधूरी हँसी के साथ वे कहने लगे—प्लीज़ भाभी, मेरा परिचय इस प्रकार न करायें। जाने क्यों मुझे वीरता और बहादुरी दोनों ही शब्द अब उतने अच्छे नहीं लगते, जैसे पहले कभी लगा करते थे...सच कहूँ तो चिढ़-सी हो गयी है!

कुछ दर्द था जो उनकी अधूरी हँसी के पीछे झाँक रहा था।

कैप्टन अरुण को एकाएक कुछ काम याद आ गया, वे सीटी बजाते हुए बाहर निकल गये।

'पर क्यों?' गरिमा ने दुपट्टे को नीचे खींचते हुए पूछा।

'बुरा मत मानना भाभी। मैं सचमुच आज तक तय नहीं कर पाया हूँ कि वह मेरी वीरता थी या अँधेरे में अँधेरे से लड़ना था। जब दोस्तों और महफ़िल में रहता हूँ तब लगता है कि शायद वह बहादुरी जैसा कुछ था लेकिन...।' बोलते-बोलते एक लम्बी साँस खींची उन्होंने और ख़ामोश हो गये।

हम सकते में थे। एक ठण्डी लहर शिराओं में रेंग गयी। फ़ौजी पंचम स्वर में अपनी बहादुरी का बखान करते नहीं थकते और ये कह रहे हैं...

'लेकिन क्या...रुक क्यों गये?' निहायत मुलायम शब्दों में बर्फ़ तोड़ी गरिमा ने। वे शायद द्वन्द्व में थे। बोलूँ न बोलूँ की धूप-छाँव!

कुछ लम्हों की ख़ामोशी के बाद अपने सूखे होंठों पर जीभ फेरते हुए शब्दों को चबा-चबाकर उन्होंने कहा—'एक बात समझ में नहीं आती भाभी कि यदि वह मेरी वीरता थी, तो मुझे नींद क्यों नहीं आती? सोने की कोशिश करता हूँ, पर दिमाग़ पीछे का दरवाज़ा खोल अतीत की उन्हीं अँधेरी सुरंगों में घुस जाता है। क्यों हर रात सोने से पहले मुझे उस घटना को भुलाने के लिए, बदमाश बेचैनियों को मार डालने के लिए दो पैग जाम लेने पड़ते हैं? बोलिए, क्यों?'

मुझे महाभारत का एक संवाद याद आया, जिसमें धृतराष्ट्र विदुर से पूछते हैं—क्यों मुझे रात-रात भर नींद नहीं आती तो विदुर जवाब देते हैं कि महाराज, नींद कामी पुरुष, चोर और उस आदमी को नहीं आती जिसका अपने से अधिक बलवान से बैर हो गया हो। काम की आपकी आयु नहीं है। राजा होने के कारण आप चोर हो नहीं सकते, तो तीसरा कारण ही आपको सोने नहीं देता होगा।

तो क्या अपने शत्रुओं के चलते सो नहीं पाते मेजर?

मेजर राजा के बारे में सुन चुकी थी। वे मणिपुर पोस्टिंग के दौरान कई ख़तरनाक ऑपरेशंस को अंजाम दे चुके थे। इसलिए मैंने भी चाय का घूँट भरते हुए कहा—'बहादुरी तो वह नो डाउट थी।'

मन की पीड़ा को भरसक दबाने का प्रयत्न किया उन्होंने, पर पीड़ा थी कि झलक ही पड़ी। चाय के प्याले को परे सरकाते हुए उन्होंने कहा, 'मैडम, युद्ध और जोश के उन जादुई पलों में, वातावरण के प्रभाव में, कड़क फ़ौजी वर्दी में जब देशभक्ति का ज्वार आपके चैतन्य पर छाया रहता है, दुश्मन का सफ़ाया कड़क चाय की तरह लगता है। शायद मुझे भी लगा कि वह मेरी बहादुरी थी। मुझे क्या, देशभक्ति के मारे हर किसी को यह लगा होगा, पर आज जब सब कुछ गरज-बरसकर थम गया है, आँधी-तूफ़ान शान्त हो गये हैं और मैं अपनी लहूलुहान, चोटिल, उधड़ी और पैबन्द लगी आत्मा के पास वापस लौट आया हूँ अकेला, तो क्यों बहादुरी का वह भाव, वह आवेग लौटकर नहीं आता मेरे पास? क्यों मन के अन्दर सिर्फ़ एक सन्नाटा भर गया है? क्यों लगता है कि वह बहादुरी, वह जश्न...वह क़िला फ़तह कर लेने की अनुभूति बहादुरी नहीं, बहादुरी का सिर्फ़ छलावा थी, एक फन्दा थी? वह वातावरण का तात्कालिक प्रभाव था जिसमें फँस गया था मैं। यदि वह बहादुरी थी तो फिर रात-रात भर क्यों सो नहीं पाता मैं? वह क्या है, जो मुझे सोने नहीं देता, क्यों हर रात अँधेरे के साथ-साथ एक लाल दरिया मेरी आँखों के सामने फैल जाता है?' रूमाल से मुँह पोंछते हुए वे क्षण के क्षणांश भर रुके और फिर टेबल पर मुक्के मारते हुए ज़ोर से बोले, 'क्यों?'

बेचैनी काँटों की तरह उग आयी थी उनके चेहरे पर। अपने प्रवाह में बोलते गये वे, 'सत्य था कि मैंने चार उग्रवादियों को ढेर किया, पर हुआ क्या? कुछ भी तो नहीं बदला। हिंसा से कभी कुछ नहीं बदलता। सिर्फ़ मोगेम्बो ख़ुश होता है!'

यह वह सत्य था जो न शिव था और न ही सुन्दर, क्योंकि कोई भी बध तभी न्यायसंगत है जब वह लोककल्याण में हो, असत्य और अन्याय के विरुद्ध हो। क्या मैं दावा कर सकता हूँ कि वे जीवन, जो मैंने या मेरी टीम ने छीन लिए, वे लोकहित में थे? मैडम, आज अच्छा-बुरा सब एक साथ इस क़दर घुल-मिल गया है कि किसी एक दूरबीन से आप सब कुछ नहीं देख सकते। जब मैं अपने सोच के झरोखे से उस घटना को देखता हूँ, तो सोचता हूँ कि उन मरते क्षणों में उस बन्दे को क्या याद आया होगा। उसे न बाट जोहती पत्नी, न किलकारी मारते बच्चे याद आये होंगे, न कोई ख़ुदा, न जन्मदायिनी माँ, न मणिपुर का सौन्दर्य...उसे सिर्फ़ याद रही होगी एक दुश्मनी...एक अफ़सोस कि वह मुझे नहीं मार सका। एकाएक वे अतीत के गलियारे में भटकने लगे और दूर देखते हुए आत्मलीन हो कहने लगे—

'मैडम, बचपन में मैंने एक बार एक निरीह कबूतर को बिल्ली के पंजे से मरने से बचाया था। तब फ़्लैट सिस्टम नहीं था। मैं पेशाब करने के लिए कमरे

से बाहर आया, तो एकाएक देखता हूँ बिल्ली के मुँह में फड़फड़ाता कबूतर! मैंने देखा बाहर सींक झाड़ू रखी हुई है। मैंने आव देखा न ताव वह झाड़ू उठायी और भरपूर वार से बिल्ली को दे मारा। बिल्ली का मुँह खुला और कबूतर देखते ही देखते उड़न छू। मैं रहा होऊँगा कोई दस-ग्यारह साल का। आज भी वह निहायत ही छोटी-सी घटना की स्मृति मन के परदे पर ताज़ा है। मैं उस घटना को याद करता हूँ, करते रहना चाहता हूँ, क्योंकि मैंने एक जीवन बचाया था। जबकि मणिपुर की वह घटना है तो राष्ट्रीय महत्त्व की, फिर भी मैं उसे भूल जाना चाहता हूँ। चाहता हूँ कि यादों का वह नाला सूख जाये, मिट जाये ज़ेहन से। स्लेट पर ग़लती से लिखे अक्षर की तरह मिटा देना चाहता हूँ उसे।'

'बताइए क्यों?'

'क्यों लगता है मैडम कि असम पोस्टिंग के बाद मौसम ही बदल गया? एकदम शुरू हो गया पराजित और आहत भावनाओं का मौसम। इस बदलते मौसम में देशभक्ति की मेरी मज़बूत इमारत ही डाँवाँडोल हो गयी। यादगार पलों को आदमी हमेशा जीना चाहता है, पर मैं उन पलों को भूल जाना चाहता हूँ। आज तक पीछा करती है वह आवाज़। नहीं, नहीं लगता कि मैंने कोई बहादुरी की।'

'कैसी आवाज़?' गरिमा की आँखें चौड़ी हुईं।

वे उसी भावदशा को याद कर उसी में थोड़ी देर के लिए खो गये थे। सीली बासी गन्ध के साथ। थोड़ा नीचे हो आये चश्मे को ऊपर उठाते हुए और गला खँखारते हुए उन्होंने कहा–

'यह बहुत निजी और आन्तरिक घटना है। इसे बाहर से समझाना मुश्किल है, फिर भी मैं चेष्टा करता हूँ मैडम। जब गोली लगती है न, तो बड़ी तेज़ी से ख़ून बहता है गड...गड जैसी आवाज़ के साथ...जैसे पूरे वेग से बह रहा हो नाले में पानी...आज भी उस आवाज़ को भूल नहीं पाता मैं। किसी काली छाया की तरह अवचेतन में छा गये हैं वे दृश्य...वह आवाज़...प्राण छोड़ती गाय की-सी वे ख़ौफ़ज़दा अधमुँदी आँखें...वह हों-हों कर टूटती साँस की डोर। उस समय वह मेरा दुश्मन नहीं था, सिर्फ़ एक इन्सान था। मर्मांतक पीड़ा का एक चरम रूप। उस इन्सानी पीड़ा को आगे बढ़ाने में मेरा भी योगदान था। मैडम, जब भी दर्पण देखता हूँ, बचपन के उस चेहरे को खोजता हूँ, जो कभी अपना था। स्थिर चित्त से जब उस घटना का विश्लेषण करता हूँ, तो ढह जाता हूँ मैं। होता यह है कि हम जवानों के भीतर नफ़रत का एक ज्वार पैदा कर दिया जाता है और उसे हमारे कच्चे मानस में रोप दिया जाता है। जब तक नफ़रत का वह बिरवा ज़िन्दा रहता है, हमें लगता है कि हमने वाक़ई बहादुरी का कारनामा किया है।

पर जैसे ही हम अपनी स्वाभाविक ज़िन्दगी जीने लगते हैं, सैनिक की खोल से बाहर आकर एक इन्सानी खोल में आ जाते हैं, नफ़रत का वह ज्वार हमारे भीतर ढह जाता है, तब हमारी वह नक़ली बहादुरी भी ढह जाती है...और तब परिन्दे की तरह रूह फड़फड़ाती है। हाय मैंने क्या कर डाला था! मैं भी ऐसे क्षणों में अपने को भुलाने के लिए दो पैग जाम चढ़ा लेता हूँ। कराहना, तड़प, छटपटाहट बहुत देखी थी, लेकिन ठीक अपनी ही गोली से ढेर हुए उग्रवादी के शरीर से इस प्रकार गड...गड की आवाज़ के साथ तेज़ी से बहते ख़ून को पहली बार देखा था!'

छोटी-सी ख़ामोशी के बाद उन्होंने फिर बोलना शुरू किया—

'जी, 21असम राइफ़ल्स में थी मेरी पोस्टिंग, 2008-11 के दौरान। नहीं, यह इंडियन आर्मी के अन्तर्गत नहीं आती है, सिर्फ़ कुछ ऑफ़िसर्स इंडियन आर्मी से, जैसे मैं, वहाँ बुला लिए जाते हैं। जवान वे ही होते हैं। वहाँ जनता की भी एंटी-फ़ौज थी। हमारा काम था लोगों के दिल और दिमाग़ पर क़ाबू पाना और अलगाववादियों के होश ठिकाने लगाना...दो टूक शब्दों में कहें, तो हमारा काम था बन्दूक़ की नोक पर उनकी अकड़ गर्दन को दबोच डालना। इस प्रकार मिलिटेंसी का सफ़ाया करना, लेकिन मिलिटेंट की पहचान सबसे अधिक चुनौतीपूर्ण काम होता है। सब देखने में एक जैसे लगते हैं। नियम के अनुसार, जब तक बन्दे के हाथों में हथियार नहीं है हम उसे मिलिटेंट नहीं मान सकते। वे स्थानीय लोगों में इस क़दर घुले-मिले रहते हैं कि बहुत चुनौतीपूर्ण होता है उनका सफ़ाया करना। इसलिए हम ख़बरियों पर निर्भर रहते थे, जैसे ही कोई ख़बर मिलती, ऑपरेशन के लिए निकल पड़ते।'

'मणिपुर के लोग हमसे ख़फ़ा क्यों हैं? क्यों है वहाँ मिलिटेंसी? एकाएक मेरे मुँह से निकल गया था।'

चाय ठण्डी हो जायेगी...गरिमा ने आँखों से चाय की ओर इशारा किया, पर मेजर ने उन्हें अनसुनी करते हुए अपनी बात जारी रखी—'मणिपुर में जो मिलिटेंसी है उसमें कश्मीर की तरह विदेशी तत्त्व का उतना हाथ नहीं है। वहाँ के लोग हमारे ख़िलाफ़ हैं तो इसलिए कि हमने उनके लिए कभी कुछ किया ही नहीं। बुरी तरह उपेक्षित किया है उन्हें। वहाँ विकास के कोई लक्षण ही नहीं। दूर-दूर तक कोई सड़क नहीं, मार्केट नहीं, रास्ते नहीं। मछलियाँ बहुत महँगी। एक गैस सिलिण्डर का भाव था 2000 रुपये। मैंने ख़ुद वहाँ कई बार पेट्रोल 450 रुपये प्रतिलीटर ख़रीदा था। माचिस की तीली तक वहाँ बर्मा से आती है और बर्मा में चीन से। और तो और हमने उग्रवाद पर क़ाबू पाने के लिए गाँवों के बीच कँटीले बाड़े लगा दिये, जिससे गाँव एक-दूसरे से कट गये और उनका सारा सामाजिक

और आर्थिक ढाँचा चरमरा गया...अब कोई बताये कि ऐसे हालात में वे हमारा विरोध नहीं तो और क्या करेंगे?'

बात हो रही थी बहादुरी की...मैं जानने को मरी जा रही थी कि जिसके लिए उनको शौर्य चक्र मिला क्या वह बहादुरी नहीं थी? मैं पूछने से खुद को रोक नहीं सकी। मैंने फिर पूछा—'परन्तु वह बहादुरी क्यों नहीं थी?'

थोड़े तल्ख़ शब्दों में आया जवाब—'वह बहादुरी थी, लेकिन नहीं थी।'

'क्या मतलब?' दुपट्टे को उँगलियों में लपेटते हुए पूछा गरिमा ने।

'मतलब यही कि एक समय मैं अपने को बहुत बहादुर समझता था मैडम। मुझे लगता था कि मेरी बहादुरी देश के काम आनी चाहिए। इसीलिए मैंने फ़ौज ज्वाइन की, लेकिन असम राइफ़ल्स की पोस्टिंग के बाद मैं यह सोचने को विवश हुआ हूँ कि जो मैंने किया और मेरी जिस बहादुरी के लिए मुझे शौर्य चक्र मिला, क्या वह सचमुच वीरता थी? मक्खी की तरह हर वक़्त भिनभिनाता रहता है यह सवाल मेरे चारों तरफ़। हाँ, मैंने एक नहीं चार-चार उग्रवादियों को मारा था और वह भी बिना किसी केजुअलिटी के।'

'दरअसल फ़ौज के ही किसी भूतपूर्व कमांडर सुरमई ताम्खुल की हत्या उग्रवादियों द्वारा कर दी गयी थी, बाक़ायदा घोषणा कर। मैंने सोच लिया था कि इस हत्या का बदला मुझे लेना है। छह महीने लग गये मुझे उनकी सँभाल लायक ज़ुबान सीखने में और स्थानीय लोगों के बीच घुलने-मिलने में। इस बीच उनके सांस्कृतिक आयोजनों में आता-जाता रहा। लोगों को, विशेषकर बुज़ुर्गों को अपनी कम्पनी में आमन्त्रित करता और 15 अगस्त के मौक़े पर उनसे ही झण्डा फहरवाता था जिससे लोगों के बीच एक सन्देश जाये। मैं तन्दुरुस्त युवकों को फ़ौज में भर्ती होने के लिए प्रोत्साहित करता और युवतियों को एयर होस्टेस बनने का सुझाव देता, जिससे उनके जीवन स्तर में कुछ तो सुधार हो। अलगाववादियों के भी सौ से ज़्यादा ग्रुप थे। उद्देश्य एक—आज़ादी या पैसा।'

बहरहाल इन्हीं दोस्तियों के ज़रिए मुझे पता चला कि मुझे 'पीपल्स लिबरेशन पार्टी' नामक उग्रवादी संगठन से निबटना है। हरेक उग्रवादी संगठन की तरह इस संगठन की भी अपनी वर्दी और अपनी आर्मी थी। सारी वर्दियाँ और हथियार वाया बर्मा-चाइना से आते थे। उस संगठन के सारे पद इंडियन आर्मी जैसे थे। मेरे पास धमकी से भरा एक फ़ोन आया। फ़ोन करने वाले ने कहा—'मैं अमुक कर्नल बोल रहा हूँ'। हमारे पास यह भी ख़बर थी कि वे अमुक दिन अमुक समय पैसों से भरी सरकारी गाड़ी लूटने जा रहे हैं। इक्कीस नवम्बर की रात एक बजकर बारह मिनट पर हमने भी घने जंगलों से होकर जाना तय किया। एक टीम मेरे साथ

थी, एक टीम मैंने अपने जेसीओ के साथ रवाना की। एक और टीम को दूसरे रास्ते से आने का निर्देश दिया। घने जंगल के बीच हुआ घमासान। पहली गोली उनकी तरफ़ से चली। मेरा एक जूनियर, जो मेरे साथ था, फ्रीज़ हो गया। वह पहली बार फायरिंग और ख़ून-खराबा देख रहा था। मैंने उसे एक थप्पड़ लगाया और कहा—तू नहीं मारेगा, तो वे तुझे मार डालेंगे, पर वह हिला तक नहीं। मैंने उसे अलग किया और तीन घण्टे तक चले उस ऑपरेशन में मेरी अगुआई में मेरी टीम ने तीन अलगाववादियों को ढेर किया। इसके बाद मैंने उन्हें रोक दिया था।

अन्तिम उग्रवादी को मैं ज़िन्दा पकड़ना चाहता था, लेकिन उसने फायरिंग जारी रखी। मैं भी फायरिंग के लिए विवश हुआ। पल-भर में ही मेरी गोली से उसका जीवन शेष हुआ। मैंने साफ़ अपनी गोली उसे लगते देखी थी। टीम के साथ पता नहीं चलता है कि कौन किसकी गोली से मरा, लेकिन वह मेरी गोली से मरा था। उसके बाद का समय व्यस्तता में, पीठ ठुकवाने में, 'जय हो' नुमा सेलिब्रेशन में और पोस्टमार्टम के दस्तावेज़ तैयार करवाने में पता ही नहीं चला कि कैसे निकल गया। यह सेंस ऑफ़ टोटल ओब्लिवियन था। अपने काम में ही इतनी एकाग्र निष्ठा...अपने को पूरी तरह भूल जाने की यह स्थिति थी। ऐसे में कुछ और सोचने की ताक़त को ही दिमाग़ से बाहर कर दिया गया था। मैं वही सोच रहा था जो मेरी यूनिट मुझसे सोचवा रही थी।

'लेकिन इसके बाद जो हुआ वह आत्मा को सुन्न कर देने वाला था...।' बोलते-बोलते चेहरा धुआँ-धुआँ हो गया उनका। ठण्डी हो चुकी चाय का अन्तिम घूँट भरते हुए बोलना जारी रखा उन्होंने—

'जब तक मैं चेन्नई अपने घर वापस आया, दुनिया अपने में व्यस्त हो चुकी थी। विजय, बहादुरी, सेलिब्रेशन, प्रशंसा, शोहरत...सबका तूफ़ान उतर चुका था। तब मैंने जाना कि मै लौटकर भी वापस नहीं लौट पाया हूँ। तब मैंने जाना कि मैं वही नहीं रह गया हूँ जैसा मैं गया था। इस पोस्टिंग ने मेरे दिल और दिमाग़ में जाने कितना गोला-बारूद और जाने कितनी कुरूपता भर दी थी। पिछली बार आया था तो सारी कायनात संगीत से भरी लगती थी। आज कहीं टायर भी फटने की आवाज़ आती, तो लगता जैसे कहीं बम फूटा है। रात तकिए पर सर रखता हूँ कि वह गड-गड आवाज़...वह टूटती साँस की डोर...वे अधमुँदी आँखें...घायलों की दारुण चीख़ जैसे मेरे सामने की दीवार पर चिपक जाती हैं। क्यों होता है ऐसा? शायद इसीलिए कि जब निपट एकान्त में आप अपनी काया से बाहर आ अपना होना देखते हैं तब आप सारी चकाचौंध, गर्जन-तर्जन और शोरगुल से दूर अपने अंडरग्राउंड अँधेरे में अपने सारे मेकअप और वर्दी उतारकर अपने आप से

रू-ब-रू होते हैं, तभी आप जो घट चुका है उस पर सिर्फ़ और सिर्फ़ एक इन्सान की हैसियत से सोच भी पाते हैं...' बोलते-बोलते फिर ख़ामोश हो गये मेजर और सामने क़तार में खड़े पेड़ों को देखने लगे।

'बोलिए न...।' मैं और गरिमा एक साथ बोले।

रुक-रुककर हलकी-हलकी-सी बारिश होने लगी थी। हम सब भीतर आ गये थे। मेजर विक्रम ने एक लम्बी-सी जम्हाई ली और बाहर निकल गये। मेजर आदित्य राजा शायद संवाद के उस बिन्दु पर आकर ठहर गये थे, जहाँ बोलना भीतर के खदबदाते लावे को बाहर निकालने जैसा ज़रूरी हो गया था। अपने प्रवाह में बहते रहे वे–

'लेकिन असली कहानी अब शुरू होने वाली थी। बहादुरी का रहा-सहा भ्रम तब टूट गया जब मुझे शौर्य चक्र के लिए चुना गया। शान्ति के दौरान मिलने वाला काफ़ी प्रतिष्ठित इनाम है यह। तभी मुझे सूचित किया गया कि तमिलनाडु राज्य की सरकार मुझे इस उपलक्ष्य में 20 हज़ार रुपये की आर्थिक राशि देगी। मैं आसमान से गिरा, क्योंकि पंजाब और हरियाणा की सरकार शौर्य चक्र के साथ 20 लाख की राशि देती है। क्या तमिलनाडु के जवान की जान की क़ीमत पंजाब के जवान के जान की क़ीमत से कम है? बहादुरी का सारा सोना झड़ गया–मुझे नहीं चाहिए यह। मैंने सरकार से निवेदन किया कि वह यह राशि मुख्यमन्त्री फंड में मेरी तरफ़ से रख ले। मैं अभी जीवित हूँ और अपने परिवार का भरण-पोषण कर सकता हूँ। सोचिए यदि मेरी जगह कोई दूसरा सैनिक शहीद हो गया होता, तो सरकार क्या उसकी विधवा को भी सिर्फ़ 20 हज़ार देकर अपने दायित्व से मुक्त हो जाती? जिस बन्दे ने देश के लिए अपनी जान दी क्या उसकी विधवा और बच्चे रोटी के मोहताज हो जायें? मैडम, इसी पल मेरी बहादुरी, मेरी जान और मेरा शौर्य चक्र सब झूठे पड़ गये। सारे परदे हट गये। कहाँ था सम्मान? मुझे यह भी ताज्जुब हुआ कि मेरे पहले किसी ने भी इस ग़ैर-बराबरी का विरोध क्यों नहीं किया? मैंने राज्य सरकार को यह भी लिखा कि अब कोई भी आदमी आपके राज्य से सेना में क्यों जायेगा, जब आप उसकी जान की क़ीमत सिर्फ़ 20 हज़ार लगायेंगे, पहली बार मुझे लगा कि जिस आदर्श के नाम पर मैं सेना में गया वह कितना बड़ा छलावा था। जब भी हम किसी ऑपरेशन में जाते हैं, तो सबसे ख़तरनाक क़दम होता है हाउस ओपनिंग ड्रिल यानी मिलिटेंट के छुपे ठिकाने का दरवाज़ा खुलवाना...क्योंकि उसको तो मरना ही मरना है। अपनी

टीम में मैंने आज तक यह काम किसी दूसरे को करने नहीं दिया। हमेशा मैंने किया और देखिए हमेशा बचा रहा। मणिपुर में भी जब तक रहा उग्रवादियों के निशाने पर रहा, क्योंकि जिन चार अलगाववादियों को ढेर किया था मैंने, उनमें से एक पीपल्स लिबरेशन पार्टी के कमांडिंग अफ़सर का इकलौता बेटा था। वह हाथ धोकर मेरे पीछे पड़ गया था, लेकिन हर बार उसे ही मुँह की खानी पड़ी। इस पोस्टिंग के दौरान कई बार ऐसा भी हुआ कि मुझे लगा—'अब मरा'।

अब आप ही बताइए कि यदि वह बहादुरी थी, तो क्या उसका इस प्रकार मोल-भाव हो सकता था? हमें घुट्टी में ही पिलाया जाता है कि दुश्मन का सफ़ाया ही बहादुरी है। पर कौन तय करेगा कि दुश्मन कौन, दोस्त कौन? काश, हम पर इतिहास का बोझ और उसकी क्रूरता नहीं होती। अब लगता है कि कश्मीर हो या पूर्वोत्तर—इतिहास से बाहर निकलकर ही हम मुक्ति पा सकते हैं।

उनकी निगाहें डूबते सूरज की ओर उठी हुई थीं। गरिमा ने सामने की खिड़की खोल दी थी। मोगरा फूलों की ख़ुशबू से घर भर गया था। मेजर आक्रोश और भावना के ज्वार में बहने लगे थे। बाहर आने में कुछ समय लगा उन्हें। कुछ ख़ामोश पल के बाद उन्होंने एक गहरी साँस ली और अपने बालों पर हाथ फेरते हुए बेहद उदास स्वरों में धीरे-धीरे कहने लगे—'परिवार की इच्छा के विरुद्ध फ़ौज ज्वाइन की मैंने, क्यों? क्योंकि मैं श्रेष्ठ का वरण करना चाहता था। आज 14 सालों की देश-सेवा के बाद विशेषकर असम राइफ़ल्स की पोस्टिंग के बाद यह सवाल लगातार मेरा पीछा कर रहा है कि क्या मैं श्रेष्ठ जीवन जी रहा हूँ? अब हालत यह है कि मार्च पर निकलता हूँ तो पाँव आगे और मन पीछे डोलता रहता है।'

'अब क्या चाहते हैं आप?'

'क्या चाहता हूँ...' व्यंग्य से होंठ टेढ़े हो गये थे उनके। हँसने की नाकाम चेष्टा में उनका चेहरा हलके से काँपा। मुलायम स्वरों में आँख से आँख मिलाते हुए उन्होंने कहा, किसी शायर ने कहा है—'मेरे रोने का जिसमें क़िस्सा है/उम्र का बेहतरीन हिस्सा है।' मैडम, उम्र का बेहतरीन हिस्सा निकल गया, अब बस जल्दी से जल्दी बूढ़ा हो जाना चाहता हूँ, जिससे यह वर्दी मेरे बदन से उतर जाये...। बोलते-बोलते वे बिना बात ही हँस दिये—एक खोखली हँसी।

'अरे! ऐसा भी कोई चाहता है क्या?' हम दोनों एक साथ फूट पड़े।

'आप चाहें तो मुझे एक सनकी फ़ौजी समझ लीजिए, पर सच्चाई यही है कि मैं जीने के हाथों मर रहा हूँ। जीवन यदि बेहतर की खोज है, तो मैं हर दिन बदतर हो रहा हूँ और मर रहा हूँ...असम पोस्टिंग के बाद से यह हाल हो गया कि मन को सँभालने के लिए कभी नदी किनारे...कभी झरनों के पास चला जाता हूँ...ऊपर से

गिरते पानी की आवाज़ सुनता हूँ...सूखे पत्तों का शोर सुनता हूँ...कभी पाखियों की चहचहाहट को सुनता हूँ। पल-भर के लिए मन बहलता है लेकिन फिर सभी आवाज़ों के ऊपर एक आवाज़ छा जाती है वही बहते ख़ून की गड-गड...गड-गड। क्या करूँ? यादें मरती भी नहीं। लगता है जैसे दुनिया में...बस एक ही आवाज़ रह गयी है...वही गड-गड। यहाँ तक कि तेज़ पंखे के शोर में भी वही आवाज़ गूँजती है।

मैडम, कोई भी सत्य सार्वकालिक नहीं होता, चढ़ती जवानी का वह सत्य...देश के लिए कुछ कर गुज़रने का वह जज़्बा...एक अर्थपूर्ण जीवन जीने की चाहत में पूरे जीवन को ही देश के नाम कर देने की वह भोली भावुकता। मिलता क्या है? यह ज़रूर समझ में आया कि अपने लिए स्पेस रखकर ही आप दूसरों के लिए कुछ कर सकते हैं, अपने 'स्व' को नकार कर नहीं। अँधेरे में अँधरों के साथ लड़ते रहेंगे और आत्मा पर लगे इन्सानी ख़ून के इन छींटों के साथ जीते रहेंगे? कितना चाहता हूँ कि छूटती ज़िन्दगी को थाम लूँ और अपने मन की ज़िन्दगी जिऊँ। अब तो यह नामुमकिन है। 18 वर्ष की कच्ची उम्र में जिस जज़्बे से विवाह कर लिया उसे चाह कर भी नहीं तोड़ सकते हम। अब इस झूठ के साथ ही जीना होगा। धीरे-धीरे देखिएगा सब कुछ वैसा ही रहेगा, लेकिन नहीं रहेगा। मैं भी जीता रहूँगा, लेकिन नहीं रहूँगा। यह आग बुझ जायेगी एक दिन। यह झूठ ही सत्य बन जायेगा।' वे जैसे मुझसे नहीं, पीड़ा से पके अपने मन से ही बतिया रहे थे।

सान्त्वना का हाथ फेरने की हलकी-सी कोशिश की मैंने—'चलिए, वीरता या बहादुरी न सही, देशभक्ति तो वह नो डाउट थी ही, क्योंकि देश की अखण्डता के लिए अलगाववादी ताक़तों का संहार ज़रूरी है न! इसलिए आपने जो भी किया देश के लिए किया।' पीड़ा की दबी हुई एक लहर फिर से उठी उनके भीतर।

'तो फिर मुझे नींद क्यों नहीं आती रात-रात, मैं भ्रमित क्यों हूँ? फिर सबसे बड़े अलगाववादी तो हम ख़ुद हैं।'

'क्या बोल रहे हैं?'

'दिल पर हाथ रखकर कहिए कि क्या हमने मनुष्यता से, इन्सानी भाईचारे से अलगाव नहीं ले लिया? क्या हम सिर्फ़ अपने लिए नहीं जीते? इतनी हिंसा क्यों है? हिंसा के बदले हिंसा...आँख के बदले आँख...दुनिया कहाँ पहुँचेगी?' चश्मे के काँच को पोंछते हुए वे धीमे से बोले।

उनकी उदासी का रंग और गहरा गया। गन्दुमी चेहरा और पनीला हो गया। बड़ी-बड़ी बिल्लौरी आँखें नम हुईं। रुक-रुककर निकलने लगे उनके शब्द, टूटी माला के बिखरे मनकों की मानिन्द...

मैडम, हिटलर भी ख़ुद को देशभक्त कहता था। मेरी भ्रष्ट बुद्धि कहती है कि काश, वह देशभक्त नहीं होकर बाँसुरी बजाता, प्रेम के गीत गाता तो दुनिया इतनी तबाह नहीं होती! कहीं पढ़ा था कि देशभक्ति दुष्टों की अन्तिम पनाहगाह है। यदि यह देशभक्ति है, तो भी ऐसी देशभक्ति किस काम की जो आपके भीतर के मिज़ाज से मेल न खाये, जो आदमी को आदमी ही न रहने दे...ऐसी देशभक्ति देशभक्ति नहीं, बवासीर है। यह बचाने को नहीं, मारने को वीरता कहती है। जो जितने लोगों को मारे उसे उतना ही बड़ा सम्मान! मेरा एक दोस्त था—भानुप्रताप पाण्डे। उसने मुझसे कहा था कि—'उसका सबसे बड़ा स्वप्न है कि कम-से-कम एक मिलिटेंट को अपनी बन्दूक़ से मार गिराऊँ। सोचिए, स्वप्न यह नहीं कि मैं कम-से-कम एक जीवन बचाऊँ कि कोई भी जीवन मामूली नहीं होता। स्वप्न यह नहीं कि एक आतंकी को सही राह पर लाऊँ या उससे समर्पण करवाऊँ। स्वप्न है कि एक को मार गिराऊँ!'

'पूरा हुआ उसका सपना?' हम दोनों ने एक साथ पूछा।

'हाँ, मारा ना! उसने ख़ुद ही क़बूल किया कि उसने उसे वीरता से नहीं, छल से मारा था। दरअसल जिस घर में मिलिटेंट ज़ख़्मी हालत में छिपा पड़ा था उसी घर के मुखिया के बेटे ने उसे ख़बर दी थी और बाद में उसे छल से मरवाकर मुखिया के बेटे ने डेढ़ लाख का ईनाम भी पाया था।'

'वह ख़ुश है?'

'हाँ, हाँ। वह भी मेडल पाने की लाइन में है...दरअसल वीरता के ऐसे ही तमगे के नीचे हम अपने आधे-अधूरेपन को छिपा लेते हैं। अपने मन को पालतू बिल्ली की तरह बहलाये-फुसलाये रखते हैं...मेरे साथ दुर्भाग्य यह कि मेरा आदिम बंजारा मन पालतू के बजाय जंगली, बेलगाम और बेक़ाबू बिल्ली बन गया है, जो न बहलाये बहलता है और न समझाये समझता है।'

ठुड्डी पर हाथ धरे चिन्तक की मुद्रा में बैठे थे वे...धीरे-धीरे जैसे ख़ुद को खोल रहे थे कि ख़ुद से ही उलझ रहे थे...। जी, बांग्लादेश युद्ध की एक सच्ची घटना बताता हूँ आपको...दो सगे भाई अपने-अपने वतन के कमांडिंग अफ़सर की हैसियत से अपनी-अपनी यूनिट के आमने-सामने थे। एक भारतीय था और एक पाकिस्तानी। 1947 के देश-विभाजन के समय दोनों अलग-अलग हो गये थे। बहरहाल दोनों ने एक-दूसरे को पहचान लिया था। फायरिंग के ऑर्डर के पहले भारतीय कमांडिंग अफ़सर के मुँह से निकला—भाईजान सावधान। उस भयंकर बमबारी में वह पाकिस्तानी अफ़सर मारा गया। युद्ध जीतने के बाद उस भारतीय कमांडर पर आत्मग्लानि का वह दौरा पड़ा कि उसने सेना की नौकरी

से त्याग-पत्र दे दिया। मैडम, जीवन की ऐसी ही चरम स्थितियाँ सारे पर्दे हटा देती हैं। सारी काई हट जाती है। आप ही बताइए कि यदि वह देशभक्ति थी, तो कमांडिंग अफ़सर भाई के मारे जाने के बाद भयंकर आत्मग्लानि का शिकार क्यों हुआ? जो पहले देशभक्ति थी वह बाद में आत्मग्लानि में क्यों बदल गयी? देशभक्ति का कीड़ा भयंकर पीड़ा में क्यों बदल गया? बोलिए...क्या है सत्य?

कई बार स्वप्न देखता हूँ कि मैं आसमान में उड़ रहा हूँ...एकाएक मेरे पंख टूट गये हैं, मैं नीचे धरती पर औंधा पड़ा हूँ और गिद्ध मेरे ऊपर मँडरा रहे हैं। क्यों आते हैं ऐसे स्वप्न मुझे? मैडम, मानता हूँ कि जो धरती के धब्बे हैं, उन्हें साफ़ करना पड़ता है, पर जिनको मैंने मारा क्या मैं दावे के साथ कह सकता हूँ कि वे धरती के धब्बे थे? क्या मैं अपने लिए कोई ऐसा तर्क दे सकता हूँ कि मैंने इन्सान को नहीं, शैतान को मारा? मेरे लिए वे अलगाववादी थे, पर अपने विश्वास के अनुसार तो वे अपने पर हुए अन्याय का विरोध कर रहे थे। जब-जब वे मरी हुई जवान लाशें...वो बहते ख़ून की गड-गड आवाज़ें पीछा करती हैं, जाने कहाँ से दबा हुआ सत्य सामने आ खड़ा होता है। भीतर से ज़बर्दस्त तलब उठती है कि कोई ऐसी जगह हो जहाँ जाऊँ। जहाँ कोई देश न हो और न ही कोई सीमा हो। जहाँ मनुष्य और मनुष्य के बीच के तार इतने बेसुरे और बेजुड़े न हों। देश की रक्षा और सत्य और सौन्दर्य की रक्षा दो अलग चीज़ें नहीं हैं। सत्य यह भी है कि जब तक मनुष्य मनुष्य से नहीं जुड़ेगा वह न किसी राष्ट्र से जुड़ सकता है, न किसी भगवान से और न ही वीरता से।

वे फिर चुप हो गये थे। शाम का झुटपुटा स्याही में बदलने लगा था। बिजली की हलकी रोशनी में ध्यान से देखा उनका चेहरा। निर्मलता में तैरता एक उदास चेहरा...मैं भर गयी। वे उठने को हुए पर उठते-उठते उन्होंने मुझसे कहा, 'मैडम, आपने इतने सवाल पूछे, एक सवाल मैं भी पूछना चाहता हूँ, हो सके तो जवाब दीजिएगा।'

'हाँ, पूछिए ना।' गरिमा की आँखें चमक गयीं। क्षणांश में हमने न जाने क्या-क्या सोच लिया। हमारे सोचे सभी सम्भावित सवालों को अँगूठा दिखाते हुए धीमे से उन्होंने कहा—'मैडम, मैं ज़िन्दा होने का एहसास खो चुका हूँ...वापस ज़िन्दा होकर इन्सान हो जाना चाहता हूँ, आसमान बन पूरी धरती पर फैल जाना चाहता हूँ! क्या हो सकता हूँ?' कहते-कहते एक छाया उनके चेहरे पर थिरककर गुज़र गयी। उन्होंने ऐसी नज़र से मुझे देखा जैसे मेरे जवाब पर निर्भर हो उनकी ज़िन्दगी की नियति।

उनकी आवाज़ का तीखापन चाक़ू की तरह चीर रहा था मुझे और उन्हें

उनका मोबाइल परेशान कर रहा था, जो बार-बार बज रहा था। शायद पत्नी का था। उन्हें साथ कहीं जाना था।

क्या कहती उनसे, जो दोपहर की धूप में ही ढलती शाम जैसे हो गये थे। संवेदनशील इन्सान के लिए शायद हर जीवन एक ट्रेजेडी है। कहना चाहती थी कि जब तक यह गड-गड की आवाज़ आपके भीतर जीवित है, एक इन्सान के रूप में आप सुरक्षित हैं। जिसके भीतर जो है, उसे ही वह बाहर खोजता है... उसी में वह आनन्द पाता है! यह आपकी त्रासदी है कि आपके भीतर सत्य और सौन्दर्य भरा हुआ है। कहना चाहती थी कि आपके ये अनुभव और विलक्षण सोच आम फ़ौजियों और झुण्ड की सामूहिक चेतना से इतने भिन्न हैं कि शायद ही इतिहास में दर्ज हों...पर कह न सकी। जानती थी कि मेरे शब्द उन पर फाहे का काम नहीं करेंगे, इसलिए ख़ामोश थी मैं।

शायद हम दोनों अपने-अपने दुखों के घर में थे!

दबी-दबी लहरें

सुबह! मेरे क्षितिजों में विस्तार करती एक और सुबह! राँची से क़रीब एक सौ तीस किलोमीटर दूर गुमला स्थित विशुनपुर के जंगल की ओर खुलती खिड़की के बन्द पल्लों को खोल ही रही थी कि देखा कोने में दुबके दो-दो साँप। मैं चीख़ी साँप-साँप। पास में सोयी मंगला झट से उठी और क़रीब साढ़े तीन फीट लम्बे उस साँप को हाथ से ही पकड़ लिया उसने। मैं अवाक्–'अरे क्या कर रही हो, काट लेगा।' मकई के दानों जैसे दाँतों से ख़ूबसूरत मुस्कराहट बिखेरती वह जामुनी सुन्दरी कहने लगी, 'काटेगा कैसे, उसका मुँह तो मेरी हथेली में बन्द है।' मैंने कहा और वह दूसरा साँप? हँसते हुए बोली वह साँप नहीं उसकी केंचुल है, साँप इसी प्रकार कोने में दुबककर ही अपनी केंचुल छोड़ता है। साँप को हाथ से पकड़ वह जंगल की ओर निकल गयी।

क़रीब आधा घण्टे बाद लौटी वह। लौटते ही उसने उस केंचुल को हाथ में उठाया। उतनी ही, आधी इंच चौड़ी पानी रंग की। हलका-सा पीलापन लिए सफ़ेद-सी पारदर्शी केंचुल। बीच-बीच में चकते। ताज्जुब! पढ़ा ज़रूर था कि साँप अपनी पुरानी केंचुल छोड़ देता है। पर इस प्रकार की होती है केंचुल! डरते-झिझकते मैंने छुआ उस केंचुल को। मंगला बताती रही, 'पेट से चलता रहता है इसलिए पुरानी केंचुल मरी चमड़ी की तरह हो जाती है और नयी बन जाती है तो मुँह से वह इसे फाड़कर बाहर निकल आता है। सच प्रकृति ने सबको गुज़ारे लायक दिया है...' कहते हुए उसने केंचुल को अपने गमछे में रख लिया। मैंने पूछा, 'क्या तुम इसे बेचोगी?' हाथ नचाते हुए वह बोली, 'आप शहरी लोग बेचने और मुनाफ़ा कमाने के अलावा कुछ सोच नहीं सकते क्या? मैंने इसे रख लिया क्योंकि एक तो बच्चे को सूखा रोग होने पर साँप की केंचुल की माला गले में पहना देने से सूखा रोग दूर हो जाता है और दूसरा घर में साँप की केंचुल रखना शुभ होता है, कहते हैं कि इससे घर में समृद्धि आती है।'

कितने विश्वासों-अविश्वासों में जीता है यह समाज...सोचते हुए मैं नहाने

चली गयी। कुएँ से पानी ला मंगला ने कमरे में ही बने छोटे से नहानघर में रख दिया। नहानघर से निकलने के बाद मैं अपने गीले कपड़े सुखाने लगी तो देखा मंगला मेरी ब्रा को बहुत ध्यान से देख रही थी। मैंने मज़ाक़ में पूछा चाहिए तुम्हें? वह शरमा गयी। हमने तो ब्लाउज़ भी इन सालों में ही पहनना शुरू किया है, मेरी माँ तो ब्लाउज़ भी नहीं पहनती थी, अभी भी नहीं पहनती है, कहती है कि लाज आती है।

'तो क्या तुम्हें भी ब्रा पहनने में लाज आती है?'

पल्लू का कोना मुँह में ठूँसते हुए जबाब दिया उसने, 'नहीं वो बात नहीं, हमारा आदमी भी कहता है कि शहर से लायेगा मेरे लिए, पर मैं ही रोक देती हूँ, हमारे समाज में कोई नहीं पहनता ये सब...'

'तो तुम शुरू कर दो।'

वह हँसी, एक झिझकती हुई हँसी 'शहर जाऊँगी तो पहनूँगी।'

ब्लाउज़ पहनने में भी किसी को क्या लाज आ सकती है? सोचकर भी सोच नहीं पायी। एक समय था कि मर्यादाशील औरतें ब्रा नहीं पहनती थीं इसे भी उत्तेजना का कारण समझा जाता था और दक्षिण भारत में दलित औरतों ने अपने स्तन ढँकने के अधिकार के लिए एक लम्बी लड़ाई लड़ी। कैसी-कैसी मानसिकता? किसने गढ़ी ये मानसिकता? सोचते-सोचते जाने कब लग गयी आँख कि एकाएक ज़ोरों से आवाज़ें आयीं लगा जैसे कोई नगाड़ा पीट रहा है। नहीं चाहते हुए भी पास में सोयी मंगला को कुहनी मार उठाया—कैसी आवाज़ें आ रही हैं? क्या कोई पुलिसिया एनकाउंटर है माओवादियों के साथ? वह आँखें फाड़े मुझे देखती रही। फिर निराश होते हुए बोली कि दीदी यह तो कनस्तर पीटने की आवाज़ है शायद किसी के खेत में कोई बड़ा जंगली जानवर घुस गया होगा।

'बाप रे...तो जानवर तो यहाँ भी आ सकता है?' मैं डर से पीली पड़ रही थी।

'नहीं दीदी, जानवर घुप्प अँधेरे में आते हैं, खेत में आते हैं। यहाँ एक तो सारी रात हलकी बत्ती जलती है और दूसरा यहाँ दरवाज़े बन्द रहते हैं। यहाँ पूरी सुरक्षा है।'

'तो जानवर इस प्रकार भगाये जाते हैं कनस्तर पीट-पीटकर?'

'हाँ, जैसा जानवर वैसा उपचार, कई बार मशाल जलाकर, आग दिखाकर भी उसे भगाया जाता है। तीर गुलेल चलाकर भी भगाया जाता है।'

विशुनपुर से कलकत्ता लौटने की मियाद धीरे-धीरे पूरी हो रही थी। हर सुबह मैं

उगती और रात होते न होते अस्त हो जाती। अब बचे बस दो दिन। सुबह होते ही एक पागल उम्मीद हरहरा उठती कि शायद आज मुलाक़ात हो विशुनपुर के गाँधी जंगल कुमार से लेकिन रात होते न होते टहनी-सी टूट जाती उम्मीद और मायूसी मुझे अपने आगोश में ले लेती। मेरी निराशा का रंग गाढ़ा होता जा रहा था कि क्या उस अभेद्य क़िले को खोल पाऊँगी मैं कभी, जिसका नाम है जंगल कुमार! जिसे रोज़ थोड़ा-थोड़ा दूर-दूर से देखती हूँ मैं और थोड़ी-थोड़ी उसके भीतर प्रवेश करती रहती हूँ।

आज एक और मुसीबत! मंगला घर जल्दी जाना चाहती थी। आज की रात और अगले दिन की छुट्टी चाहती थी। उसने रात के कुछ जूठे बर्तन घिसे और देर तक उन्हें चमकाती रही, मैंने उसे बर्तन मलने से रोका कि मैं मल लूँगी, मेरे जूठे बर्तन मत मला कर। जवाब और भी अनोखा आया कि मुझे मज़ा आता है, स्टील के इन बर्तनों को चमकाने में। कितनी जल्दी चमक जाते हैं ये। मैं फिर हैरान! किस दुनिया में आ गयी हूँ मैं? कितना अलग है इसका मज़ा हम शहरियों से। मज़ा न घूमने में, न सिनेमा देखने में, न टीवी देखने में, न ख़रीददारी करने में। इसे मज़ा आता है स्टील के बर्तन चमकाने में इतना कि घर जल्दी जाना है फिर भी बर्तन चमकाने में कोई हड़बड़ी नहीं। मंगला के ज़रिये आदिवासियों के निजी जीवन में झाँकने का भी मुझे अवसर मिला। मंगला के हाथ हमेशा चलते रहते थे, मुझसे बात भी करती तो ख़ाली नहीं बैठ पाती थी वह, कभी क्रोशिया चलाती रहती तो कभी चटाई बुनती रहती...मैंने एक बार कहा कि तुम ज़रा-सा भी आराम नहीं करतीं। जवाब और भी विचित्र—यह आराम ही तो है दीदी। तो फिर काम क्या होता है? काम होता है कि पत्थर तोड़ना, लकड़ी चीरना, सर पर ईंट ढोना, खेतों में घास काटना, ठेकी चलाना, पानी भरना...

मुझे रात में मंगला के रहने से बहुत सहारा मिलता था। शाम होते ही यहाँ असहनीय सन्नाटा छा जाता। जंगल कुमार के दिये ट्रांजिस्टर के अलावा दिल बहलाने का कोई साधन नहीं था मेरे पास। मेरे और मेरे बाहर के संसार के बीच वह एक खिड़की की तरह भी थी। रात के सन्नाटे भरे धुँधले अँधेरों में जब भी मुझे पेशाब करने निकलना पड़ता, मंगला के साथ होने से मैं रास्ता भटकती नहीं थी, वह तुरन्त लालटेन जला मेरे साथ निकल पड़ती थी। ख़ुशहाल भारती में बिजली के मरियल लट्टू जगह-जगह टँगे हुए थे लेकिन देर रात सारी बत्तियाँ बुझा दी जाती थीं, इसलिए डर और भी ताक़तवर हो जाता था। यद्यपि वैसा डर नहीं था, पर मैंने सुना था कि रात यहाँ दीवार फाँदकर कई बार पुलिस से बचने के लिए माओवादी छिपने चले आते हैं। यह भी सुना कि कई बार भालू

और भेड़िया भी रात को आने की फ़िराक़ में रहते हैं। मोटे-मोटे चूहे तो दिन में भी मेरे कमरे में धमाचौकड़ी मचाये रहते। मैंने मंगला को अपने डर के बारे में बताया तो वह हँस पड़ी कि दीदी ख़ुशहाल भारती के भीतर कुछ डर नहीं हैं फिर भी आपको डर लगे तो मैं अपनी बहन तिरकी को आपके पास सुला दूँगी।

वह एकटक मेरी ओर देख रही थी।

'तिरकी? यह क्या नाम है? यह भी किसी पेड़ का नाम है क्या?'

'नहीं तिरकी चिड़िया को कहते हैं।'

'बस एक रात की ही तो बात है फिर तुम्हें कष्ट नहीं दूँगी। मैंने हलका-सा ज़ोर दिया।'

सर नीचा कर उसने बताया, 'दीदी ये दो रात ही मेरी साल-भर की कमाई है, क्या बतायें आपको हमारा आदमी आज आ रहा है, पूरे नौ महीने बाद दिल्ली से...मैं नहीं जाऊँगी तो बारह-बारह घण्टे की लम्बी-लम्बी रात वह अकेले काट नहीं पायेगा और हडिया (देशी दारू) पी-पी टुन्न पड़ा रहेगा।' उसकी आँखों की कोर में अटके आँसू पर मेरी नज़र गयी। मैंने बात बदल दी।

'तुम्हारा आदमी दिल्ली रहता है...?' मैंने अभी तक जितने आदिवासियों से बात की थी उन्होंने दिल्ली तो दूर की बात, अपने गाँव और आसपास के गाँव और टोलों के अलावा किसी शहर का नाम तक नहीं सुना था, यहाँ तक कि वे भारत तक का नाम नहीं जानते थे। हाँ कुछेक ने पाकिस्तान का नाम ज़रूर सुना था...और यह कह रही है कि इसका आदमी दिल्ली से आया है। मेरे लिए यह जानकारी की एक और नयी परत थी। जाने क्यों मन में लहर-सी उठी कि क्या इसका पति झारखण्ड की उस युवा पीढ़ी से है जो अब थोड़ा-बहुत पढ़-लिखकर बजाय खेती या अन्य परम्परागत कामों के शहरों में मज़दूरी के लिए जाने लगी थी।

'कितनी जमात तक पढ़ा है तेरा आदमी', मेरे पूछते ही गर्व से उसका चेहरा चमक उठा। नाक फुलाते हुए कहने लगी कि डेढ़-डेढ़ सौ मीटर की दो-दो नदियाँ पार कर लोहरदगा की सरकारी इस्कूल में जाता था रघुबर पढ़ने को।

'दो-दो नदियाँ पार कर।'

'पाँच जमात के बाद सबसे नज़दीक स्कूल वहीं थी। पहाड़ी जिन्गी की कठोरता आप मैदान वाले नहीं समझेंगे।'

'पर वह दिल्ली गया ही क्यों?'

'क्या बतायें दीदी', वह फिर अपने में खो गयी। उदासी की एक हलकी बदली-सी उसके चेहरे पर छा गयी।

'बताओ।'

'दीदी, आपने क्या नगु बिरजिया का नाम सुना है, हम उन्हीं के परिवार से हैं। वे मेरे परदादा ससुर थे। वे हेमोटाइट पत्थर (कच्चे लोहे) को भट्टी में गला कर लोहा बनाते और उस लोहे से सण्डासी, त्रिशूल, हसुआ, खुरपी, तलवार... क्या-क्या नहीं बनाते थे। बहुत जान होती थी उस लोहे में, उसमें जंक भी नहीं लगता था। पूरा गाँव ही नहीं, हाडूप गाँव तक लेते थे हमसे खेती के फाल, खुरपी, त्रिशूल, सण्डासी, औज़ार वग़ैरह। अभी तक वह भट्ठी रखी है। उसके ऊपर लिखा है कि असुर भट्टी।'

नगु बिरजिया...नाम मेरे ज़ेहन में टँगा रहा। शायद यह वे ही नगु बिरजिया थे जिनके लिए मैंने कुछ साल पूर्व किसी अख़बार में पढ़ा था या विशुनपुर के ही किसी आदिवासी के मुख से सुना था, मुझे ध्यान नहीं आ रहा था। पर जितना मुझे पता था उसके अनुसार देशज तकनीक से लौह बनाने वाले वे अन्तिम शिल्पकार थे। मगध साम्राज्य से लेकर आज़ादी की लड़ाई तक में बिरजिया और असुर लोगों ने लौह तकनीक के बलबूते अपनी पहचान बनायी थी। वे उस बिरजिया समुदाय के प्रतिनिधि थे। कहा जाता है कि मगध नरेश ने लड़ाई के लिए अस्त्र-शस्त्र का निर्माण इन्हीं असुर और बिरजिया लोगों से करवाया था। उसी परिवार की वर्तमान पीढ़ी मज़दूर बन गयी?

'तो बन्द क्यों किया?' मैंने पूछा तो वह नदी की बहती कलकल धारा की तरह अपनी रामकहानी गाने-सुनाने लगी।

'का बतायें दीदी, हमारा लोहा और लोहे का सामान थोड़ा महँगा बनता था, बाज़ार में टाटा के लोहे का सस्ता सामान मिलने लग गया। तब लोगन क्यों ख़रीदेंगे हमारा समान। सामान नहीं बिकता था। हमारे दादा ससुर ने सरकार से गुहार भी लगायी कि हमें थोड़ी सुविधा दे दीजिए हम फिर से जी उठेंगे। ई टाटा बाटा ने हमारा ही ज्ञान चुराया है। सरकार ने दिल्ली के विज्ञान भवन में उन्हें सम्मानित किया लेकिन सुविधा नहीं दी। गुहार लगाते-लगाते वे चले गये। हमारे ससुर को दिन के चार किलो चावल के हिसाब से मज़दूरी मिलती थी बाद में वे खुशहाल भारती में काम करने लगे। जंगल कुमार उन दिनों बायो गैस प्लांट लगवा रहे थे वहीं उन्हें काम मिल गया। हमारे आदमी को कभी दिल्ली तो कभी राँची में मज़दूरी मिल जाती है, दिन का 110 रुपल्ली मिल जाते है इतना तो दूसरे के खेत में काम करने पर भी नहीं मिलता, माइंस में भी मज़दूरी के मिलते हैं दिन का सौ रुपल्ली। सो वे दिल्ली में मज़दूरी करने चले जाते हैं। बस करमा और सरहुल पर्व पर घर आते हैं...' बोलते-बोलते दुख का दूसरा संस्करण उसके चेहरे पर छप गया था।

मैंने मुलायम-मुलायम स्वर में फिर पूछा, 'पति के दिल्ली जाने से इतनी दुखी हो तो रोका क्यों नहीं उसे इतनी दूर जाने से?'

उसने गर्दन उठा ताका मेरी ओर...तनिक विश्राम के बाद फिर बोली, 'रोकती क्यों? मैं तो मना रही थी कि उसे भी मौक़ा मिले, गाँव के सभी जुवान लड़कन तो चले गये थे, उसके सभी संगी-साथी चले गये थे, यहाँ तो सुबह पाँच बजे से रात तक हड्डी-तोड़ मेहनत के बाद भी खाने के लाले पड़े रहते थे। दिन के बारह बजे के पहले कभी खाना नसीब नहीं होता। बल्कि हम तो दातुन ही बारह बजे करते।' कोई मोटा-सा चूहा धम से मेरे पास कूदा। मैं चीख़ी। वह हँस पड़ी कि आप शहरी बड़े डरपोक होते हैं। कुछ नहीं करेगा।

मैंने फिर पूछा, 'तो क्या तुम सुबह चाय नहीं पीते?'

'चाय?' उदास हँसी बिखेरते हुए कहा उसने कि कभी-कभी मेले-ठेले में साल-दो-साल में चाय नसीब हो जाती है। गेहूँ भी कहाँ खा पाते हैं, बड़ा आदमी लोगन का खाना है वह। अब मेरा आदमी दिल्ली में रोज़ गेहूँ की रोटी खाता है, बाबू लोग की तरह पेंट पहनता है और चाय पीता है। हमें पैसे भेजता है इसलिए अब हमारे यहाँ भी काली चाय बनती है। कभी-कभी गेहूँ की रोटी भी बनती है।

गेहूँ? चाय? पेंट?? मैं किस दुनिया में हूँ? पहली बार मेरी कल्पना लज्जित हुई। ग़रीबी सूखी रोटी खिलाती है अमीरी घी चुपड़ी। यह तो मैं जानती थी। लेकिन गेहूँ अमीर है। दाल और चाय अमीर है, सब्ज़ी अमीर है...ग़रीबी का यह रंग मेरी कल्पना के बाहर था और तो और इनके भगवान भी श्रीहीन थे...न भव्य मन्दिर न भव्य पोशाक, न सर पर ताज, न मोर मुकुट...न कोई मूरत...भगवान के लिए कोई छोटा-मोटा आलय तक नहीं। सखुआ के पेड़ के नीचे गाड़ दिया कोई पत्थर, लिख दिया उस पर 'सिंगा बोंगा' और बना दिया उसको भगवान् या कोई पेड़ की डाली ...कुछ लाल फूल...किसी कोने में सिन्दूर और फूल...सब भगवान के रूप, बहरहाल गर्दन को झटका दें पूछती हूँ मैं–

'तो तुम किस अनाज की रोटी खाते हो?'

'धान, बाजरा, ज्वारी तो कभी मंडुआ, मकई और गोंदली। मकई का भात बनाकर खाते हैं। बनाली का बाज़ार दूर पड़ता इसलिए ठेकी पर मकई को कूट लेते हैं। ठेकी पर ही धान से चावल निकालते हैं। नहीं दाल के साथ नहीं, दाल वह भी उरद और कुल्थी की दाल महीने में एकाध बार खाते हैं। सबसे अधिक मकई ही खाते हैं। मकई ख़त्म हो जाती तो मंडुआ। मंडुआ खाते-खाते पखाना इतना सख़्त हो जाता कि दिन-भर पेट भारी रहता...' बोलते-बोलते उसने बात बदली...पाँच बज गये होंगे दीदी। धूप आँगन से सरककर दीवार पर चढ़ गयी।

मैंने उसे अनसुनी करते हुए फिर पूछा, 'और क्या करता है तेरा आदमी?'

'नयी-नयी चीज़ें देखता है। हमें बताता है। बिजली के पंखे के नीचे सोता है। बस दुख है तो यही कि संग-साथ नहीं रहने मिलता।'

'बिजली का पंखा? तुमने देखा है?'

'मैंने यहाँ ख़ुशहाल भारती में देखा, जंगल कुमार के कमरे में देखा। मेरा आदमी कहता है शहर चल तुझे भी पंखे और बत्ती में सुलाऊँगा, मैं पूछती हूँ कब ले चलेगा तो चुप हो जाता है। यहाँ तो हम ढिबरी में रात गुज़ारते हैं, उसके लिए भी कैरोसिन तेल का टोटा पड़ा रहता है, जैसे तेल नहीं घी हो। रात गहराते ही बुझा देते हैं ढिबरी कि बेशी तेल न जले, एक बार ढिबरी बुझाने गयी कि कैसे तो धक्का लग गया और ढिबरी का जलता तेल मेरे पाँव पर गिर पड़ा तो मेरे ससुर कहे कि इतना तेल बर्बाद किया उन्हें यह चिन्ता नहीं थी कि मेरा पाँव जल गया, अब मेरा आदमी पूरी रात बिजली के लट्टू में रहता है।'

'अकेला?'

'नहीं, आठ लोगन के साथ एक कमरा में रहता है। इसीलिए तो मुझे नहीं ले जाता, मैं सब समझती हूँ। हरेक को किराया देना होता है। मुझे ले गया तो दो का किराया देना पड़ेगा।'

बाप रे! मैं स्तब्ध थी संसार की भयावह सच्चाइयों से। हर दिन एक नया परिचय हो रहा था मेरा। कल सिर्फ़ कुछ खाने वाले पत्तों के लोभ में एक आदिवासी युवती हादसे में अपने प्राण गँवा बैठी और आज का यह सत्य? कहाँ ठहरते हैं इनके दुखों के आगे मेरे दुख? मैंने कभी नहीं सोचा था कि इस तरह का भी जीवन हो सकता है? मुझे अपच हो रहा था। मैंने और पूछना बन्द किया। बस उसे देखती रही...उसकी आँखों में पति मिलन के स्वप्न अँखुआ रहे थे। उसे रोकना उस पर अन्याय करना होता। मैंने अपने को रोका और उसे जाने दिया कि बस एक रात की ही तो बात थी, अगली सुबह मुझे राँची एक्सप्रेस से कोलकाता के लिए रवाना हो ही जाना था। जाने की व्यवस्था 'ख़ुशहाल भारती' के कार्तिक दा के ज़िम्मे थी।

नयी पीढ़ी की मंगला ने जाने के पहले छोटे से शीशे में अपने चेहरे का मुआयना किया। बाल ठीक किये, फिर बैग से फेयर एण्ड लवली का छोटा-सा पाउच निकाल क्रीम को अपने चेहरे पर मला। मैं हैरान—तो तुम्हें कहाँ से मिला यह? रघुबर ने दिया था, मुझसे कहा इसको लगा तू भी गोरी हो जायेगी। दिल्ली से लाया होगा, मेरे मुँह से निकला। नहीं दीदी, यहाँ हाट में भी मिलता है। हाट में? हाँ, हर सप्ताह यहाँ हाट लगती है, आसपास के सभी गाँव के लोग दस-दस

मील चलकर हाट से सामान ख़रीदते हैं। हम एक साथ सप्ताह भर के खाने का सामान ख़रीद लेते हैं। सब चीज मिलती है वहाँ। धान, ज्वारी, सब्ज़ी, हडिया, ताड़ी, चप्पल, खिलौने, कपड़ा, मिल की साड़ी, बर्तन, रस्सी, घड़े, पाउडर, क्रीम, साबुन, कंघी, इत्र-फुलेल, लिपिस्टिक से लेकर गाय, भैंस, बकरी तक बिकती है और हाँ दीदी, फेयर एण्ड लवली भी मिलता है।

वाह! बिजली चाहे नहीं पहुँची हो, पर यहाँ भी पहुँच गया फेयर एण्ड लवली—'पर फेयर एण्ड लवली के लिए पैसे बच जाते हैं?'

वह शरमा गयी—'मेरा आदमी कहता है, फेयर एण्ड लवली लगायेगी तो तुझे भी दिल्ली में कोई छोटी-मोटी नौकरी मिल जायेगी। सच दीदी, उसने अपनी आँखों से टीवी में देखा था कि एक लड़की ने फेयर एण्ड लवली लगाया और उसे तुरन्त नौकरी मिल भी गयी। मेरा आदमी कहता है नहीं तो यहाँ ज़िन्दगी भर दूसरों के खेत में आलू-प्याज़ ही रोपती रहना या बॉक्साइट के खदान में ही जवानी गलाती रहना अपनी बहन की तरह। इसलिए सब्ज़ी का पैसा बचाकर ख़रीद लेती हूँ।'

'बिना सब्ज़ी के रोटी कैसे खा सकती हो?'

'कम सब्ज़ी से काम चला लेते हैं। क्या करूँ, हमारा आदमी कहता है कि पेट में खाया कोई नहीं देखता, पर शहर में नौकरिया के लिए समार्ट और सुन्दर दिखना ज़रूरी है। फिर मैडम सब्ज़ी तो हम इन सालों में खाने लगे हैं जब से जंगल कुमार ने विशुनपुर की सब्ज़ियों को विशुनपुर में ही बेचना शुरू किया है। उसके पहले तो हम कोय्नार के पत्ते उबालकर उसी से चावल खाते थे। हमारी सारी सब्ज़ियाँ हाथों हाथ बिककर लोहरदगा बाज़ार में चली जाती थीं। यहाँ तो हाल यह था कि दस आदमी भी घर में आ जायें तो सब्ज़ी के लिए लोहरदगा जाना पड़ता था।'

'ऐसा क्यों?'

'जंगल कुमार ने सिखाया कि पहले खाने की सोचो, बाद में बेचने की सोचो।'

'तुमने बॉक्साइट के खदान की बात कही थी। क्या तुम्हारा कोई काम करता है बॉक्साइट के खदान में?'

'मेरी बहन मैडम। देर रात तक काम करना पड़ता है, क्या बतायें मैडम कई बार वहाँ औरतों के साथ कुकर्म भी हो जाता है। खुद मेरी बहन पेट से हो गयी थी हरामी था कॉन्ट्रेक्टर तिवारी, साले को बाघ खा जाये, भेड़िया उठा के ले जाये। जंगल कुमार ने बहुत चेष्टा करी उसको अन्दर करवाने की...नियम बनवाने की कि औरतन को रात में काम न करना पड़े, पर हम काम नहीं करेंगे तो खायेंगे क्या?'

'तुम पहुँचोगी तब तक तो घुप्प अँधेरा हो जायेगा, जंगल से होकर गुज़रोगी, कोई भालू या भेड़िया मिल गया तो? तुम्हें डर नहीं लगेगा?'

वह हँस दी कि मैडम मुझे डर न अँधेरे से लगता है, न जानवरों से।

'तो किससे लगता है डर?'

'मुझे डर लगता है इन्सानों से। मेरी बहन की ज़िन्दगी किसने ख़राब की? न अँधेरे ने, न भालू ने, न भेड़िये ने। भालू हमारे इलाक़े में आता है, क्यों? क्योंकि हमने उससे उसका जंगल छीन लिया। ख़ुशहाल भारती के पीछे की ख़ाली जगह पर हम लोगों ने बड़ी वैरायटी वाली मूँगफली की फसल लगाई थी, बिरसा बोल्ड मूँगफली लेकिन पौधे अभी तैयार भी नहीं हुए थे कि ख़ुशहाल भारती के बच्चों ने उसे खाना शुरू कर दिया। मैंने मना किया तो श्रम निरक्तन की सहायिका चन्द्रमति कहने लगी—भालू चोर है, सारी फसल खाकर नष्ट कर रहा था तो वह खाये उससे अच्छा है कि हम ही खा लें। तब जंगल कुमार ने कहा—चोर भालू नहीं चोर हम हैं, आज जहाँ यह खेत है, पहले वह भालू का घर था, तब हम उसे चोर नहीं दोस्त कहते थे। हमने उससे उसका घर छीन लिया, तो भालू कहाँ जायेगा? जंगल कुमार को ख़तरा किससे है? न अँधेरे से न जानवरों से? उन्हें ख़तरा है उनसे जो हमसे हमारा घर जंगल छीन रहे हैं लेकिन हम भालू की तरह चुप नहीं रहेंगे। नहीं तो बदली परिस्थिति में हमें भी चोर कहा जायेगा।'

मैं चुप! चुपचाप देखती रही उसे, उसके तेवर। उसने दरवाज़े के पीछे से एक पॉलिथीन बैग निकाला और उसके अन्दर में जतन से रखी अपनी चप्पल बाहर की, अपनी फटी बिवाइयों वाले पैरों को उसमें डाला और चल दी।

'हलके हील की यह चप्पल भी क्या तुम्हारा रघु लाया है?'

वह हँस दी। आपको लगता है कि हर चीज़ दिल्ली से ही आती है? नहीं, उन दिनों तेन्दू पत्ते बेचकर मैंने पचास रुपल्ली कमाये थे। यह चप्पल मैंने अपनी सहेली से वही पचास रुपल्ली और दो जोड़ी मुर्गी के बदले में ली।

जाते-जाते उसने हाथ हिलाया, पेड़ लगाने वाले हाथों से सुन्दर उसके हाथ! मैं देखती रही, सोचती रही—फूल, पत्थर और मयूर पंखों से ख़ुद को सजाने वाली आदिवासियों की यह एकदम ताज़ा पीढ़ी सचमुच अब बदल रही थी। देख रही थी क्षितिज के पार। पहचान रही थी अपने दुश्मनों को।

निर्वासिता

'हैलो! हैलो! हाँ! बोलो...बोलो!'

तुम्हारा फ़ोन क्या आया, लगा कुछ तो वापस लौट आया है मेरा। ज़िन्दगी कान में फुसफुसायी—'लो मैं आ गयी। बूँद-बूँद...पिघलने लगी बर्फ़, उफ़, गोला-सा कुछ तो अटक गया याकी आवाज़ ही रुँध गयी। शायद तुमने भी इसे महसूसा, तुम्हारे अन्दर भी काँप रहा था कुछ; शायद भावनाओं की चाँदनी और अपराध-बोध का मिला-जुला असर था, तुम बोले जैसे गहरे कुएँ से आयी डूबती लटपटाती-सी कोई आवाज़ 'सॉरी ममा...' तुम कुछ सँभले, कुछ रुके आख़िर भावुकता का इज़हार तुम्हें दुर्बलता की निशानी लगती और दुर्बल तुम थे नहीं, इसलिए जल्दी ही तुम असली बात पर आ गये थे, तुमने दो साल, सात महीने सत्ताईस दिन और दो हज़ार किलोमीटर की दूरी से हिचकते हुए कहा, '...ममा, तुम दादी बनने जा रही हो।'

'क्या?' इतनी ख़ुशी? मैं गड़बड़ा गयी।

ओह कितनी ग़लत थी मैं, सोचती थी कि अब कोई आवाज़, कोई ख़ुशी, कोई एहसास, कोई ख़बर छू नहीं पायेगी मुझे, पर ज़िन्दगी की महक से भरी यह आवाज़! भूल सकती हूँ कभी इसे?

बहुत देर तक तुम्हारी लहराती आवाज़ पहाड़ी हवाओं की तरह मन के खँडहर में मृदंग-सी बजती रही—'सॉरी ममा, तुमसे मिलने आ नहीं सका।' कितना ताक़तवर था वह क्षण जिसकी लपट में पिछला सब कुछ धुल पुछ गया था। सब गिले-शिकवे चौखट के बाहर। उस क्षण का एक ही सत्य था—मैं और एक नन्ही कोंपल जो हमारे बीच एक कोमल-सा एहसास लेकर आ रही थी। उस एक महान क्षण के बाद से तो मेरी ज़िन्दगी ही जैसे बदल गयी थी। अड़ोस-पड़ोस, आसमान के चाँद-सितारे, बादल-बारिश और यहाँ तक कि गली के कुत्तों-बिल्ली तक को ख़बर लग चुकी थी कि एक ख़ूबसूरत घटना मेरी ज़िन्दगी में घटने वाली है...मैं अब पूरी तरह दो मैं में बँट चुकी थी। एक मैं अभी-अभी उगे इस रिश्ते

की पंखुड़ी-पंखुड़ी को सलीके से खोलने में लग गया था। दूसरा मैं उड़ता हुआ दूर जा पहुँचा उस अलस्सुबह जब तुमने पहली बार किसी विदेशी आसमान को छूने के लिए उड़ान भरी थी।

यह वह समय था जब भारतीय सॉफ़्टवेयर इंजीनियर कैलिफोर्निया की सिलिकॉन वैली में कामयाबी की नयी गाथाएँ लिख रहे थे। तुम्हें भी वहीं की किसी कम्पनी में सॉफ़्टवेयर डेवलपमेंट के लिए आमन्त्रित किया गया था। पाँच साल छह महीने और सत्रह दिन बाद तुम भारत लौटे थे और लौटते ही तुम्हारा तबादला मुम्बई हो गया था। देखते-देखते तुम कामयाबी की बौछारों में भीगते चले गये और मैं आवाज़ों से दूर अपने ही रचे सन्नाटों में सूखती चली गयी।

उसके बाद आज! सालों बाद आज तुम तुम से लगे। सचमुच का बुलावा, सचमुच के तुम। लगा सम्भावनाओं ने अभी तक पूरी तरह पल्ला नहीं झाड़ा है।

दादी होने के एहसास ने मुझे एक स्वप्न का ग़ुलाम बना दिया था ग़ुलाम कभी शान्ति से जी नहीं सकता है इसलिए हर पल मैं अपने स्वप्न के भविष्य की नोक पलक सँवारने में लगी रहती। हर पल मेरे भीतर इन्तज़ार उगता रहता। इन्तज़ार—एक नन्हे ईश्वर का जो मुझे मेरे अंश के साथ जोड़ने वाला था। और एक दिन रिश्तों की पिछली मटमैली छाया को धो-पोंछकर मैं तुम्हारे यहाँ। अचानक, अप्रत्याशित मुझे देख तुम बहुत खुश हुए।

सूर्य किरणों की रोशनी में तुम्हारी ख़ुशी, तुम्हारी कोमल हँसी झिलमिलायी!

ख़ुशी के रंगों से भरी तुम्हारी आवाज़, 'अब मत जाना ममा, बहुत अकेली रह चुकी हो, तुम्हारा दिल भी यहाँ बहला रहेगा और ऋचा को भी हेल्प मिल जायेगी।' लगा अरब सागर की सारी नमकीन हवाएँ जैसे बहते हुए हमारे घर ही चली आयी थीं। मैं सचमुच बहुत ख़ुश थी कि वक़्त ने तुम्हारी आत्मा पर जो गर्दिश उगा दी थी वह झड़ गयी थी। आख़िर थे तो तुम मेरा ही ख़ून, एक सर्वथा आत्मकेन्द्रित ज़िन्दगी कैसे जी सकते थे?

तुम्हारे यहाँ हर दिन जीवन का नया आविष्कार हो रहा था। हर शाम मेरे पास एक नयी कहानी होती और उसे सुनाने को बेताब होती मेरी आत्मा। तुम्हारे घर में काम करने वाली बाइयाँ और उनकी दुनिया...। हर दिन मेरी दुनिया में नये झरोखे खुल रहे थे। मैं हैरान थी यह जानकर कि तुम्हारी सोसाइटी में मुस्लिम बाइयाँ हिन्दू नाम रखकर काम करती थीं। नसरीन निशा बनी हुई थी, नूर बानू नीरा और ज़ीनत ख़ुद को जया बता रही थी। मैंने देखा कि दुल्हन के हार की तरह

जगमगाती इसी मुम्बई से बस 50 किलोमीटर की दूरी पर ही एक ऐसी अँधेरी, अभावों से पटी, सूखे जिस्मों, भूखे-नंगे और मैले-कुचैले लोगों से भरी मुम्बई थी जहाँ हर साँस दहशत से भरी थी, जहाँ हर पाँव में छाला और हर हथेली में गट्टे बने हुए थे जहाँ हर रात एक उचटी हुई नींद थी। जहाँ महीने-भर पहले ही एक ही परिवार के दो सदस्यों की मौत आधे घण्टे के भीतर ही सिर्फ़ इस कारण से हो गयी थी कि उनके घर में रोशनी का एक क़तरा भी नहीं था। घटना पाताचापानी गाँव की थी जो कि मुम्बई-मन्त्रालय से महज़ 50 किलोमीटर की दूरी पर पहाड़ी पर बसा छोटा-सा गाँव था जहाँ वर्ली जाति के आदिवासी रहते थे। एक शाम मूँज की खटिया पर सभी सोये हुए थे कि परिवार के मुखिया के ऊपर झाड़ियों से सरसराता हुआ साँप चढ़ गया। दर्द से बिलबिलाते हुए उसने हाथ को झटका। अँधेरे में उसे कुछ दिखा नहीं। साँप पास में ही लेटी उसकी बेटी पर गिरा! बेटी चीख़ी। आसपास के लोग दौड़े हुए आये। ख़ौफ़ जगाते और हिंसक जानवरों से भरे, रात के साँय-साँय करते नीले-काले अँधेरे में, मशाल के सहारे वे जब तक साँप का विष निकालने वाले ओझा गुणी को लाते दोनों ही नीले पड़ चुके थे।

इस घटना ने मेरे दिमाग़ में इतना असर डाला कि मैंने घर की सारी अनावश्यक बत्तियों को बन्द कर दिया। 'क्या ज़रूरत है तेज़ रोशनियों के इस इन्द्रजाल की? ड्राइंग रूम में एक हलकी ट्यूबलाइट ही काफ़ी है।' किचन और मेरे अपने कमरे की बत्तियाँ भी बुझा दीं मैंने, 'क्या ज़रूरत है, बाहर से तो रोशनी आ ही रही है। ऋचा का कमरा बन्द था इसलिए वह जैसा था वैसा ही रहा। जैसे ही तुम ऑफ़िस से लौटे तुम्हारे माथे पर तीन सिलवटें पड़ीं, 'ममा इतना अँधेरा-सा क्यों है, कोई फेज़ उड़ गया है क्या? कितना डिप्रेसिंग लगता है यह अँधेरा।'

मैं चालू हो गयी—जानते हो बेटा, यहाँ मुम्बई से महज़ थोड़ी ही दूर पर दो जानें सिर्फ़ इसलिए चली गयीं कि उनके घर के पास रोशनी का कोई मरियल-सा क़तरा भी नहीं था।' और साँस रोककर मैंने सारी घटना तुम्हें कह सुनायी, इस उम्मीद में कि शायद तुम भी कुछ सोचो।

मेरी बातों को तुमने सुना, चबाया और फिर चुइंगम की तरह थूकते हुए बोले—रिलेक्स ममा, ऑफ़िस से आया हूँ, दिन-भर में यूँ ही हज़ारों तनावों से गुजरता हूँ, कभी बॉस की फटकार, कभी रिपोर्टी का लापरवाही का रवैया, कभी ऋचा से झिकझिक, कभी ट्रैफ़िक जाम, कभी बारिश, कभी चिलचिलाती धूप, कभी सेल्स टार्गेट का दबाव। पिछले कई महीने से कम्पनी घाटे में चल रही है सो अलग। माथा यूँ ही भन्नाया रहता है। कुछ हलकी-फुलकी बात करो। कुछ हँसी-ख़ुशी की बात करो...कहाँ की साँप काटने की बात लेकर बैठ गयीं तुम भी।

क्या? मैं फुँक गयी। साँस फूलने लगी मेरी। उड़ती-सी एक नज़र डाली तुम पर थकान के बादलों से घिरा तुम्हारा चेहरा, असमय ही उड़ते बाल, कम्प्यूटर पर निरन्तर झुके रहने के कारण पीठ का स्थायी दर्द। सच मुझे आते ही यह सब नहीं कहना था। आगे से सावधान! पालतू बिल्ली की तरह मन को समझाया मैंने। लेकिन भीतर से एक दुबली-सी आह भी निकली—'ओह! तुमको कम्पनी लग गयी है जिसके घाटे की इतनी चिन्ता है, पर जीवन घाटे में जा रहा है इसकी कोई चिन्ता नहीं है?'

'हिम्मत जुटा फिर आती हूँ तुम्हारे पास, बेटा छोड़ क्यों नहीं देते ऐसी नौकरी जो हमेशा तनाव में रखे तुम्हें।'

उजबक की तरह मेरे चेहरे को देखने लगे तुम, जैसे सोच रहे हो कि किन शब्दों में मुझ कूढ़ मगज को समझाया जाये। फिर शब्द-शब्द को चबा-चबाकर बोले, 'ममा, जहाँ भी जाऊँगा मुझे पैसा और पावर दोनों की लड़ाई लड़नी ही पड़ेगी, क्योंकि मुझे दोनों ही चाहिए।'

'पावर लेकर भी क्या उखाड़ लोगे यदि जीवन में जीवन ही नहीं रहा मैंने उसे कहा नहीं, कहना ज़रूर चाहती थी, पर तब तक उसकी पुतलियों के रंग बदल चुके थे और मैं डर की गिरफ़्त में आ चुकी थी।

रात सो नहीं पाती, छोटी-सी नींद, बड़ी-सी रात। रात भीतर रात, कई-कई रात। स्याह रात। आँखें बन्द करती हूँ...अँधेरा। दिखने लगती हैं दुलारी की लाल-लाल आँखें (जिसके पति और बेटी दोनों सर्प-दंश से मर गये थे), यदि कुछ नहीं किया गया तो उन आँखों की आग भस्म कर देगी दुनिया को। खोलती हूँ...अँधेरा। सब चल रहे हैं इसी अँधेरे में। कहीं समृद्धि का अँधेरा, कहीं ग़रीबी का। थक गयी हूँ इस अँधेरे में अपने स्व को खोजते-बचाते। खुद को ढीला छोड़ देती हूँ। पल-भर के लिए लगती है आँख, लगता है स्वप्न। स्वप्न भीतर स्वप्न देखती हूँ स्वप्न कि अब मैं कभी बूढ़ी नहीं होऊँगी क्योंकि मैं स्वप्न देखने लगी हूँ। स्वप्न एक नन्हे के आगमन का जो फिर से जोड़ेगा मुझे मेरे अंश से। महीना, दो महीना, तीन-चार देखते-देखते सात मास बीत गये। अमूमन मैं पूजा-पाठ में यक़ीन नहीं करती, लेकिन मैं चाहती थी कि मातृत्व और भ्रूण की मंगलकामना के लिए यदि ऋचा की सहमति हो तो ऋचा का सतमासा पूजा जाये, मैंने हिम्मत कर कहा भी, पर तुम्हें यह सब पाखण्ड लगता। नीली रेशमी टाई की गाँठ को ढीला करते हुए तुम झल्लाये, 'भ्रूण हत्याओं वाले इस देश में सतमासा पूजन,

इससे बढ़कर पाखण्ड और क्या होगा?' मैंने समझाना चाहा—'इस भटके हुए देश में यह बताने की ज़रूरत और भी ज़्यादा है कि औरत की कोख से छेड़खानी कर हम सिर्फ़ तबाही को ही न्योता दे सकते हैं।'

तुमने इस तरह देखा मुझे जैसे जाने किस अजूबे से पाला पड़ गया हो, और शब्दों को पत्थरों की तरह फेंकने लगे मुझ पर, 'तो इसके लिए पूजा का बहाना क्यों?'

'क्योंकि यहाँ के लोगों को पूजा की भाषा ही ज़्यादा समझ में आती है'—इस पूजा के द्वारा मैं कहना बहुत कुछ चाहती थी, पर कहती किससे? इन सब बातों के लिए ठहरकर बैठना ज़रूरी था, पर तुम बैठना भूल चुके थे, तुम्हें दौड़ने की खुजली थी।

बोलने को बेताब मेरी आत्मा फड़फड़ायी। काश, मिल जाता कोई बिल्ली का बच्चा तो बतिया लेती उसी से!

फिर एक सुबह-सी सुबह। पत्तियों पर बजती बारिश और उससे उठता अद्भुत संगीत। जल्दी उठ गये थे तुम। अद्भुत रूप से शान्त दिख रहे थे, जैसे समाधि से उठे हो। शान्त, निर्विकार। दूर कहीं कोई चिड़िया चहचहा रही थी। एक चिड़िया मेरे भीतर भी चहचहा रही थी। मैंने तुरन्त ही घर के बनाये मसाले की चाय तैयार की तुम्हारे लिए। बहुत पसन्द आयी तुम्हें, खिली-खिली निगाहों से मुझे देखते हुए कहा तुमने, 'ममा, मैं तो इतनी मसालेदार चाय का स्वाद ही भूल गया था।' तुम्हारे स्वेटर पर बिस्किट का चूरा बिखर गया था। उसे हाथों से झाड़ते हुए बोले तुम। तुम्हारा खिला चेहरा देख मैं फिर वही हो गयी। पिछले सप्ताह ही मैंने फिर एक नया दुस्साहस किया था। अकेले ही फिर अरेरा कॉलोनी निकल गयी थी। मैं अपने अनुभव तुम्हें सुनाने को बेताब थी। बस ढूँढ़ रही थी एक मुक़म्मल मौक़ा, जो मुझे आज मिल ही गया था।

मैंने फिर ध्यान से पढ़ा तुम्हारा चेहरा, हर कोने-अन्तरे से पढ़ा, दाख़िल हुई तुम्हारे भीतर...लगा सब ठीक ही चल रहा है, तुम ख़ुश थे, सब कुछ सुर-ताल में बह रहा था। उस दिन की तरह थकान या तनाव का नामोनिशान नहीं था तुम्हारे चेहरे पर। आज मैं 'सेफ्टी ज़ोन' में हूँ। सँभल-सँभलकर कहना शुरू किया मैंने, 'बेटा, क्या तुम जानते हो कि यहाँ से महज़ 60 किलोमीटर दूर एक बच्ची को शाम के झुटपुटे में तेंदुआ उठाकर ले गया, यहीं अरेरा कॉलोनी के पास, संजय गाँधी नेशनल पार्क से जुड़ा एक गाँव है वहीं की घटना है यह। माँ रोटी बना रही थी और

बच्ची सामने ही आँगन में खेल रही थी, पीछे झाड़ियों से आया तेंदुआ और हलके अँधेरे का फ़ायदा उठा खींच ले गया उसे। गाँववाले जब तक पीछा किये, आधे से ज़्यादा हिस्सा खा चुका था वह बच्ची को। यहाँ के आदिवासियों का कहना है कि जो तेंदुआ उनकी लड़की को उठा के ले गया था वह बाहर से लाया तेंदुआ था जिसे वन विभाग टूरिज़्म बढ़ाने के लिए लाता रहता है। यहाँ के पले-बढ़े जानवर हमें पहचानते हैं, सदियों से हम साथ-साथ रह रहे हैं। वे हम पर कभी हमला नहीं करते हैं। हमें देखकर भी साइड से निकल जाते हैं। बहुत ही नारकीय हालातों में रह रहे हैं ये 56 गाँव के आदिवासी। फिर भी ये यह नहीं चाहते हैं कि बाघ और तेंदुए जैसे हिंसक जानवरों को खुले जंगलों से निकाल उनकी घेराबन्दी की जाये। दत्तु तादेकर, जिनकी बच्ची को तेंदुआ उठाकर ले गया वे तक कहते हैं कि घेराबन्दी से इन जानवरों को तकलीफ़ होगी, हम तो सिर्फ़ यह चाहते हैं कि हमारे उन गाँवों को सुरक्षित कर दिया जाये जो जंगलों के अन्दर नहीं वरन् किनारे-किनारे हैं, गुस्सा सरकार पर है जो दोनों की ज़िन्दगी और आज़ादी से खेल रही है। मेधा पाटकर हैं इनके साथ। क्या तुम लोग इनके लिए कुछ नहीं...'

बात मैं क़ायदे से पूरी भी नहीं कर पायी थी कि तुम्हारे चेहरे का रंग बदला, आँखों में लपट-सी कुछ उठी, पुतलियों के रंग बदल गये। अपने सूखे होंठों पर जीभ फेरते हुए कुछ तल्ख़, कुछ डूबते स्वर में तुम फनफनाये, 'उफ़ ममा, रिलेक्स! सुबह ही सुबह इतनी डिप्रेसिंग बातें क्यों करती हो। ख़ुश रहा करो ना! चिल करो।' और चाय का प्याला अधूरा छोड़ झल्लाकर चले गये।

क्या? एक हँसते-खेलते बच्चे को तेंदुआ उठाकर ले गया और यह कह रहा है चिल करो, किस दुनिया में हूँ मैं? क्या संवेदना की सारी ही टहनियाँ टूट गयीं? क्या यह है मेरा अंश? आज महसूस हुआ भूख और मौत के बाद संसार का सबसे बड़ा दुख है अपने अंश को बेअंश होते हुए देखना।

दिमाग़ सुन्न! मन मलवा! बैठी रही अडौल। अवाक्। जैसे सदियों से यूँ ही बैठी हूँ—सहमी, अपमानित...और युग फड़फड़ाते हुए निकल रहे हैं मेरे ऊपर से। सन्निपात के रोगी की तरह बड़बड़ाने लगी मैं, 'ऑफ़िस से आते ही नहीं बोलूँ, सुबह नहीं बोलूँ, शाम नहीं बोलूँ तो फिर कब बोलूँ? लोगों के जीवन की दारुण त्रासदी पर बोलना क्या डिप्रेसिंग बोलना हो गया?'

सवाल नहीं सवालों के गुच्छे उगने लगे भीतर।

आँखें मूँद लम्बी-लम्बी साँस खींचने लगी मैं।

थकी उम्र और बन्द आँखों के आगे बादल के टुकड़ों-सा तैर जाता है अतीत की स्मृतियों का एक टुकड़ा। राँची से कुछ दूर गुमला ज़िले के कुछ गाँवों में

आदिवासी कल्याण आश्रम नामक संस्था के साथ आदिवासी और वन-जीवन समझने के लिए चली गयी थी। तुम भी साथ में थे मेरे। वहीं पछुवा गाँव में ठण्ड से ठिठुरती कुछ अर्धनग्न ठिठरियों को देख तुम इतने द्रवित हुए थे कि जैसे ही हम वापस लौटे अपने घर, मैंने देखा तुम मेरी अलमारी के सामने खड़े थे। मैंने समझा तुम्हें पैसे चाहिए, मैंने पूछा क्या चाहिए? तुमने हकलाते हुए कहा, ममा मुझे कुछ साड़ियाँ चाहिए। क्या? मैं तो सोच भी नहीं सकती थी ऐसा जवाब। तब तुम महज़ दस साल के थे। तुम्हें सहला-पुचकारकर पूछा तो जाना कि तुम्हें साड़ियाँ चाहिए थीं उन नंगी ठठरियों के लिए।

बहुत दिनों तक मैं खुद को कोसती रही थी, मुझे नहीं ले जाना था तुम्हें वहाँ पाँखुरी से भी कोमल तुम्हारे मन पर अनजाने ही जाने कितनी खरोंचें डाल दी थीं मैंने।

'वही तुम! आज कह रहे हो...चिल करो'

इतनी ऊँची शिक्षा, इतनी प्रतिभा और सिर्फ़ पेट के दायरे में सिमटा जीवन? तुम रोशनी के फ़रिश्ते बन सकते थे, पर क्या बन गये? किसने बदल दिया तुम्हें इतना? कहाँ गया वह मन जिसकी एक-एक पाँखुरी को कितने सलीके से खोला था मैंने? ठण्डी होती चाय को देखती रही। पीने की इच्छा ही जैसे मर गयी थी।

थोड़ी देर बाद तुम लौटे, अधपियी चाय ख़त्म कर थोड़े क़रीब आये, मेरी आँखों में झाँका, आँखों की कोरों में अटके आँसुओं ने जाने क्या कहा कि तुम्हारे भीतर भी कुछ तो पिघला, मेरे कन्धे पर हाथ रखते हुए भापदार शब्दों में बोले, 'ममा, कितना कुछ तो है घर में फिर भी तुम ख़ुश क्यों नहीं रह पातीं? कुछ तो टैबू है तुम्हारे दिमाग़ में जो तुम्हें ख़ुश रहने से रोकता है। मेरा दोस्त कहता है कि हम मिडिल क्लास भारतीयों का दिमाग़ है ही ऐसा कि हम ख़ुशी भी खुलकर नहीं मना पाते उसमें भी हमें गिल्ट फ़ीलिंग होती है। तुम अपने को ही देखो ममा, दुखी रहते-रहते शायद तुम्हारी दुखी रहने की आदत ही हो गयी है। आसमान से दुख बटोर लाती हो तुम भी।'

ओह नो! ठण्डे पसीने से नहा जाती हूँ मैं। कैसे समझाऊँ, कैसे समझाऊँ तुम्हें कि मैं इसलिए दुखी हूँ कि एक धरती और योनि में जन्म लेने के सम्बन्ध बहुत गहरे होते हैं पर...पर तुम नहीं समझोगे? बोलना चाहकर भी बोल नहीं पाती कुछ, गले से जाने कैसी तो गो-गो की आवाज़ निकलने लगती है। चेहरे पर जबरन ओढ़ी मुस्कान अड़ियल बच्चे की तरह हाथ छुड़ाकर भाग खड़ी होती है। अपमान की कालिमा से काले पड़े मेरे चेहरे को देख तरस आ जाता है तुम्हें, पुचकारते हुए कहते हो तुम, 'सेंटी हो गयीं ममा, बुरा मान गयीं मेरी बात का।'

आँखों में उभरी हताशा और आक्रोश की बाढ़ को जबरन रोकती हुई मैं किचन की ओर खिसक जाती हूँ, जाने कितनी बार किचन और बाथरूम बने हैं मेरे शरण स्थल। मन-ही-मन कहती हूँ, बुरा मानने की विलासिता हमारे हिस्से कहाँ? वैसे भी हम हिन्दुस्तानी औरतों की खाल इस उम्र तक आते-आते इतनी मोटी हो जाती है कि इतने छोटे-मोटे अपमान हमारे ऊपर से गुज़र-भर जाते हैं, हमारी आत्मा को ज़ख़्म नहीं दे पाते। तुम्हारे भीतर फिर कुछ पिघला, इसलिए फिर ख़ुशामदी पर उतर आये तुम। चाय की प्याली को सिंक में रख मुस्कान बिखेरते हुए दोस्तानी आवाज़ में बोले, 'एक बात बताओ ममा, मुझे यहाँ रहते-रहते साल होने आये, मुझे अरेरा कॉलोनी के बारे में पता तक नहीं, तुम्हें कहाँ से पता चल जाता है इतना?'

मैं भी पिघली, लेकिन ज़ब्त कर रखा मैंने ख़ुद को—हे मन मेरे! यह निमन्त्रण बात आगे बढ़ाने का नहीं है वरन् हो चुकी बात के साइड इफ़ेक्ट को कम करने का है, जिससे थोड़ी-बहुत जो भी साझी दुनिया है हमारी वह निर्विघ्न चलती रहे।

फिर एक चमकता दिन...फुरसत की चादर और उसमें दुबकी मैं!

आज ऑफ़िस से पहली बार सीटी बजाते-बजाते आते देखा तुम्हें। शायद तुम्हारे सेल्स टारगेट पूरे हो गये थे इस कारण बहुत ख़ुश नज़र आ रहे थे तुम। आते ही चहके तुम, 'आज मैं एक ऐसे रेस्टोरेन्ट में गया जहाँ वन हंड्रेड ट्वेंटी तरह के डोसे थे, पचास तरह की चॉकलेट थी।' ऋचा ने कहा, 'हमें भी वहाँ ले चलो' ऋचा से निपटकर तुम फिर मेरी मनुहार करने में लग गये, 'चलो ममा, इतने दिन हुए तुम्हें मुम्बई आये हुए, अभी तक कहीं घुमा ही नहीं पाया, चलो आज चौपाटी घूम आते हैं।' मैं निहाल...पौने तीन साल हुआ था ऋचा को घर की बहू बने, आज पहली बार उसके साथ बाहर घूमने के लिए निकल रही थी मैं। धूप के साये थोड़े सिमटे तो हम निकले। गाड़ी में म्यूज़िक चलता रहा। एकाएक तुमने देश के राजनीतिक क्षितिज पर अन्ना आन्दोलन से नये-नये उभरे नेता अरविन्द केजरीवाल पर कुछ टिप्पणी की, मैं उससे सहमत नहीं थी। भीतर लहर उठी, तुम्हारा प्रतिवाद करूँ, पर मैं चुप रही। बैल बना लिया ख़ुद को। अनुभव ने सिखला दिया है कि बैल बन जाओ तो बहुत से बेमतलब के दुख भाग खड़े होते हैं।

जूहू चौपाटी! समुद्र! लहरें! आवाज़ें! उड़ते परिन्दे! खिलखिलाते बच्चे! प्यार करते जोड़े! हाथों में गुँथे हाथों वाले जोड़ों को देख तुमने भी ऋचा का हाथ हौले

से अपने हाथों में थाम लिया था। मेरी हथेलियाँ अचानक शुष्क होने लगी थीं। भीतर कुछ कुलबुलाने लगा। पीठ का दर्द चिलक उठा। हाथों से ध्यान हटा मैं आसमान में खरामा-खरामा उड़ते गुब्बारे में क़ैद लालटेनें देखने लगी। और सोचने लगी कि मैं आज कुछ भी नहीं बोलूँगी, जाने क्या है कि जब भी मैं बोलती हूँ मेरे भीतर से दुख-दर्द ही बोलते हैं और तुम्हारे अच्छे-भले मूड पर कैंची चल जाती है। मैं सतर्क रही कि मैं आज कुछ भी नहीं बोलूँगी।

एक चुप सौ सुख!

मैं बहुत देर से चुप ही थी, तुम कई बार कह भी चुके थे, मम्मा क्या मौन धारण है? थोड़ी देर बाद फिर कहा तुमने, 'मम्मा कुछ तो बोलो।' अब नहीं बोलने का मतलब था अपनी नाराज़गी दिखाना। यूँ भी बोलने के लिए तरसती मेरी रूह को तुमने क्या सहलाया झर-झर टपकने लगे शब्द, जैसे झरते हैं पत्ते पतझड़ में पेड़ से। पिछले दिनों ही मैंने मलेशिया के क़बीलों पर एक अद्भुत किताब पढ़ी थी। क्यों न उसी के बारे में बात करूँ। इसमें कुछ भी ऐसा नहीं था जो तुम में अपराध-बोध पैदा कर तुम्हारे सुख-सुहाग को मलिन करता। मैंने बहुत सावधानी से एक ख़ूबसूरत बात उनकी तुम्हें बतायी, 'जानते हो बेटा मलेशिया में एक क़बीला है 'सिनोई कबीला'। इस क़बीले के लोगों के बीच एक विचित्र नियम है कि सुबह उठते ही परिवार के सभी सदस्य एक साथ बैठते हैं और पिछली रात देखे गये अपने स्वप्नों को सबके सामने कहते हैं। फिर वे इन स्वप्नों की व्याख्या करते हैं। वे मानते हैं कि ये स्वप्न उन्हें पूर्वजों से जोड़ते हैं और पूर्वज इन स्वप्नों के माध्यम से उन्हें उनके जीवन के निष्कर्ष और आने वाली समस्याओं का समाधान और आने वाले दुख का निदान सुझाते हैं। इसलिए सब सामूहिक रूप से उस दिन की योजना तय करते हैं। मैंने यह भी जोड़ा कि बहुत पहले मैंने स्वप्न देखा था कि लोग नमक का स्वाद ही भूल गये हैं, भर-भर मुट्ठी नमक मिला रहे हैं खाने में; पर खाना वैसा ही नमकहीन और बेस्वाद बना हुआ है। अब बताओ इस स्वप्न की क्या व्याख्या हो सकती है? क्या संकेत दे सकता है यह स्वप्न?' अपनी बात समाप्त कर मैंने बड़ी हसरत से देखा तुम्हारी ओर। इस बार तो शर्तिया तुम ख़ुश होंगे, कितनी विचित्र बात मैंने बताई थी तुम्हें। पर कुछ पल तुम्हारा चेहरा प्रधानमन्त्री मनमोहन सिंह की तरह भावहीन बना रहा। फिर तुम झुँझलाये, छोटी-सी उबासी लेते हुए सूखी आवाज़ में मेरी बहकती बातों पर एक दहकती टिप्पणी जड़ते हुए बोले, 'ममा यार, कहाँ पहुँच गयीं तुम भी? मलेशिया! अरे अपने घर और अपने देश की बातें ख़त्म हो गयीं क्या, नॉर्मल आदमी की तरह स्वादिष्ट बात क्यों नहीं करतीं, ममा, खाना तो इतना स्वादिष्ट

बना लेती हो??' बोलते हुए तुम अपने रीबॉक के जूते में लगी समुद्री बालू को ज़ोर-ज़ोर से झाड़ने लगे थे, जैसे मेरे विचारों को झाड़ रहे हो।

लो फिर क्या हो गया? इस बार क्यों चिढ़े तुम? माजरा क्या है? कुछ भी बोलूँ पासा उलटा ही पड़ता है? पानी में डोलती परछाईं की तरह क्या फिर पकड़ नहीं पायी तुम्हारे मन को?

कानी नज़र से देखती हूँ, ऋचा तो नहीं कहीं आसपास? चल रही हूँ, मुस्कान को ढीठ की तरह चेहरे पर ओढ़े, साथ-साथ चलता जा रहा है अँधेरा। हीरामन की तरह तीसरी क़सम खा लेती हूँ, जो भी हो जाये अब कभी नहीं बोलूँगी इससे, सिवाय ज़रूरी बातों के, कि दूसरे दिन ही टूट जाती है क़सम। तुम्हारे दोस्त की माँ की मृत्यु हो जाती है। उन दिनों नेत्रदान करवाने का भूत सवार था मुझ पर। अभी तक चार परिवारों में नेत्रदान करवा भी चुकी थी। यह मौक़ा खोना नहीं चाहती थी। इस कारण निर्लज्ज-ढीठ बच्चे की तरह फिर आयी तुम्हारे पास, 'सुना है तुम्हारे दोस्त की माँ की मृत्यु हो गयी है।' तुमने गर्दन हिलायी, मुलामियत से देखा मेरी ओर, मेरा साहस लौटा। झिझकते स्वर में अपनी आवाज़ के एक-एक टुकड़े को जतन से जोड़ते हुए फ़रियाद की, 'बेटा मैं चाहती हूँ कि तुम आगे बढ़कर उनके नेत्रदान के लिए पहल करो।'

तुम्हारे भाव फिर पलटे। माथे पर सिलवटें गहरायीं। कठोर नेत्रों से ताका तुमने मेरी तरफ़, 'उफ़ ममा, कितना बोलती हो तुम भी, कुछ भी बोलती रहती हो, यह तो सोचो कि उस महिला ने ज़िन्दगी में बहुत कष्ट झेला है अब शान्ति से क्या उन्हें मरने भी नहीं दें, मरने के बाद भी उनकी चीर-फाड़ करें। और यह भी तो सोचो, ऐसे ग़मगीन मौक़े पर बोलूँ भी तो कैसे? क्या सोचेंगे उनके घरवाले मेरे लिए?' आक्रोश, परेशानी और खिन्नता के मिले-जुले ये टुकड़े तुम्हारी आवाज़ से तारों की तरह टूटे थे।

टहनी-सी फिर टूटी मैं। क्या कुछ ग़लत कह दिया मैंने? क्या दिमाग़ ठीक काम नहीं कर रहा मेरा? क्या मेरी सोच पर कोहरा छाया हुआ है? कहाँ तो पढ़ा था कि शादी होते ही औरत की अक्ल का एक तिहाई घास चरने चला जाता है और बच्चों के बड़ा होते ही बचा एक तिहाई ख़ुद घर छोड़ भाग जाता है। तो क्या मैं सिर्फ़ बचे-खुचे एक तिहाई अक्ल से काम कर रही हूँ?

'अरे, इसमें बुरा क्या है और कौन जाने उनके बेटों में सद्बुद्धि आ जाये और तैयार हो जायें वे नेत्रदान के लिए...तो दो आदमियों की दुनिया रोशन हो जाये।' रोक नहीं पाती ख़ुद को, चूहे की तरह धड़कते दिल को थाम आख़िर बोल ही देती हूँ।

इस बार चोले से बाहर निकल आये तुम, 'ममा प्लीज़, क्यों भेजा फ्राई करती हो अपना? क्यों हमारे मामले में दख़लअन्दाज़ी करती हो? आने वाले बच्चे की सोचो, माँ हो, घर की ख़ुशहाली की सोचो। दादी बनने की सोचो और ख़ुश रहो...' आवाज़ में खीझ, विद्रोह और असन्तोष की मिली-जुली छायाएँ मचल उठी थी।

क्या कहा? मैं सिर्फ़ बच्चे के लिए ही सोचूँ, पीड़ित मानवता के लिए नहीं; लगा जैसे घर की छत एकाएक टूट कर गिर गयी है मुझ पर! नहीं, यह मेरी दुनिया नहीं, यह मेरी रचना नहीं, यह मेरा अंश नहीं! नहीं जी पाऊँगी मैं इस भावशून्यता की बदबू में!

क्या मेरे होने में ही है ऐसा कुछ जो प्रेरित करता है कि मैं कुछ नहीं बोलूँ और बोलूँ तो भी सिर्फ़ बेटे-पोते, गहने-कपड़े, जेली, आचार, मुरब्बा के कोकून में ही बन्द रहूँ? व्यतीत के धुँधलके से धुँधला जाती हैं आँखें, झाँकने लगता है एक और चेहरा, जिसे जाने कब बहा दिया था मैंने समुद्र की उत्ताल लहरों के बीच। जब भी घर-गृहस्थी से इतर बात करना चाहती, झल्ला जाता वह चेहरा, 'उफ़ कितना बोलती हो तुम भी' चुप रहते-रहते लगता था कि होंठ ही चिपक गये हैं मेरे। लगता मेरी धमनियों में ख़ून नहीं शब्द और शब्द ही बह रहे हैं, बाहर आने को बेताब अनकहे शब्द!

नहीं, तुम मेरे नहीं अपने पापा का ही अंश हो वे ही बह रहे हैं तुम में। मैंने समझा था कि उस अतीत को मैंने समुद्र में बहा दिया है, पर आज समझी जीवन अपने साथ बहाकर कुछ भी नहीं ले जाता, लौटा लाता है बार-बार, समुद्री लहरों की तरह। तुम कहते हो कि मैं माँ हूँ इसलिए सिर्फ़ अपने घर की ख़ुशहाली के लिए ही सोचूँ पर इतना याद रखना मेरे बच्चे कि जिस दिन माँएँ पूरी धरती की माँएँ बन जायेंगी, दुनिया की तस्वीर बदल जायेगी।

बढ़ते वक़्त के साथ फैलने लगती है ख़ामोशी। अपने ही खोल में बन्द पोटली सी पड़ी मेरी काया दिन-पर-दिन सिकुड़ने लगती है। डुबा देती हूँ ख़ुद को पूरी तरह किताबों में। आख़िर ये ही हैं मेरी सच्ची साथी। नपी-तुली बातें तुमसे—खाना लगा दूँ? चाय बना दूँ? कब तक आओगे? ऋचा को ले जाऊँ चेकअप के लिए?

दार्शनिकता की चादर में दुबका देती हूँ ख़ुद को। ऐसे ही झटके दिखा देते हैं विराट। वेदों में लिखा है—'पुत्र से बढ़कर कोई शत्रु नहीं', उपनिषद में लिखा है, 'प्रियं त्वां रौस्यसि' (तुम्हारा पुत्र ही रुलायेगा तुमको) यदि मेरे लिए कोई कल हुआ तो नहीं रहूँगी इस कॉप्सुल घर में। साँझ की धूप-सी सरक जाऊँगी, निःशब्द, ख़ामोश। टकराऊँगी लहरों से, लेकिन इस माटी में ख़ुद को नहीं रोपूँगी। बस एक बार निपट जाये ऋचा की डिलिवरी। दुनिया बहुत बड़ी है।

शान्त, ख़ामोश और बोरियत से भरे दिन गर्म हवाओं की तरह गुज़र रहे हैं। गिनगिन कर गुज़ार रही हूँ दिन, कब आयेगी ड्यु डेट ऋचा की? सब कुछ अच्छे से निपट जाये।

एक दिन झुँझला कर खींच लेते हो तुम किताब मेरी—'क्या ममा, दिन-भर किताब में ही डूबी रहती हो? कुछ बोलती ही नहीं, पास बैठो...मुझसे कुछ बात करो। देखो, तुम्हारे लिए क्या लाया हूँ।' खिड़की के बाहर खड़े पलाश के पेड़ों के हरियाले पत्तों से हटकर नज़रें तुम पर टिक जाती हैं। तुम्हारी आँखों में वैसी ही ज़िद, वैसी ही बेबसी, वैसा ही प्यार, वैसा ही उतावलापन है जैसा दूर बचपन में तुम्हारी आँखों में झलकता था जब मैं कपड़े धोने में मशगूल रहती थी और तुम छीन लेते थे मेरे हाथ से साबुन—'पहले मुझसे बात करो।'

मैं फिर वही हो जाती हूँ। निहाल! गद्‍गद! भीतर जाने क्या पिघलता है कि डबडबा जाती हैं आँखें। आँसुओं के झिलमिलाते पर्दों से देखती हूँ तुम्हें, वैसा ही भोलापन आँखों में, वैसी ही भरे बादलों-सी नेह भरी निश्छल आँखें? क्या मैं ही पकड़ नहीं पाती तुम्हारे व्यक्तित्व के रेशों को जो सेमल के फूलों की तरह उड़ते रहते हैं दिन-भर? क्या नौकरी का तनाव बदल रहा है तुम्हारा व्यक्तित्व? इस महीने नम्बर पूरे हो गये थे तुम्हारे। क्या इसीलिए नज़र आ रहे हो इतने ख़ुश? तुमसे दूर रहकर क्या मैं ख़ुद एक शून्य में नहीं बदल जाऊँगी? जी पाऊँगी? तुम्हारी गुनगुनी आवाज़ का यह टुकड़ा—'मुझसे कुछ बात करो' चैन से बैठने देगा मुझे कहीं भी? फुदकेगा नहीं मेरे आसपास? पर तभी भीतर कहीं गहरे से उठती है एक और आवाज़। उतनी ही तेज़—'जिन पेड़ों को छोड़ आये उनकी छायाओं के लिए क्यों लौटना? कोई भी शून्य स्थायी नहीं रहता, जीवन और प्रकृति देर-सवेर भर ही देते हैं किसी भी शून्य को। मुझे वहाँ जाना है जहाँ चहक सकूँ, बाँट सकूँ ख़ुद को रेशा-रेशा उफनती समुद्री लहरों की तरह टकरा रही हैं दोनों आवाज़ें। मन के कूल किनारों से।

सहेली

पहली बार जब मिली थी तवलीन से तो वह मुश्किल से पन्द्रह-सोलह साल की रही होगी। मखमली आवाज़ और मक्खन जैसी रंगत वाली तवलीन जैसे चलता-फिरता बसन्त थी। प्रकृति और प्रेम की एक उत्कृष्ट रचना! उसके चाहने वाले ढेरों थे कॉलेज हो या हमारा मुहल्ला जिधर से भी गुज़रती थी वह, हर मनचले की आँखें उठ जाती थीं उसकी तरफ़ उसके अधिकांश फ़ोन हमारे यहाँ ही आते थे। वह मोबाइल का ज़माना नहीं था। एक लैंडलाइन फ़ोन से कई घरों का काम निकल जाता था।

एक बार मैंने ही उठाया था वह फ़ोन। कैसे चाहिए? पूजा! पूजा-वूजा यहाँ कोई नहीं रहती। सुनिए तो उसका नाम तवलीन है। तो आपने पूजा क्यों कहा? क्योंकि वह मेरी पूजा है बस एक बार बात करना चाहता हूँ उनसे!

हम जाने कब तक इस फ़ोन पर और ऐसे टपोरी मार्का प्रेमियों पर हो...हो कर हँसते रहे थे। हमें विश्वास था कि हमें जीवन में और कुछ मिले न मिले पर हमसे सच्ची मुहब्बत करने वाले पति अवश्य मिलेंगे...हम अपने उन्हीं अदृश्य प्रेमी-पति की तरफ़ से गुनगुनाते...आ चल के तुझे, मैं ले के चलूँ...इक ऐसे गगन के तले...अपने इसी आत्मविश्वास के चलते हमने कभी ऐसे प्रेमियों को घास नहीं डाली बल्कि उन्हें अपने अँगूठे पर रखा।

हम दोनों की ही शादी लगभग साथ-साथ ही हुई थी लेकिन इसे हमारा दुर्भाग्य या दुर्योग ही कहिए कि शादी के चार साल बाद हम आज ही मिल रहे थे।

तवलीन अपने मैके आयी हुई थी। मैंने सोचा था कि कुँवारे दिनों के समान हम आज भी पुराने दिनों की मस्ती में कुछ पल जी लेंगे, जब हम से दुनिया थी। दुनिया से हम नहीं। जब तवलीन की सुन्दरता और मेरी हँसी की चर्चा सारे मुहल्ले में होती थी इस क़दर कि कईयों ने मुझे फुलझड़ी और तवलीन को अनारकली कहना शुरू कर दिया था।

जब मैं उसके घर पहुँची तो वह खिड़की से बाहर मुँडेर पर चोंच उलझाये

कबूतरों की जोड़ी को निहार रही थी। वह ठीक लग रही थी लेकिन थी नहीं। पीला बेआवाज़ चेहरा। समझ गयी—आज दिल नहीं बहलेगा, आज का सूरज दुख की रंगत लेकर ही निकलता है।

बहरहाल औपचारिक 'हैलो-हाय' के बाद पानी से मिले पानी की तरह हम मिले। और बहुत शीघ्र ही हमारी बातचीत पतियों और प्रेमियों के इर्द-गिर्द मँडराने लगी। उसका पति ख़ासा समृद्ध था, इस कारण पिता के घर की अपेक्षा उसका हाथ काफ़ी खुला हुआ था। लेकिन इस बार उसके दुखों की शक्ल अलग थी। उसके सरदार पति में यूँ तो कोई ऐब नहीं था, लेकिन सुबह उठते ही चुटकी बजाते हुए कहता, 'चाय दो मिनट में' बस इसी बिन्दु पर उसे लगता वह पत्नी नहीं बाँदी है। उसकी समकक्ष और मित्र तो हरग़िज़ नहीं। मैंने सुझाया कि जब तुम दोनों के बीच रिश्ते लगभग सामान्य हैं तो तुम उनसे बात क्यों नहीं कर लेतीं। उसका जवाब और भी विचित्र मिला।

उसने कहा, मैंने बात की तो जाट की तरह हाथ हिला-हिला कहने लगा, अपनी नेक सलाह अपने पिछवाड़े रख। अरे, अपनी बीवी को चुटकी बजा रहा हूँ तो इसमें ग़लत क्या है? कौन धौल—धप्पा जमा रहा हूँ। अरे मेरे पापाजी तो रोज़ अम्मा की पीठ पर मज़ाक-मज़ाक में कुल्ला तक थूक देते थे, अम्मा हँसती रहती थी और एक तू है...इतने प्यार से तुझे रखता हूँ महारानी की तरह फिर भी...और उसके बाद से तो उसका चुटकी बजाना और भी बढ़ गया। दरअसल, उसके पास विचारों की पूँजी है ही नहीं। बहुत कम विचारों से भी उसका काम चल जाता है इसलिए वह जीवन की सिर्फ़ भौतिक चकाचौंध का ही मतलब समझ सकता है। उसे मज़ा आता है। कई बार तो अपने दोस्तों के सामने भी दायें हाथ से चुटकी बजाते हुए कहेगा—चार चाय, फटाफट। दरअसल जाहिल है। उसे इतनी अक्ल ही नहीं कि सोच सके कि उसकी ऐसी हरकत किसी के स्वाभिमान से भी जुड़ी हो सकती है। उसे लगता है चुटकी बजाते हुए वह असली मर्द का बच्चा या बहुत स्मार्ट लगता है। अपने दोस्तों पर रौब गाँठता है कि इतनी सुन्दर और उससे कहीं ज़्यादा पढ़ी-लिखी पत्नी भी उसके इशारे पर नाचती है। दरअसल, यह उस मैट्रिक फ़ेल की कुण्ठा है जो उससे यह सब करवाती है, और सच कहूँ तो मेरे लिए भी वह सिर्फ़ एक देह ही है।

जिस ठण्डेपन से तवलीन यह सब बता रही थी कि छन्न-सा कुछ गिरा भीतर। क्या यह वही तवलीन है जो सितार बजाती थी, ग़ज़ल सुनाती थी, मुझसे गीता पर बहस करती थी...? लगभग हर महीने हम दोनों दक्षिणेश्वर में जाते और गंगा किनारे बैठ रवीन्द्र संगीत गाते—आमार निशीथ राते बादोल धारा...कितनी

जीवन्त, उन्मुक्त, रहस्यमयी और कौतूहल से भरी तवलीन थी वह! कुछ तेज़ी से मर रहा था उसके भीतर।

मैंने पूछा—'क्या तुम प्यार करती हो उससे?'

'प्यार! उसके होंठ हलके से काँपे—प्यार तो पहली रात ही जंगले से निकल भागा। पहली रात ही सारा रंग-रोगन उतर गया। उसी रात समझ आ गया कि वह दिल से बनिया और औरत के मामले में भूखा जानवर है। सुहागरात में भी जो बन्दा कमरे में घुसते ही, बिना एक शब्द, एक स्पर्श और एक निगाह डाले जानवर की तरह टूट जाये, प्याज़ की तरह छील डाले, कुँवारे स्वप्नों का बलात्कार कर डाले वह लवएबल मैटीरिअल तो हो ही नहीं सकता। प्यार भावनाओं से किया जाता है। उससे प्यार तो क्या निर्वाह हो जाये वही बहुत है...' वह फिर उपेक्षा से हँस दी और खिड़की के पार उड़ते बादलों के टुकड़ों को देखने लगी। कुछ देर रुककर वह फिर फुसफुसायी—जानती हो हर रात वह मुझे अपनी मर्दानगी के बोझ से कुचल कर सन्तुष्ट सुअर की तरह सो जाता है और मैं सोचती रहती हूँ कि क्या इसी रात का सपना मैं सोलह साल से देख रही थी। उफ़! उसको झेलते-झेलते मुझे तम्बाकू की लत लग गयी है...और अपने जुमले पर वह फिर हँसने लगी। एक मारक हँसी!

मैंने पूछा उससे—'तुमने बाद में कभी पूछा नहीं पहली रात की उस हरकत के बारे में'। उसने अपनी पलकें ऊपर उठायीं। टप्पा खाती घायल आवाज़ में आया जवाब—'पूछा था। मुआ बोला कि क्या करता तुझे देखते ही बिजलियाँ गिरने लगी थीं, बस रहा नहीं गया। मैंने जबाब में कहा भी कि जब तेरे ऊपर बिजलियाँ गिर रही थीं तभी तेरे व्यवहार के चलते मैं ठण्डी होती जा रही थी।'

'क्या जबाब दिया उसने?'

'यहाँ भी मेरी ही ग़लती दिखी उस जाट को, कहने लगा तू तो है ही सदा की ठण्डी। बस देखने में ही हॉट लगती है।'

'तुझे सच्चे प्यार की तलब नहीं महसूस होती?'

'क्यों नहीं होती? बहुत होती है। रह-रहकर पुराने प्रेमी याद आते हैं जिन्हें हमने घास नहीं डाली...इस जाट से तो अच्छे ही होते!'

मैंने यूँ ही कहा था लेकिन उसने शायद गम्भीरता से ले लिया था। उसके नुकीले सौन्दर्य की नोकें निकल आयी थीं, सोचते हुए कहने लगी वह—'लगता है अपने भाग्य में प्रेम है ही नहीं। शुरू-शुरू में तो उस जट्ट में प्रेम की अनुभूति जगाने के लिए मैं घर में रोमांटिक टेप चला देती थी कि कुछ तो जागे उसके अन्दर। घर की हवा कुछ तो रोमांटिक हो। कई बार मैं ख़ुद भी ख़ासा शृंगार

कर घुसती कमरे में, पर उस जंगली साँड को शृंगार देखने में नहीं, कपड़े उतारने में ही दिलचस्पी रहती, अब तो इच्छा ही मर गयी है।'

'क्यों ढो रहे हैं हम ऐसे सम्बन्धों को?' मैंने शायद अपने आप से भी पूछा था। लेकिन जबाब उसने दिया।

'मैं तो इसलिए ढो रही हूँ कि मुझमें ही अभी इस सम्बन्ध को 'दी एण्ड' करने का दम नहीं बचा। और मान लो कर भी दिया तो भी क्या दूसरा पति ढंग का मिल जायेगा? मुझे तो लगता है कि गड़बड़ी पति बनने में ही है...' एक साँस खींचकर फिर बोली वह—'अच्छे पति सचमुच 'आउट ऑफ़ स्टॉक' हो गये हैं, डैड को देखा, तुम्हारे मियाँ को देखा, अपने वाले को भी देख लिया। अपनी सास के पति को देख लिया। मेरी सास को उनसे कोई शिकायत नहीं है, पर एक बार किसी पारिवारिक आयोजन में गीत गाये जा रहे थे। उसमें बारी-बारी से सब रिश्तेदारों के नाम लिए जा रहे थे, जब मेरी सास की बारी आयी और उनसे उनका नाम पूछा गया तो वे सोचने लगीं, उन्हें एकाएक अपना नाम ही नहीं याद आया। सोचो, यह सिर्फ़ हमारे यहाँ ही सम्भव है कि ताउम्र 'बिमला की माँ' सुनने वाली स्त्री जीवन की सन्ध्या में अपना नाम ही भूल जाये। उस दिन के बाद से मैंने ध्यान से अपनी सास की दिनचर्या देखी। मैंने देखा कि इस उम्र में भी श्वसुर जी का एक मिनट मेरी सास बिना काम नहीं चलता था। दिन-भर वे उनके आदेश पर फिरकी की तरह नाचती रहती थीं और अपने सुहाग के गुमान में फूली रहती थीं कि 'मैं मर गयी तै पता नहीं किस तरह रैंगे इह'। जाने किस तरह अनुकूलित कर दी गयी थीं वे कि उन्हें अपनी गुलामी में ही बहुत आनन्द मिलता था।

लगभग यही स्थिति मैंने अपनी नानी के यहाँ देखी थी। एक बार उन्हीं की कामकाजी पोते की बहू ने अपनी जेठानी को भोलेपन से बता दिया कि रात काम से लौटने के बाद वह इतनी थक गयी थी कि बिस्तर से उठ भी नहीं पा रही थी, तब उसने पति से कहा कि वह उसके पैरों पर तेल मालिश कर दे, पति ने कर दिया। जेठानी की आँखें चौड़ी हो गयीं—यह क्या? पति ने तेल मालिश की पत्नी की और पत्नी को अपराध-बोध तो दूर, खुलेआम जगज़ाहिर कर रही है। जेठानी ने इस अनहोनी घटना में कुछ अपनी तरफ़ से जोड़कर अपनी सास को, और सास ने अपनी सास को। इस प्रकार होते-होते बात आख़िर नाना जी के कानों तक पहुँची कि चूड़ी पहना संजय रोज़ रात पत्नी के पैरों की तेल मालिश कर सोता है। चेहरे पर शहीदों जैसे भाव लिए नाना जी ने बाक़ायदा संजय की क्लास ली, उसे घर की इज़्ज़त, मर्यादा और एकता का हवाला दिया

और अन्त में धमकाया कि ऐसे नीच संस्कारों वाली बेहया पत्नी को वे घर में दूसरी महिलाओं के साथ नहीं रख सकते, क्योंकि एक मछली सारे तालाब को गन्दा कर देती है। तो मैडम यह दो मूल्यों और दो सोच की लड़ाई है, यह एक खाने वाले और एक खिलाने वाले की लड़ाई है। और कहावत है 'जिसकी खाओ बाजरी उसकी साजो हाजिरी' तो इस बीमारी से बिना आर्थिक रूप से मुक्त हुए नहीं लड़ा जा सकता है।

मैं चुपचाप उसकी ओर देख रही थी, इस तवलीन के खोल में से जैसे पुरानी तवलीन निकल आयी थी, वह बोलती जा रही थी—'इसके लिए एक तो अपने पाँवों पर खड़ा होना होगा और दूसरा संगठित होना पड़ेगा, और जब तक यह नहीं होता, अपवादों को छोड़कर पति नाम का रिश्ता माया ही रहेगा। एक बात और इन दिनों मेरा पीछा कर रही है और वह यह कि मुक्ति कभी अकेले की नहीं होती। सोचो हम दोनों ही बेहद पढ़ी-लिखी थीं, हम दोनों ने ही सोचा था कि हमारा जीवन सँवर गया, पर हुआ क्या! शादी के लिए लड़का तो इसी दकियानूसी और स्त्री विरोधी समाज में ही ढूँढ़ना पड़ा। शादी के घेरे से निकल जायें तो प्रेमी भी इसी समाज से मिलेंगे। आज समझ पायी हूँ कि सर्वोच्च जीवन मूल्य हमें हासिल हो इसके लिए ज़रूरी है कि इन मूल्यों को ग्रहण करने वाला आधारभूत ढाँचा तैयार हो। इसलिए ज़रूरी है समाज की सामूहिक सोच में बदलाव की। जब तक पेड़ पर घुण लगा है, एकाध डाल सँवर भी जाये तो अपना भाग्य। वरना जब तक पूरा समाज नहीं बदल जाता तब तक जीवन-सागर की इन अपमानजनक लहरों का सामना करना ही पड़ेगा...कुछ समय के लिए आँख बन्द कर ईगो पर काला कम्बल डालना ही पड़ेगा, धीरे-धीरे इसी बिगड़े नवाब को ठोक-पीट ठीक-ठाक करना ही पड़ेगा। असली चीज़ है अपने को बचाये रखना क्योंकि जीवन में प्रेम होता है, प्रेम में जीवन नहीं। जीवन रहा तो प्रेम शायद फिर भी मिल जाये...अब तो बस इन्तज़ार है तो एक बच्चे का, उससे शायद ज़िन्दगी की बोरियत मिटे लेकिन लगता है यह भी उस नामर्द के बस का नहीं, चार साल होने आये शादी के, लेकिन कोई आसार नज़र नहीं आते मुझे, सोचती थी पति न सही पुत्र तो कम-से-कम मेरा होगा लेकिन...कुछ कहूँ तो मुझे ही दोष देता रहता है। जबकि किसी भी रिपोर्ट में मुझमें कुछ ख़राबी नहीं आयी है, वही वीर्यहीन है। और तो और उसकी माँ भी मुझे ही जब-तब कहती रहती है—हरमन्दर साहब जाके पुत्तर दी मन्नत मंग...मुझे गुस्सा चढ़ता है, मन तो करता है कह दूँ कि गोद में पोते खिलाने का इतना ही चाव है तो मुझे हरमन्दर साहब भेजने की बजाय अपने पुत्तर को किसी अच्छे डॉक्टर को भेजो...जिस प्रकार मुँह बनाकर कहा तवलीन ने

कि मुझे हँसी आ गयी। पर तवलीन को बच्चे की इतनी चाहत है यह जानकारी की नयी परत थी मेरे लिए। मैंने बात को आगे बढ़ाते हुए यूँ ही कह दिया था...

'तू किसी अनाथ बच्चे को गोद लेने की क्यों नहीं सोचती?'

'तेरा दिमाग़ तो ठीक है, अपनी इच्छा से सो तो सकती नहीं, बच्चा क्या गोद लूँगी? फिर अभी उम्मीद जो बची हुई है। डर है तो सिर्फ़ एक...जाट परिवार है और जानता है कि पढ़ी-लिखी होने के बावजूद मैं अकेली पड़ गयी हूँ, माँ-बाप तो अपने बाक़ी बच्चों को सँभाल लें वही बहुत है। एक दो साल और निकल गये तो डर है...कहीं...'

'बस चुप कर, डरना तो उसे चाहिए'।

उसने एक छोटी सी जम्हाई ली और कहा—'उसकी नज़र में मेरी डिग्री की कोई अहमियत नहीं, कहता भी है कि मेरे लिए तो डिग्री वाली पत्नी घाटे का सौदा ही रही, अनपढ़ लाता तो यह ठाठ-बाठ देख चरण धो-धो पीती...पर तुझे कोई परवाह ही नहीं। दिन-रात यही सोचती हूँ कि बस एक बच्चा हो जाये तो उस जालिम से पिण्ड छूटे। परिवारवालों का मुँह बन्द हो जो मुझे बाँझ कहने लगे हैं, अन्धविश्वासी जेठानी अपने बच्चों को मेरे कमरे में नहीं घुसने देती कि कहीं मेरी छूत न लग जाये। बस बच्चा हो जाये तो मैं बच्चे में रम जाऊँगी...फिर जहाँ जाना है वह जाये, जिसके साथ करना है करे मुँह काला मर्दुआ।'

तवलीन कहती जा रही थी और मैं उसके बदले हुए अन्तःकरण को देखती जा रही थी, क्या यह वही तवलीन है जो अपनी चार बहनों के बाद हुए छोटे भाई के जन्म के समय शर्म से बाहर नहीं निकली थी कि कहीं लोग उसे बधाई न दे दें। उसके छोटे भाई के जन्म के समय उसकी उम्र सत्रह साल की हो चुकी थी, और सृष्टि के रहस्य को समझने लगी थी वह।

इस बीच आंटी चाय बनाकर ला चुकी थीं, चाय के साथ प्याज़ी और मसाला मुड़ी।

हम आंटी के जाने का इन्तज़ार करने लगे, हमें चुप देख आंटी शायद समझ गयी थीं कि उनकी उपस्थिति स्वागत योग्य नहीं है, इस कारण थोड़ी इधर-उधर की कह-सुन वे चलती बनीं।

कुछ सोचते हुए कहा मैंने—'तू यदि बुरा नहीं माने तो मैं एक रास्ता सुझा सकती हूँ, पर तुझे वचन देना होगा कि तू मेरे इस सुझाव को किसी के सामने उजागर नहीं करेगी, बेशक तू चाहे तो इस पर अमल न कर।

तवलीन हैरानी से देखने लगी मेरी ओर। उसने मेरी शंका को निर्मूल करते हुए कहा, 'यहाँ हमारे दो के सिवा कोई नहीं है। कोई प्रमाण नहीं कि किसने

क्या कहा? फिर इतने सालों की हमारी दोस्ती, दुपट्टा बदलने वाली हम ऐसी सहेलियाँ...क्या कभी ऐसा विश्वासघात हम दोनों में से किसी की भी तरफ़ से हुआ है?'

'मैं यह वचन इसलिए ले रही हूँ कि पता नहीं तुम इसे किस तरह लोगी?'

मेरे पर उन दिनों महाभारत सीरियल का बहुत प्रभाव था, मैं यह जानकर रोमांचित थी कि जन्म से ही मैं अपने परिवार में स्त्री के चरित्र और यौन शुद्धता का बखान सुन-सुन उसे ही जीवन की परम प्राप्ति समझने लगी थी, पर जब पता चला कि महान पाण्डु परिवार का कोई भी वंशज अपने सांसारिक पिता की सन्तान नहीं था तो मैं सुखद आश्चर्य से भर गयी थी। कुन्ती महाभारत की आदरणीय चरित्र थी यदि किन्हीं विशेष परिस्थितियों में उसे नियोग प्रथा द्वारा सन्तान प्राप्ति का अधिकार था तो हम साधारण महिलाओं को क्यों नहीं?

मैंने तवलीन को कुन्ती की सारी कहानी सुना दी। वह सिख थी, उसे महाभारत की कहानी थोड़ा-बहुत पता थी, पर कुन्ती के जीवन सत्य से इस प्रकार वह पहली बार परिचित हो रही थी। मैंने उसे प्रातः स्मरणीय पंच कन्याओं के बारे में भी बताया। वह दुविधा में थी, उसने कहा—'यह सत्य है कि जीवन से बढ़कर कुछ नहीं, पर कुन्ती ने जो किया वह पति की जानकारी में किया। इसलिए उसके अन्दर कोई असुरक्षा बोध नहीं पैदा हुआ।' मैंने कहा—'तो तुम कौन अपनी वासना तुष्टि या भोग विलास के लिए यह सब करोगी, तुम भी तो पति की असमर्थता के चलने यह क़दम उठाओगी।'

'पर तुम जिन पाण्डू महाराज की बात कर रही हो उन्होंने फिर भी अपनी पत्नी को यह स्पेस तो दिया, पर आज के पति? स्पेस देना तो दूर सारा दोष पत्नी पर ही मढ़ देते हैं।'

'तो तुम भी अपने पति से कभी इसका ज़िक्र नहीं करना। यह हमारी अपनी रणनीति है, अपना सुरक्षा कवच है।'

कुछ देर ख़ामोशी तनी रही...सोचता हुआ उसका चेहरा और सुन्दर लगने लगा, फिर एक बेचैन अधीर आवाज़ आयी—तुम्हारी बात पर विचार करूँगी पर यह उतना आसान नहीं, जितना तुम सोचती हो। लेकिन एक सूत्र तुमने मुझे सचमुच पकड़ा दिया है, अब फिर कभी मुझ पर बाँझ का आरोप लगाया गया तो इसका जवाब तो इसी प्रकार दिया जा सकता है...बोलते-बोलते उसकी आँखें मुझ पर चिपक गयीं। उसके भीतर बहुत कुछ उमड़-घुमड़ रहा था जिसके प्रवाह में शायद बहती जा रही थी वह। बहुत कुछ और भी उसके भीतर से निकलता, पर मुझे उसे रोकना पड़ा क्योंकि उसी शाम मुझे अपनी माँ को डॉक्टर के यहाँ

ले जाना था। तवलीन मुझे छोड़ने बाहर तक आयी थी। एकाएक उसने कहा, 'कल अपने कॉलेज जाना चाहती हूँ...चलोगी?'

'चल सकती हूँ...पर हमारे सब प्रेमी और संगी-साथी तो अपने-अपने ठिकाने लग गये होंगे...मिलेगा क्या वहाँ जाकर?'

'कौन जाने कुछ मिल ही जाये...कौन जाने हमारे वे दोस्त हमारी तरह भूले-भटके वहाँ पहुँच जायें...काश, मिल जाये आशीष...तो इस बार उसे इज़्ज़त बख़्शूँगी। कभी वह मुझसे बस दो मिनट के लिए बात करना चाहता था ना! अब तो सुना है स्टेट बैंक ऑफ़ इंडिया में ब्रांच मैनेजर बन गया है।'

'कौन आशीष? वही टपोरी, जो कहता था...वो मेरी पूजा है...' मैंने धीरे से आँख दबा दी और एकाएक हम दोनों ही ठहाका लगाकर हँस पड़े। बहुत दिनों बाद इस प्रकार खुलकर हँसे थे हम।

लाडो

आसमान में उड़ती काली चील-सी अपशकुनी एक शाम हमारे आँगन में उतरी जब बिना किसी ख़बर के वह लौटी। वह यानी लाडो। गुज़र चुके वक़्त की पूरी परछाइयों के साथ, आग की लपट की तरह वह अचानक हमारे द्वार पर। ज़रीदार चटक लाल साड़ी, माथे पर त्यौंरियाँ, अस्त-व्यस्त बिखरे बाल, पपड़ाये होंठ। हाथों में मात्र एक अटैची। थकी हुई इतनी कि लगा जैसे रात-दिन चलकर आयी हो। उसे देख हम सब यूँ बौखलाये जैसे सामने साँप देख लिया हो।

'तुम??' हकलाते हुए बुआ के मुँह से निकला।

'हाँ...मेरी छुट्टियाँ ख़त्म हो गयी हैं। मुझे कॉलेज ज्वाइन करना है पर उससे पहले मुझे सुहानी से मिलना है...' थूक निगलते हुए किसी तरह उसने शब्दों को बाहर निकाला। मैंने जल्दी से चाय बनायी। उसने नहीं पी और धम-धम पाँव पटकती...धरती को हिलाती कुछ देर के लिए अपने कमरे में चली गयी कमरा अन्दर से बन्द किया और फिर बैग ले निकलने को तैयार! संयोग से तभी कृपालु कालिदास ने मेघ भेज दिये और ताबड़तोड़ बारिश शुरू हो गयी। बारिश ने बचा लिया...हम आश्वस्त हुए ऐसी बारिश में अब क्या बाहर निकलेगी वह!

बुआ ने पूछा, 'घर में कुशल मंगल तो है नी? कुँवर-सा कोनी पधारिया?'

कुछ देर बुत की तरह खड़ी रही वह। फिर–'ठीक ही होंगे...' खुरदुरी आवाज़ में उड़ता-सा उत्तर देकर बिना चाय-नाश्ता किये उस ताबड़तोड़ बरसती उफ़नती शाम हवा के झोंकों की तरह वह सुहानी से मिलने निकल गयी, जैसे कभी तुलसीदास उफ़नती गंगा पारकर भादों की अँधेरी रात में चन्द्रावती से मिलने पहुँचे थे।

उस जलते हुए शोले से हमें बात करने में डर भी लगता था और हम बात करना भी चाहते थे। हम समझ रहे थे कि वह वैसी नहीं लौटी थी जैसी वह यहाँ से विदा हुई थी...उसके सरोवर का पानी इस बीच बहुत बह गया था। आख़िर

बुआ ने हिम्मत कर कोमल आवाज़ में उसे सहलाने की चेष्टा करते हुए कहा— 'काल मिल लेती...सुहानी कहाँ भागी जा री है...आज भर आराम कर लेती!'

भीगे पाखी के पंखों-सा उसका मौन फड़फड़ाया। कुछ ताज़े छींटे उड़े हम पर। कहीं पढ़ा था बेटी जब कुपित होती है तो क़यामत आती है...उन पलों उसकी कुपित और धधकती आँखों को देख जाने कैसी तो एक करुण उदासी और डर हमारी आत्मा पर कुछ इस तरह छा गया कि जब-जब वह हमारे सामने पड़ती हमारी जीभ काठ की हो जाती। हमारी हिम्मत नहीं होती कि उसे यह भी बता सकें कि उसका तबादला बड़ोदा करवा दिया गया है...कि अब उसे कॉलेज ज्वाइन करने के लिए जयपुर आने की ज़रूरत नहीं।

देर बहुत रात वह लौटी। मैं उसके कमरे में उसकी पसन्द के परतदार आलू के पराँठे लेकर गयी भी कि कुछ तो थाह मिले उसके अशान्त मन की। वह वहाँ थी लेकिन नहीं थी। एक उदास कविता झाँक रही थी उसकी आँखों से।

दूसरे दिन देखा...चलते-फिरते जीवन के चित्र चारों तरफ़ जाग गये थे और वह अलस्सुबह भींगी हुई घास पर टहल रही थी..शायद रात बड़ी और नींद छोटी थी या अपने आप से लड़कर थक गयी थी वह या उसके मानसिक आवेग कुछ सम पर आ गये थे। पर हमारे मानसिक आवेग उफ़ान पर थे। उसके इस प्रकार शादी के बाद पहली बार बिना रस्मो-रिवाज के, बिना बुलावे के अचानक आ धमकने से दोनों परिवारों के बीच हवा भारी थी। फ़िज़ा में तल्ख़ियाँ थीं। सबके मन में आशंकाओं के फ़न उठ रहे थे। बुआ ने अपने जैन विश्वास के अनुरूप मन्नत माँग रखी थी। मन्नत के अनुसार शादी के कुशलपूर्वक निपट जाने के महीने-भर के भीतर शिखर जी की यात्रा। लाडो के अचानक आ धमकने से वह यात्रा भी स्थगित हो गयी थी। आशंकित और कर्मकाण्डी बुआ इसे किसी अनिष्ट की आशंका से जोड़ रही थी और इसके लिए सारा दोष लाडो पर मढ़ रही थी। जवाब में लाडो पहली बार चीख़ी थी—'मुझसे बिना पूछे मेरा ट्रांसफर बड़ोदा क्यों करवाया?'

'हमने तो भली सोचकर ही किया ऐसा?'

'भला? आप मेरा भला चाहते तो मुझे कभी भी सुहानी से अलग नहीं करते जिसके बिना मैं अधूरी थी। एक बटा दो थी। शादी से सन्तोष नहीं हुआ तो तबादला? आप लोग मुझसे छुटकारा चाहते हैं!' उसके भीतर रेगिस्तान धधक रहा था। उसे देख जाने क्यों मुझे चीरहरण की कोशिश के बाद क्रोध और अपमान से जलती हुई पांचाली की याद आ गयी।

गोलाबारी दोनों ओर से जारी थी। घर की बेटी के घर लौट आने से घर श्मशान बन गया था। चुनाव घोषित हो चुके थे। फूफा जी चुनाव के लिए अगले

सप्ताह होने वाली पब्लिक रैली में जी-जान से लगे थे। उनके विरोधियों के हाथ उनकी बेनामी सम्पत्ति के विवरण लग गये थे। वे अलग उनकी जान के पीछे पड़ गये थे। उसके लिए भी एक प्रेस कॉन्फ्रेंस की तैयारी चल रही थी। लाडो के यूँ लौट आने से उनके जवाबी युद्ध और योजनाओं की एकाग्रता में भयंकर विघ्न पड़ गया था। उफ़! जिस जिन्न को इतनी मुश्किल से बोतल में बन्द किया था उसे फिर से बाहर देख सबके हाथ-पाँव फूल रहे थे।

घर में सिर्फ़ अशान्ति और तनाव की लहरें उफ़ान मार रही थीं। लग रहा था जैसे एक अन्तहीन रात घर के आँगन में उतर गयी है और हम सब आँख मूँदकर आने वाले प्रलय-प्रवाह को देख रहे हैं।

साईं थोड़ी शान्ति बख़्श दे इस घर को! मेरे भीतर सिर्फ़ प्रार्थना थी!

मेरा एक मन करता कि पूरी तरह लाडो के पक्ष में खडी हो उसे सँभालूँ। इन्तज़ार करूँ उस अबूझ के खुलने का जो उसे दुनिया की किसी भी हसीन चीज़ में रस नहीं लेने दे रहा था। यहाँ तक कि नयी शादी भी उसमें जीवन न जगा सकी थी। वह तन-मन आत्मा सभी तरह से टूट चुकी थी। अपने अतीत और भविष्य से पूरी तरह कट चुकी थी।

तो दूसरा मन लाडो के विरुद्ध तनकर खड़े परिवार से चिपका रहता। मैंने लम्बी-लम्बी साँस ले बदन को ढीला छोड़ने की भी कोशिश की कि भीतर का तनाव कुछ तो बाहर निकले। पर उससे भी जब कुछ न हुआ तो यह सोच कि लाडो मुझे विपक्ष में पूरी तरह शामिल न समझे, रस्सा तुड़ाकर वापस कोलकाता लौट आयी और अपनी घानी में जुट गयी।

लेकिन कहानी अभी अधूरी थी!

पूरी हुई पाँच दिन बाद!

मेरे आने के पाँच दिन के भीतर ही रात के अन्तिम पहर में विराट की साक्षी में पंखे से बँधी रस्सी से झूल पंचतत्व में समा गयी थी वह।

बड़े दिनों तक सामान्य नहीं हो पायी थी बुआ, विशेषकर जब भी किसी रात आसमान बरसता, बिजली कड़कती, बुआ बेचैन हो जाती। सारी-सारी रात स्मृतियों के दंश से निपटने के लिए? नमो अरिहंताणं, नमो सिद्धाणं...नवकार मन्त्र का जाप करती रहती। जब उससे भी चित्त नहीं ठहरता तो मुझे फ़ोन घुमा देती। फ़ोन पर बुआ एक ही कहानी बार-बार दोहराती कि कुछ भी अनबोला, अनसुना न रह जाये, बहुत कुछ अंट-शंट बोलती बुआ जिसका सार यही होता कि उस फाँसी वाली रात भी ऐसी ही बारिश हुई थी। बादल गरजे थे, बिजली कड़की थी। ख़ूब झड़े थे हरसिंगार धरती पर। हवा के ज़ोर-शोर से दरवाज़े ख़ूब

भड़भड़ा रहे थे इसलिए हम सबने अपने कमरे के दरवाज़े भीतर से बन्द कर लिए थे। दरवाज़े भीतर से बन्द नहीं होते तो...

मैं मन-ही-मन बात पूरी कर देती..एक रात दूसरी रात में विलीन हो आसमानी नहीं होती!

पाँच साल बाद फिर जाना हुआ गुलाबी शहर जयपुर। अवसर था बुआ के सबसे छोटे बेटे राजीव की शादी का। शादी की गहमागहमी और रौनक के बीच ही फूफाजी से मुलाक़ात हुई। दूधिया शेरवानी और गुलाबी साफ़े में सजे-धजे फूफा जी को देख लगा समय ठहर गया है। कनपटियों के पास थोड़े से रुपहले बाल दिखने लगे थे। बेटी को चाहे न बचा पाये पर हाल ही हुई कुछ बागी विधायकों की बग़ावत और उठापटक के बीच अपनी सरकार को बचा ले जाने का पर्याप्त सन्तोष झलक रहा था उनके चेहरे से। सिक्योरिटी के चुस्त-दुरुस्त कमाण्डो के साये में अपने सहयोगी मन्त्रियों के साथ वे काफ़ी व्यस्त और परमहंस की मुद्रा में नज़र आ रहे थे। अतीत की कोई परछाईं तक नहीं थी उनके चेहरे पर। मेरे 'धोक' के जवाब में मेरे सर पर उड़ता-सा हाथ और मुझ पर एक आधी-अधूरी सी मुस्कान फेंक वे आगे बढ़ गये। यही हाल लाडो के भाइयों राजीव और संजू का था...सबकी चादर धुलकर साफ़ हो गयी थी।

मिलने जैसा मिलना हुआ लाडो की बड़ी बहन बिमला से। अतीत का बेताल हम दोनों के ही दिलोदिमाग़ पर लदा हुआ था। इसलिए एकान्त मिलते ही हमारे सारे दर्द और सोयी हुई पीड़ा जाग उठी थी। छूटते ही अपने मन को खोला बिमला ने–'जीजी! काश आज लाडो होती...बोलते बोलते बरसों से रुके आँसू बहने लगे। मैंने उसके कन्धे पर हाथ रखा तो फ़फ़क पड़ी। जीजी...क्यों किया उसने ऐसा! शायद कुछ सच ऐसे होते हैं ज़िन्दगी के कि हर एक से साझे नहीं किये जा सकते हैं। आज समझ पायी हूँ जीजी कि लाडो ने अपना सच क्यों नहीं हमसे साझा किया क्योंकि वह लेस्बियन थी। काश हम उस समय समझ पाते। उफ़ मनुष्य इतना शक्तिहीन क्यों हो जाता है?'

'क्या? लेस...जैसे वह कोई शब्द नहीं...उसके जीवन का नक्शा था जो अनायास ही खुल गया था हमारे सामने।'

'तुम्हें कब समझ आया कि वह वह थी?'

अरे जीजी जब लगातार अख़बार में गे आन्दोलन और क्या-क्या आता रहा तब पहली बार कौंधा लाडो के बारे में। यदि यह सब अख़बारों में नहीं आता तो शायद हम लाडो को कभी समझ ही नहीं पाते कि वो जो भी थी उसमें उसका क्या दोष था?'

'पर क्या लाडो अपने सत्य से वाक़िफ़ थी?' मेरे मुँह से हठात् निकल पड़ा।

भीतर कुछ ज़ोरों से हिला उसके। आवेग को थाम जवाब दिया उसने—'थी जीजी! तभी तो सुसाइड नोट में लिखा था उसने—इतनी बिगड़ी हुई तो मैं हूँ ही कि मुझे चले ही जाना चाहिए। जैसी हूँ आपको स्वीकार नहीं और जैसी आप चाहते हैं वैसी बन नहीं सकती थी...पर एक सवाल है..इतनी उम्मीदें क्यों? क्या आदमी का आदमी होना पर्याप्त नहीं? क्यों सिर्फ़ खाल में ही जीते हैं हम? क्यों? बहरहाल नेता विपक्ष सहित परिजन मुझे माफ़ करें। मेरी ड्रावर में दो चेक कटे हुए हैं और जो कुछ भी मेरी ज्वैलरी है, उसे सुहानी के यहाँ भिजवाने का कष्ट करें।'

बैरा जूस की ट्रे लेकर सामने हाज़िर था। हाथ के इशारे से उसे परे किया और उतावली होकर पूछा मैंने, क्या? 'क्या मतलब? फूफा जी को उसने बाबुसा नहीं नेता विपक्ष लिखा? क्या मतलब? यह मेरे लिए जानकारी की नयी परत थी इसलिए मेरा मुँह खुला का खुला रह गया था। पर मुझे तो बुआ ने यह बताया ही नहीं?'

'हाँ जीजी! अम्मा को शायद बाबुसा ने रोक दिया था। वे नहीं चाहते थे कि अब और अधिक फ़जीहत हो...क्योंकि लाडो उनसे सबसे ज़्यादा नाराज़ थी। एक बात और बताऊँ जीजी, लाडो ने यह भी तंज कसा था—हम राजपूत से जैन बने हैं...और राजपूतों की तो परम्परा ही रही है बेटियों की बलि लेने की ...कभी इज़्ज़त तो कभी सुरक्षा के नाम पर...ईश्वर करे यह आख़िरी बलि हो!'

'क्या? यह सब भी लिखा था? बुआ ने इतना कुछ क्यों छिपाया? मैं सचमुच हैरान थी। लगा जैसे मेरे साथ भी कहीं धोखा हुआ है। फिर भी मेरे मन में संशय था कि आज समय की जागरूकता ने जिस प्रकार लाडो का रहस्य हम पर उजागर कर दिया था क्या सचमुच 24 वर्षीय लाडो अपने सत्य से पूरी तरह वाक़िफ़ थी? सचमुच वह लेस्बियन थी या कोई विरही पुरुष बैठा था उसके अन्तर्मन के भीतर जो नारी संसर्ग के लिए छटपटा रहा था।'

ज़ोर देकर कहा बिमला ने, 'जीजी! वह वाक़िफ़ थी इसीलिए तो अपने आप से और हम सब से लड़ रही थी। पर उसे हम पर भरोसा नहीं था...बोलते-बोलते उसकी आवाज़ थर्रायी—ज़हर तो हमने भी पीया जीजी और आज तक पी ही रहे हैं पर काश उस समय सामाजिक मर्यादा का डर और पम्परा को तोड़ने का ज़हर पी लिया होता तो शायद हम भी शिव बन जाते...'

"एक बार आओ जी जंवाई जी पावना/थाने सासुजी बुलावै घर आज..." अपने भारी-भरकम जरी जड़े घाघरे को लहरा-लहराकर अपनी सखियों के साथ राजस्थानी लोकगीत पर थिरक रही थी दुल्हन पिंकी। पिंकी के थिरकते ही

जाने क्या हुआ कि मुझे अतीत दिखने भी लगा और सुनाई भी देने लगा। वही घर...शादी के लगभग वैसे ही मंजर! पर कितना अन्तर था! पिंकी और लाडो में। कैसे मुँह लटकाये बैठी थी लाडो जैसे भीतर की सारी तितलियाँ ही मर गयी हों! कैसे उसकी भींगी नम आँखों में दूर-दूर तक फैला इन्तज़ार था...सुहानी का।

फिर भी हम उसकी पीड़ा से मुँह फेरे रहे!

मन कैसा तो हो गया था। ज़िन्दगी के कुछ लम्हे जाने कैसे होते हैं कि बीतकर भी नहीं बीतते! आजीवन पीछा करती रहती है उन लम्हों की लपट! देर रात तक हम दोनों बहनें दुःख की पोटली को एक साथ खोलती और बन्द करती रहीं। बहती रहीं, बहकती रहीं और महसूस करती रहीं कि ऐसा कैसे हुआ कि उसका भला चाहते हुए भी हमारी आँखें उस सत्य को क्यों नहीं देख पायीं जो वह जी रही थी। शायद सत्य हर आँख से बड़ा होता है!

एकाएक मुझे ख़याल आया कि दोस्ती से शुरू हुई जिस कहानी ने ज़िन्दगी की कहानी ही तमाम कर दी...उसकी नायिका का क्या हुआ? पूछा मैंने बिमला से–'क्या हुआ सुहानी का? लाडो की मौत से हिली तो वह भी होगी?'

हाँ जीजी, हिली क्या जड़ से ही उखड़ गयी थी वह भी। साल-भर तक गुमसुम रही, अपनी बच्चों की प्री स्कूल भी बन्द कर दी उसने। बाद में लाडो के जाने के दो-अढ़ाई साल के भीतर उसे भी निपटा दिया गया। सुना है उसके एक बेटी हुई है पिछले साल।'

'तो क्या सुहानी नहीं थी लेस...जाने कैसी तो वर्जना संस्कार में ही भरी पड़ी थी कि पूरा शब्द भी कहाँ निकल पाया था...' गले में ही गोला-सा अटक गया था।

'नहीं, नहीं जीजी...सुहानी एकदम सामान्य थी। उसे कहाँ ज़रूरत थी लाडो की इसीलिए तो अपने पिता के कहने पर भले ही बेमन से ही सही पर जलील कर पायी थी वह लाडो को।'

कुछ बोझिल पल...

थोड़ा करीब खिसककर वह फिर फुसफुसायी–'एक बात कहूँ जीजी!'

'हाँ-हाँ कहो!'

'कई बार मुझे लगता है कि बाबुसा इतनी ऊँची हैसियत के नहीं होते तो लाडो नहीं मरती।'

'कैसे कह सकती हो! याद आया एक बार लाडो ने भी कहा था मुझसे, पिता की प्रतिष्ठा का भार मुझसे न ढोया जायेगा बाईजी...मेरे पिता का नेता होना मेरा दुर्भाग्य है।'

'हाँ जीजी! लाडो को सबसे अधिक ग़ुस्सा इसी बात पर तो था कि बाबुसा ने बिना उससे पूछे उसका तबादला बड़ोदा में करवा दिया था...यदि बाबुसा आम आदमी होते तो क्या सप्ताह-भर में उसका तबादला करवा सकते थे? इसी बात पर तो उसका दुःख अपमान सब बेक़ाबू हो गया था। सोचकर देखो जीजी...सारा कबाड़ा तो बाबुसा का ही किया कराया है। बाबुसा ने यदि सुहानी के पिता को धमकाया नहीं होता तो क्या सुहानी उसे जलील करती? लाडो को दुनिया की नहीं सिर्फ़ सुहानी की परवाह थी। लाडो तो सुहानी के होने से ही थी बाईजी। सुहानी से काटकर बाबुसा ने उसके जीवन के डब्बे को ही बन्द कर दिया था। मुझे लगता है बड़ोदा से आते ही जब वह सुहानी से मिलने गयी थी तो सुहानी ने बाबुसा के डर से उससे मिलने से इनकार कर दिया था। इसी हताशा ने...'

'बाबुसा भी यदि यह जान पाते कि लाडो लेस्बियन थी तो शायद उसे स्वीकार कर लेते। हमारी अज्ञानता ही उसे ले डूबी...शायद बुआ तो आज तक लाडो की हक़ीक़त से वाक़िफ़ नहीं।'

'हाँ जीजी, मुझे भी अम्मा से कहने की हिम्मत नहीं होती...वे तो शायद समझ ही न पायें लाडो की असलियत...'

रह-रहकर अतीत के दर्द-भरे पन्ने फड़फड़ाते रहे...रह-रहकर विचारों के परिन्दे चोंच मारते रहे—जीजी ज़रा सोचिए उसकी आँख में ख़ुद के लिए तो कोई सपना था ही नहीं, वह तो बस सुहानी के सपनों से ही अपनी आँख को जोड़ती रही। अपने लिए तो कभी कुछ माँगा ही नहीं उसने। बस नाम भर की ही लाडो थी वह! अच्छा नहीं हुआ उसके साथ जबकि कितना कुछ तो सुन्दर,मानवीय और कोमल-सा जुड़ा हुआ था उससे। हमने पूरी लाडो को नहीं पकड़ा बस उसी वाली लाडो को पकड़ा जिससे हमें तकलीफ़ थी। जाने क्या चल रहा था उसके भीतर कि उसने धीरे से कहा...मैंने भी दूर से देखा, पास से झाँका नहीं उसकी ज़िन्दगी में। जबकि उसने तो मुझे लिखा भी था कि आपको लगता है कि मुसीबत का कारण मेरे अन्दर है जबकि मैं जानती हूँ कि मेरा अन्दर मुझे ऐसा ही मिला है। मुसीबत का कारण मेरे बाहर है।

अपने भीतर मैं जाने कहाँ से कहाँ पँहुच गयी कि तभी बिमला ने फिर कहा 'जीजी! लेस्बियन होना तो पाप नहीं है।' मैं बुदबुदायी—'कुछ भी होना पाप नहीं। पर हमने नैतिकता का एक फ़ीता जो बना डाला है उसी फ़ीते से सबको नापते हैं जो फिट नहीं बैठता उसे काटना-छाँटना शुरू कर देते हैं। हम नहीं सोचते कि हर पाखी को अपनी आवाज़ में गुनगुनाने का अधिकार है।'

सान्त्वना की उम्मीद में वह मेरी ओर ताक रही थी। दुःख जो पल-भर के लिए कम हो गया था, लौट आया। मैंने निगाह घुमा ली। क्या कहती? विरक्ति में लिपटा मन अजीब खिन्नता, कचोट, अफ़सोस और अपराध-बोध से भर गया था। न सच को सच की तरह कहा गया और न सच को सच की तरह सुना गया। तब भी नहीं जब मौत की बिल्ली पंजे मार रही थी और हम सब कबूतर की तरह आँखें मूँदे बैठे रहे थे।

सामने बुआ थी...आवभगत, मेहमानवाजी, मान-मनौवल करती...उठती-बैठती ...सब कुछ करते हुए भी वह कहीं नहीं थी। ज़र्रा-ज़र्रा बिखरी बुआ की काया से भी असमय ही बुढ़ापा झाँकने लगा था। लाडो न सही उसने लाडो के भूतपूर्व और नाममात्र के पति को ही शादी के अवसर पर सादर आमन्त्रित किया था।

मैंने धीरे से कहा भी बुआ से–'इन्हें क्यों बुलाया? जब लाडो ने ही इन्हें नहीं स्वीकारा तो फिर...' बुआ ने फिर एक गहरी साँस ली जैसे ज़िन्दगी जीते-जीते थक गयी हो। सर पर पल्लू अटकाते टप्पा खाती मरी हुई आवाज़ में बोली, 'तुम्हारे फूफा जी ने ज़िद कर भेजा न्योता। मैंने तो भतेरा मना किया पर मेरी कब सुनी उनने। कहने लगे–कुछ भी हो इन्ने हमारे द्वार पर तोरण तो मारा ही था न!' कहते-कहते बुआ ने साड़ी के पल्लू से आँखें पोंछी और फिर मेहमानों में व्यस्त हो गयी।

कानों में गूँजने लगी लाडो की आवाज़–बाप बनना मेरे बाप के बस का नहीं बाईजी, उन्हें ज़िन्दगी ने बनिया बना दिया है।

□□